海派中医丁氏内科学术流派

U0641723

国医大师裘沛然
人学思想研究及诗文赏析

主　　编　王庆其

编　　委　（以姓氏笔画排序）

　　　　　王少墨　　王庆其　　李孝刚

　　　　　邹纯朴　　胡玉萍　　章　原

　　　　　梁尚华　　裘世轲　　裘端常

学术秘书　邹纯朴　　王少墨　　胡玉萍

学术顾问　李　鼎　　张建中

中国中医药出版社

·北　京·

图书在版编目（CIP）数据

国医大师裘沛然人学思想研究及诗文赏析/王庆其主编．—2 版（修订本）．—北京：中国中医药出版社，2017.7

ISBN 978-7-5132-4258-5

Ⅰ.①国… Ⅱ.①王… Ⅲ.①裘沛然-人学-思想评论 ②裘沛然-格律诗-诗歌欣赏 Ⅳ.①C912.1②I207.227.7

中国版本图书馆 CIP 数据核字（2017）第 122522 号

中国中医药出版社出版

北京市朝阳区北三环东路 28 号易亨大厦 16 层
邮政编码 100013
传真 010 64405750
廊坊市晶艺印务有限公司印刷
各地新华书店经销

开本 710×1000 1/16 印张 18.5 彩插 0.25 字数 243 千字
2017 年 7 月第 2 版 2017 年 7 月第 1 次印刷
书 号 ISBN 978-7-5132-4258-5

定价 48.00 元
网址 www.cptcm.com

社 长 热 线 010-64405720
购 书 热 线 010-89535836
侵 权 打 假 010-64405753

微信服务号 zgzyycbs
微商城网址 https://kdt.im/LIdUGr
官 方 微 博 http://e.weibo.com/cptcm
天猫旗舰店网址 https://zgzyycbs.tmall.com

如有印装质量问题请与本社出版部联系（010 64405510）
版权专有 侵权必究

国医大师裘沛然

国医大师裘沛然与上海中医药大学裘沛然名师工作室工作人员

仁者壽

裘沛然

国医大师裘沛然题字

本书由

国家中医药管理局裘沛然全国名老中医药专家传承工作室建设项目

上海市卫生局裘沛然名老中医工作室建设项目

上海市中医药发展办公室中医药事业发展三年行动计划

海派中医学术流派丁氏内科流派分支裘沛然学术思想研究项目

上海中医药大学裘沛然名师工作室建设项目

支持编写

深切缅怀国医大师裘沛然先生
（代序）

2011 年 5 月 3 日是我校终身教授、国医大师裘沛然先生仙逝一周年的日子。这一年中，先生的音容笑貌时常浮现在我们眼前。丰厚扎实的理论学养、活人无数的临床实践、博学多识的儒学功底、能诗善文的艺文才情、高德大义的济世仁心，这是一代鸿儒大医裘沛然先生的真实写照，他是中医药学界的一面旗帜、一座丰碑、一个时代的精神象征。

天行健，德润身。大师有爱，生生不息。缅怀裘老，追忆裘老，我们心中涌动着无限的敬佩和感动。先生给我们留下了宝贵的精神财富，他以良医涉世，兼具良相胸怀，好学不倦，老而弥笃。正如裘老诗作所云："杏苑当年绝可怜，如何不惜此新天。莫基谁识前人苦，续绝惟望后起贤。医道难明须砥砺，良机易逝要勤研。眼中人物吾今老，记住忧危好着鞭。"先生热爱党、热爱祖国，对中医药事业乃至整个社会倾注毕生心血，对中医药人才培养满腔热情，拳拳之心，跃然诗中。纪念裘老最好的方式，就是学习他的为人之道、为医之道、为学之道、为师之道，让一代代中医人传承和弘扬先生的学术思想和高尚风范。

先生尝言："医学是小道，文化是大道，大道通，小道易通。"先生是深谙岐黄、医德广被的国医大师，又是诗文史哲造诣深厚的儒者。对"做人"与"健康"之间关系的思考，使他的视野超越了医学范畴，而向史学、哲学领域延伸。先生在对先哲时贤众多研究的基础上，结合自己的人生体验，对社会人情的思索，形成了学术性与普适性相结合的儒学观念，为孔孟儒学"拨乱反正"，阐发其

1

"人学"思想的内涵。先生在八十七岁高龄时开始撰写《人学散墨》一书，历时八年而成，书中强调立德养性的做人之道，汇医道、文道、人道于一炉，立意深邃，融会贯通，集中反映了他的博识才学和仁爱之心，更透露出老人浓浓的道德忧患精神，展现了老一代知识分子强烈的社会责任感，学术界称之为"一代儒医的道德文章"。先生以他的睿智和赤诚，书写着他的人生意义和社会价值的辉煌篇章。

先生在中医学术上的卓越成就，长期以来为中医药界的同道所景仰。在与裘老多年的交往中，我们深深地被先生的博学多识和见解独到所折服。他认为"医之所病病方少"，医者的关键在于"博"。所谓"博"，包括博览群书、博采众方、博采新知。他远征旁搜，对灵素仲景之学及历代医学理论的沿革发展研究颇深，对许多中医术语概念循名责实、反复揣摩，对辞旨意蕴钩玄索隐、勘谬正误。他倡导"伤寒温病一体论"，经过长期研究得出结论：伤寒温病在某种意义上是同义词，从实际内容分析，《伤寒论》以八纲为指导，以经络脏腑为基础，从病邪性质、受病部位、正气盛衰、证候表现而作辨证论治，这是中医治病的共同基础。温病学说在《伤寒论》基础上丰富发展了外感热病的证治，是伤寒的一个分支，宜将两家融为一体，有利于中医外感热病的临床诊治。对于中医历代各家学说的研究，先生有自己的立场与观点，不人云亦云，在经临床反复验证后，提出自己的见解。明代医家张景岳以常用熟地而遭后世不少医家指责，先生以其多年的思索和实践深知景岳确有独到之处，临床上他常以大剂量熟地配伍他药，治愈了不少久治无效的痰壅气急、纳呆、苔厚腻的疑难重症，一破百余年来胸闷纳呆忌用熟地的禁区。

我们深切地感受到先生对中医药事业的挚爱之心和创新精神。他提出中医要念好"三自经"，即自尊、自信、自强，"身为中医人，要有民族自尊心。中医药是中华民族文化的瑰宝，只有热爱中医药学才能将其学好。自信来自临床疗效，中医药学流传几千年而不衰，靠的就是临床疗效，它是我们中医药学安身立命之本，所以我们应该在提高疗效上下工夫。自强就是要刻苦学习，要勤于临床，勇于实践，不断提高，在继承中求发展，在吸收中求创新"。先生曾经撰文指出："中医要创新，首先要对中医学有较深钻研和正确理解，才能取精用宏，有所前进，有所发现。"先生之言，寄托着他对中医药事业的关怀与厚望、对中医药工作者的激励与鞭策。

先生时时关注中医药事业的发展。在当代科学技术迅速发展的今天，中医的路究竟怎么走？裘老任市政协委员、市政协常务委员期间，经常在上海及兄弟省市的医药单位及教学单位进行调查研究，为中医药事业的发展提出有益的建议，积极为政府献计献策。早在1958年，先生就提出中医发展的三条途径："首先是提高中医理论和临床水平，二是采用多学科发展中医学，三是中西医要真正的结合。"对我们当下中医药事业的发展仍然具有指导意义。裘老经过长期研究和思考，旗帜鲜明地提出了"中医特色、时代气息"八字方针。八字方针犹如定海神针，为中医药事业的发展指明了前进的方向，在中医界得到广泛的响应。

先生对中医药人才的培养，可谓殚精竭虑、呕心沥血。为了学校的发展，他经常组织专家们调查研究，对中医教育和改革提出积极的建议。"老夫头白豪情在，要看东南后起才"，裘老的诗句中表达了对中医药事业后继者的殷切期盼。从教六十余年，先生的学生岂止千百。他的弟子对他的教学方法深为推崇："听裘老一席课，终身获益。"他总结的"阅读三部曲"和读书心得十分有效。比如"猛火煮，慢火温"读书法，就是指在初学某一名著经典时，应下苦工夫熟读熟背、认真思考、不断钻研，然后对书中重要内容要反复思考、认真实践，领会其中的道理。早年，他还多次带领学生下厂、下乡，既提高学生感性认识，又将全心全意为人民服务的精神教给学生。裘老身教重于言教，给学生们留下了深刻的印象。

先生以自己的实际行动践行着"大医精诚"的道德准则，高山景行，垂范后世。在"非典"肆虐时期，有位患者突发高热，急求

3

诊治，当时各住宅小区、单位纷纷采取隔离措施，外人不准入内，先生不顾个人安危，毅然徒步至小区外，在车中为患者诊治。2008年，四川汶川发生了震惊中外的大地震，死伤惨重，先生振臂一呼，率沪上名医三十余人义诊募捐，所得款项全部献给灾区。还有一次，先生自己身染小恙，但不忍拒绝病患所请，在病榻之上为患者卧诊。当被人尊呼"国医大师""名医大家"时，先生只是淡淡地说："病人的病治好了，并不是我的医术有多高明，而是说明中医里面有宝，这个宝被我拾到了。"

先生和蔼可亲、平易近人、不惧权贵，无论是同事、朋友、病患，甚至是为他开车的驾驶员，他都一视同仁。记得有次裘老正在接诊一位外地重病号时接到一个电话，电话那端的人以命令式的口气强烈要求他立即出诊。裘老耐心地说自己正在为重病人把脉，出诊之事再容商量。对方不知说了什么，裘老勃然色变，对着电话说："我不管你官多大，任何病人只要在把脉，就比你重要！"当手指往病人的寸口上轻轻一搭，先生便忘了身边嘈杂的世界，全神贯注地用他的心来感受病患身心传达的信息。此时，他所关心的就是如何对症下药，如何药到病除，这就是裘老的大医和大师风范。

大师风骨，耀泽后人。值此先生仙游期年之际，我们深切缅怀裘老，追忆其学医经历，管窥其临床经验，分享其治学体会，探究其学术思想，感悟其中医情怀，体会其养生心得，领略其文化造诣，为先生制作纪念册。"中医工作者一定要牢牢掌握中医学的精髓，同时还要具有海纳百川的襟怀，要广泛吸取西方医学及其他有关高新科技知识。学习不止是为了充实，更重要的是为了超越。"咀嚼先生的话语，感悟先生的精神，缅怀先生的深情，我们将继续前行！

上海中医药大学党委书记
常务副校长　谢建群
上海中医药大学校长
中国科学院院士　陈凯先
2011 年 5 月

世纪老人的岐黄理想

（代前言）

裘老是我国著名的中医学家、国医大师，他在医学上有高深的造诣，临床以善治疑难杂病著称，活人无数，医泽广被。一部《壶天散墨》熔人道、文道、医道于一炉，以"抉择陈言，剖析疑似，俯仰古今，直道心源"而雄视当世。尤其难能可贵的是裘老还是一位通晓文史哲的学者和诗人，人称一代鸿儒大医。裘老晚年的力作《人学散墨》，对被后人歪曲附会已达两千余年的孔子儒学还它以本来面目，他对先秦儒学的研究，在学术界有很高的评价，显现了其对传承优秀文化之独具匠心，他说："医人之病我写《壶天散墨》，治人心灵之病撰《人学散墨》。"裘老平生著作等身，主持编写学术著作四十余部，但两部《散墨》不仅集中反映了他的博识才学，而且充分体现了他忧国忧民的博大情怀和一片仁爱之心。

精奇巧博起沉疴

裘老自 1934 年从事中医理论和临床研究工作，长达七十余年，深得病家的拥戴。他对中医事业的敬业与执著精神，堪为中医界的楷模。其研究仲景方证药法，善于灵活变通，立方贵在"精、奇、巧、博"，在治疗疑难杂病顽症方面，有着丰富的经验。

1. 大方复治建奇功

裘老特别服膺唐代医家孙思邈的学术经验，竭尽发掘之能事，为此，他曾系统研究了《千金要方》（简称《千金方》）中近六千个

1

处方，总结其处方遣药特点是简洁、平正、奇崛跳脱与杂而有章等，给人以深刻的启示。后世医家有嫌孙氏某些处方"庞杂繁乱"，但是裘沛然以其睿智的目光和深厚的功底，深知孙氏其方之"杂乱"正是奥妙之所在，体现了处方"反、激、逆、从"之妙用，故他治疗重症顽疾时，多效法思邈，以大剂庞杂组方或奇特配伍而屡起沉疴危疾。

2. 法无常法创新意

中医辨证论治，首在辨别阴阳与协调阴阳。考阴阳这一概念，其包涵实质内容极为广泛。医者对此宜做详细辨析，否则将导致毫厘千里之误。例如辨证之表里寒热，脉之浮沉迟数，其他种种，皆有阴阳之别，知其偏胜，使之协调，为施治大法。故见脉迟为寒而用温剂，脉数为热而用凉药，固为施治常法。裘沛然则认为，某些疑难重症或顽症，应跳出常规思维，要懂得"常法非法，法无常法"的道理。如在某种情况下见脉数可用温，脉沉亦可用寒。裘老以相反相成之法，常收满意疗效。

3. 配伍相得多灵变

裘老对于疑难杂症的治疗往往具有独特的思辨方法以及独到的配伍治疗经验。例如慢性肾病的病机，多与水肿病相联系，并有"其本在肾，其制在脾，其标在肺"之说。他认为，本病多为脾肾气血亏虚与风邪、水湿、热毒、痰浊、瘀血相夹杂。多有表里夹杂、寒热错综、虚实并存等情况。针对复杂的病机，临证遣方配伍立法，可单独采用一法，或以一种为主，旁涉其余，或数种配伍方法熔于一炉，取得很好治疗效果。

4. 医患相得利于病

医患相得法，既是治疗疑难疾病的一种重要方法，又是临床所应注意的一个问题，本法首先要求医生对病人具有高度责任感，从而使病人对医生产生坚定的信心。医生和病人如能同心协力，将为治愈疑难危重病症创造最佳的条件。"相得"还要使用精神治疗的方法，采用针对性的语言疏导，多方设法解除病人心中的疑虑、顾忌、执著、愤怒、恐惧等思想，使其心神安定，激发起正气抗病的能力，发挥病人自身具有对疾病的调控作用，然后药物才能起到更好的效果。裘老七十余年的临床实践，遇见的病人、病证各不相同，尤其是对心因性疾患，或危重顽症病人，都给予特殊的心理安慰，使他们树立战胜疾病的充分信心，确实对提高疗效能发挥很大作用，这样的病例多不胜举。

医道精微最难知

裘老说在世界上有两门学问我们还知之甚少，一是宇宙，二是人体。他在学术上远征旁搜，对灵素仲景之学及历代医学理论的沿革发展研究颇深，并发表了许多新的见解。他主持编写了四十余部学术著作，如《新编中国针灸学》《中医历代各家学说》《中国医学大成》《中医历代名方集成》《中国中医独特疗法》《中国医籍大辞典》，还参加编纂《辞海》《大辞海》《汉英医学大辞典》等书，撰写学术论文三十余篇。1963 年，"针灸经络玻璃人"模型获轻工业部国家工业二等奖。"脉象"模型，获轻工业部国家工业三等奖。1988 年 10 月，《疑难病证中医治法研究》（论文）获中国中医药学报优秀论文一等奖。1993 年，《辞海》（1989 年版）获第一届国家图书奖荣誉奖（国家新闻出版署颁发）。2001 年，《辞海》（1999 年版彩图本）获第四届国家辞书奖特别奖（国家新闻出版署颁发）。2003 年 12 月，《中国医籍大辞典》获第六届国家图书奖提名奖及第五届国家辞书奖一等奖等（中华人民共和国新闻出版总署颁发）。其中 2004 年出版的《裘沛然选集》，浸透着他几十年来学术研究的心血。

1. 关于中医药学术构建的基本思想

长期以来，学术界对中医学的性质认识不一。裘老的观点是，中医学是自然科学与人文科学的综合学科，其内涵是科学技术与中华文化的结合体，所以《内经》有医者必须"上知天文，下知地理，中知人事"的明训。

中医学认为，人既是自然的人，也是社会的人。中医学始终把人的生命放在自然界与社会人事的双重背景之下，考察人的生命活动轨迹以及在健康、疾病状态下的种种变化。人的生命活动受到自然变化的资生与制约的影响，并具有适应自然环境的能力。中医在强调人的自然属性的同时，并不忽视人的社会属性，认识到人的社会活动对人体心身活动的影响。所以中医的辨证施治，除了识别各种辨证方法外，还必须因时、因地、因人制宜，强调心身同治。因此，中医学具有自然科学和人文科学的双重属性。

从中医学的性质而言，其精髓就是效法自然、研究自然，探索人体生命活动的规律，并创建相应的理论体系和防治疾病的原则和技术。在整个中医学术体系中，始终突出"以人为本"的精神，而人与天地列为三才，在中华文化的影响下，主张遵循自然界生长收藏的规律，"法于四时，和于阴阳"，以保持身体健康。在疾病状态下，希望通过扶正达到驱邪，或祛邪以安正，以调整营卫气血、脏腑经络之偏盛偏衰，达到气血冲和、阴阳匀平，为疾病防治的主要指导思想。

2. 倡导"伤寒温病一体论"

汉代医学家张仲景著《伤寒论》，为治疗外感热病树立圭臬。清代名医叶香岩创温病卫气营血理论，他以伤寒与温病为两门学问，形成对峙之局，倡言"仲景伤寒，先分六经，河间温热，须究三焦"，以温病只须辨明卫气营血即可，由此引起伤寒和温病两个学派长期的争论。裘老的基本论点是：伤寒为一切外感疾病的总称，赅括温病。近世所称之温病，包括风温、温热、温疫、温毒等，都基本揭示其端倪。所不同者伤寒还包括了外感寒性病，还有狭义伤寒等。

裘老认为，六经本自包括三焦。叶香岩倡"仲景伤寒，先分六经，河间温病，须究三焦"之说，继而吴鞠通亦说："《伤寒论》六经，由表入里，由浅入深，须横看；本论论三焦，由上及下，亦由浅入深，须竖看。"以此作为划分伤寒与温病的理论依据，对此裘老颇不赞同。且不说"河间温病，须究三焦"之论并无根据，把完整的人体硬性分割成纵横两截，这是非常错误的。人体是一个完整的生命有机体，脏腑经络之间不可分割。六经是有经络脏腑实质的，如果不承认这一点，就无法解释《伤寒论》的诸多原文。六经和三焦原本是不可分割的，它们之间在生理病理情况下是互相联系的。

再者，卫气营血不能逾越经络脏腑。叶香岩创温病之卫气营血，其实叶氏倡导的卫气营血辨证提纲，都与经络密切关联，就连叶香岩本人也在《温热论》中明确说过"辨卫气营血与伤寒同"，这恰恰是卫气营血不离六经的有力反证。

据上分析，裘老认为，温病只是伤寒的分支。温病学说在某些方面丰富和发展了外感热病的认识和证治，但不宜将两者机械地"分家"，而应从实际出发，使伤寒与温病互相补充，成为一个整体。

3. 经络是机体联系学说

关于经络问题，历代文献以及当今学者都有诸多阐述和假说，如经络是"神经体液说"，经络是"血管系统说"，经络是"人体解剖结构说"等。裘老认为文献和实验观察所阐述的理论及种种假说，均未能全面理解和真正揭示经络的实质内涵。通过数十年的经验积累和研究探索，他的观点是：经络是中医学的机体联系学说，是阐述人体各部分之间的相互关系及其密切影响，说明这些联系是人体生命活动、疾病机转和诊断治疗的重要依据，体现了中医学理论中的整体观和恒动观。

4. 中医理论的光辉特色——天人相参思想

20世纪80年代以来学术界对于什么是中医学的特色，仁智互见，众说纷纭。裘老认为，天人相参思想是中医理论的光辉特色。

古代医家通过长期的实践观察，认识到人与自然界息息相通，自然界的运动变化无不直接或间接对人体发生影响。中医的这些理论，不仅是医疗实践和生活体验的概括，还同古代各种哲学思想特别是道家、儒家思想在医学上的渗透分不开的。老子道德经中"人法地，地法天，天法道，道法自然"这个万物一元的理论，儒家

《论语》中"天何言哉，四时行也，万物生也"的天人赞育思想，都在中医学有关生命现象、生理功能、疾病原理、治疗法则的理论和方法上有充分反映。《内经》有"善言天者，必有验于人"之说，中医学的阴阳学说、藏象学说、经络学说、精气神学说、运气学说等，几乎无不根据天人相参的原理而阐明其所有的规律性。顺乎这个规律，则"以此养生则寿"；违背这个规律，则"逆之灾害生"。以时间生物学为例，大量研究表明，人的生命和生理活动同外界环境周期性变化和日、月、年的节律基本上是相似的。中医学在这方面有很多精辟论述，必将日益为现代科学所汲取而有新的阐发。

良医入世良相心

袭老兴趣极为广泛，除医学外，对于文学、史学、哲学，乃至于自然科学均极有兴趣，用力甚勤，其诗文不止是在医界享有盛誉，也广为文史界专家称赞。吟诗是他终生的爱好，虽诊务繁忙，然悬壶济世之余，总是诗囊相随。

诗为心声，袭老生性颖悟，气度洒脱，其诗也风格多变，不拘一格。他写二过黄山的诗句："云松水石尽奇闲，叠嶂层峦策杖攀。是处高风皆浩气，怎能无句过黄山。"浪漫的想象与宏大的气魄，凸显作者的豁达与潇洒。他尤其推崇孟轲"民贵君轻"的杰出思想，七律诗《读孟子后作》："千秋卓荦孟夫子，粪土君王一布衣。独创以民为贵论，直呵唯利是图非。育才先辨人禽界，止战宜消杀伐机。公使乾坤留正气，七篇遗著尽珠玑。"社会正义感溢于字里行间。

古语有云："不为良相，便为良医。"他曾自谦："世犹多病愧称医。"这里的"病"有多重含义，既指民众的"身病"，也可指"心病"，还可以包括社会的"道德风情病"。身为医生，有责任救治民众的身病，也有责任矫治民众的心病和社会的道德风情病，这也正是中国传统医学中"儒医"的标准。

袭老在长期的医疗实践中逐渐发现：道德修养、心理健康状况对于疾病具有重要的影响。他是一个有心人，这样的事情见多了，便开始思索"做人"与"健康"之间的关系。2008年岁末出版的《人学散墨》，是他多年思考、研究的成果。

《人学散墨》"是专门论述如何能做一个'合格'的人而写的"。裘老发现孔孟儒学"以人为本""以和为贵"等人学原理是超越时代的精粹，是做人应该遵循的永恒标准，对于个人在社会上生存、进取，国家间和谐相处，人类的未来的创造都具有极大的裨益。

在对先哲时贤众多研究的基础上，结合自己的人生体验，对社会人情的思索，他形成了一整套完整的儒学观念。为孔孟儒学还其本来面目，阐发其"人学"思想的内涵。由于作者经历了多年的深入思考，由于集思广益，是以《人学散墨》一经问世，就引起了社会各界的高度关注，《解放日报》《新民晚报》《文汇报》等沪上媒体纷纷予以详细报道。

《孔子大辞典》主编、著名学者、上海师范大学哲学系夏乃儒教授评价《人学散墨》的三大理论创新：①《人学散墨》的核心是研究人之所以为人的基准底线，也就是要回答孟子所说的"人之所以异于禽兽者"。②关于人性善恶的论证是一个艰深的学术难题，《散墨》作者娓娓道来，引人入胜，颇有新意。论证的方法也相当机智，对于"性本善"，主要靠例证；对于性恶论，采取从逻辑上的驳斥加实例的反证。③受儒家的"良知良能"说、"见闻之知"说、"德性之知"说的启发，经过长期医疗实践的体悟，把医学心理学、医学伦理学、医学认识论的观点方法与儒家学说结合起来，从而得出人天赋具有"灵慧潜能""良知潜能"和"感应潜能"的观点。

裘老以良医而具良相胸怀，从疗人身体疾病，到治疗人心疾病，痌瘝在抱，易世心长，上医之称，不正宜乎！

在恩师逝世4周年之际，出版此书，一是旨在纪念老师，二是反映这几年我们作为其学术传承人对老师人学思想的学习研究成果。衷心感谢李鼎教授、张建中老书记对我们的厚爱，将他们多年撰写裘老诗歌赏析的佳作毫无保留地奉献给本书，以为本书增辉，同时为演绎、弘扬裘老人文精神作出了重要贡献。本书将我校老书记、老校长谢建群教授、陈凯先院士为纪念裘老逝世 1 周年时撰写的纪念文章作为本书的序文，以褒扬裘老的大医精神。感谢中国中医药出版社王利广编辑对本书出版提供的热诚帮助和支持，诚望是书的问世对弘扬国医大师风范、中医学术的发展及中医药的人文精神，发挥良好的作用。

国医大师裘沛然学术传承人

上海市名中医　　王庆其

2014 年 6 月于上海中医药大学

目录

人 学 思 想

诗 文 赏 析

附　文

人学思想

裘沛然传记

（2009 年 8 月 1 日裘沛然审定）

　　我从事医疗事业已七十余年，向以疗病为职。但逐渐发现，心灵疾病对人类的危害远胜于身体疾患，由此萌生撰写《人学散墨》之念，希望为提高精神文明道德素养，促进经济发展，略尽绵薄之力。

——裘沛然

　　裘沛然，原名维龙。1916 年 1 月 30 日出生于浙江省慈溪市裘市村。7 岁入私塾读书，11 岁师事姚江学者施叔范先生 2 年，1928～1930 年在家自学经史百家之书以及文学、历史和自然科学书籍，1931 年只身来到上海，求学于一代医擘丁甘仁先生创办的上海中医学院，在 1934 年毕业后至 1958 年先后悬壶于慈溪、宁波、上海，以行医自给，临诊之余，勤研中医学和历史、文学、哲学等。1958 年应聘进入上海中医学院（现上海中医药大学）从事教学工作，历任针灸、经络、内经、中医基础理论、各家学说教研室主任。1980 年担任国家科委中医组成员，1981 年任卫生部（现卫生和计划生育委员会）医学科学委员会委员，1984 年任上海中医学院专家委员会主任委员。后任上海中医药大学终身教授，上海文史馆馆员，《辞海》编辑委员会副主编兼中医学科主编，华东师范大学和同济大学兼职教授，安徽中医学院（现安徽中医药大学）顾问，浙江中医药大学学术顾问，是全国首批 500 名老中医药专家学术经验继承工作指导导师之一。1979 年被评为上海市劳动模范，同年担任上海市政协委员，1983 年任市政协常务委员，1988 年兼任市政协"医卫体委员会"副主任。1991 年被国务院批准享受突出贡献科技人员特殊津贴。1993 年荣获英国剑桥国际名人传记中心颁发的 20 世纪成就奖。1995 年被评为上海市名中医。2008 年获上海市医学贡献奖。2009 年 4 月被人力资源和社会保障部、卫生部、国家中医药管理局评为首届"国医大师"。

国家卫计委副主任、国家中医药管理局局长王国强
到上海为裘老颁发"国医大师"证书

裘老是我国著名的中医学家，他在医学上有高深的造诣，临床以善治疑难杂病著称，活人无数，医泽广被。尤其难能可贵的是，他还是一位通晓文史哲的学者和诗人，人称一代鸿儒大医，曾主持编写和主编的著作达 40 部。其中，《裘沛然选集》获中华中医药学会学术著作奖一等奖，《中国医籍大辞典》获国家辞书一等奖、教育部科技进步二等奖。撰写论文 30 余篇，其中《疑难病症中医治法研究》一文获中华全国中医学会颁布的优秀论文一等奖。早年主持研究的"经络玻璃人"模型及脉象模型，分别荣获国家

工业二等奖、三等奖。

国事蜩螗志在医

　　裘老幼年就读于国学专修
馆，当时国学馆的任教老师为
姚江施叔范先生。除诵读经史
百家外，他还涉猎诗词歌赋，
凭借勤奋与刻苦学习，使他在
文字、音韵、训诂等方面奠定
了初步基础。裘老对施公的博
学通达以及治学为人之道都深
为敬仰，并对他的一生产生极
大影响，他不仅学习施公如何
做学问，更学习施公的做人之
道。施先生督学甚严厉，凡四
子书及唐宋名家的文章诗词均

裘老主编的《中国医籍大辞典》

须选读，并要求熟背成诵，故裘老受学时间不长而获益良多。他
一生之所以能坚持虚心好学，手不释卷的治学态度，以及仁爱好
施之心，完全秉承了恩师的品格风范。他曾满怀深情地写下一首
七律，即《怀念叔范先生》："少沐春风旧草堂，沪滨重见菊花黄。
僻居应是须眉朗，薄醉悬知意念伤。老去江湖艰跋涉，晓行风露
湿衣裳。文章灵气归何处，好句还同日月光。"直至耄耋之年仍然
深情地回忆说，"我今日能于经史辞章略窥门径，盖得力于先生教
育启迪之功，因在儿童时已对国学奠定了初步基础"，由此得以循
序渐进。

　　在20世纪二三十年代，正值军阀混战，他虽有匡时经世之志，

裘沛然人学思想研究及诗文赏析

·当代著名书法家录

剑风楼诗稿

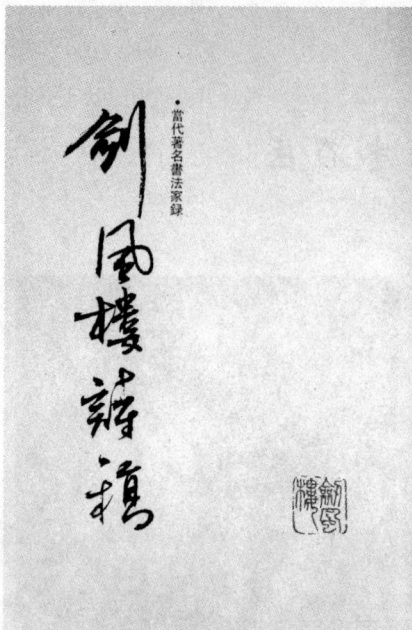

裘老诗稿题字

而当时的时代思潮，"革新者"主张把中国古代文化扫地以尽，而"保皇派"则力图维护封建礼制，均与他的理想不合，遂乃锐志于医学。其叔父汝根先生通晓针灸学，为广西名医罗哲初的弟子。他13岁时便在课读之余，从叔父学习针灸，并常侍诊左右，开始对中医古籍及针灸临床粗晓其理。1931年裘沛然来到上海，求学于一代名医丁甘仁先生创办的上海中医学院。教师大多是沪上医学名家，在这良好的学习环境与氛围中，他学习更为刻苦认真。为背诵中医古代典籍和中医理论，以及博览国学之经、史、子、集，"晓窗千字，午夜一灯"，是习以为常的。课堂学习外并在丁济万（丁甘仁之长孙）诊所临床实习，在丁师悉心指导下，凭借厚实的古文功底，以及博学强记的天赋，用心钻研，基本掌握了中医四诊八纲、临床辨证施治的要领，尤其对中医重要著作《黄帝内经》（简称《内经》）、《伤寒论》、《金匮要略》、《神农本草经》、《温热经纬》中的主要内容，都能熟读掌握。并用蝇头小楷抄录了十多种医籍和讲义，因时代变迁，抄本多已散佚，现存《读医抄本拾遗》一书，已在上海中医药大学出版社影印出版发行，书中汇集的《伤寒论》《温病学》《舌苔学》《妇科学》四本抄本均是70多年前抄录的笔记讲义，是在2006年初整理藏书时偶然捡得的仅存之本。

经过三年的刻苦学习和细心领会，裘老对丁济万先生的学术特点、遣方用药常规，以及经验效方，几乎熟极而流，故在侍诊之余，曾整理过丁师的临证处方，编成一本《丁方集成》，以便记诵，同学一时传抄，作为临证之助。临近毕业，在随师侍诊外，又常请益于海上名家谢观、夏应堂、程门雪、秦伯未、章次公诸先生，得到诸前辈指教，受益匪浅，使医术日见长进。

1934 年毕业后自开诊所，先后在慈溪、宁波、上海等地悬壶济世，既为民众治病，也积累了一些经验。1956 年政府为贯彻中医政策，全国成立四所中医学院，裘老于 1958 年应聘进入上海中医学院（现上海中医药大学）从事教学工作。他从事中医教育、研究工作半个世纪，可谓桃李满天下，为培养中医事业的后继人才，呕心沥血，忘我工作，数十年如一日。

精奇巧博起沉疴

裘老自 1934 年始从事中医理论和临床研究工作，长达 70 余年，他年逾九旬仍然坚持在临床第一线为患者解除病痛，深得病家的拥戴。他对中医事业的敬业与执著精神，堪为中医界的楷模。其研究仲景方证药法，善于灵活变通，立方贵在"精、奇、巧、博"，在治疗疑难杂病顽症方面，有着丰富的经验。他精心总结的《治疗疑难病八法》，曾经荣获中国中医药学会优秀论文一等奖。

1. 大方复治建奇功

他特别服膺唐代医家孙思邈的学术经验，竭尽发掘之能事，为此，曾系统研究了《千金方》中近六千个处方，总结其处方遣药特点是简洁、平正、奇崛跳脱与杂而有章等，给人以深刻的启示。后世医家有嫌孙氏某些处方"庞杂繁乱"，但裘老独具睿智的目光和深厚的功底，深知孙氏其方之"杂乱"正是奥妙之所在，体现了处方"反、激、逆、从"之妙用。故在治疗重症顽疾时，多效法孙思邈，以大剂庞杂组方或奇特配伍而屡起沉疴危疾。

大方复治法是广集寒热温凉气血攻补之药于一方的治法。古代方书，列有此法，而后世在这方面似乎注意较少，以致良法日渐湮没，影响中医疗效的提高。裘老在行医早期时，多推崇丁氏处方平和轻灵，讲究丝丝入扣。经过长期的临床实践使他渐悟"大方复治法"之奥妙。他曾治一例痢疾危症，在各种治疗无效的情况下，为其处党参、熟地黄、当归、白术、黄连、车前子、泽泻、黄芪、干姜、附子、芒硝、大黄、黄芩、防风、羌活、乌梅、诃子肉等一张"大方"，仅服两剂，其病即愈，疗效之速，出乎意外。裘老治疗慢性肾炎，有时也常用本法。总结多种方法可随证结合应用，即一为清热解毒，二为温补肾阳，三为培益脾气，四为滋阴补血，五为祛湿利尿，六为辛温解表，七为收涩下焦，八为通泻肠胃等等。一方之中，补血又祛瘀，补气复散结，培脾合攻下，温阳兼清热，收涩加通利，集众法于一方。看似药味庞杂，然而乱而有序，众法合一，治疗危疾大症，往往收到桴鼓之效。如于2002年治一患急性高热证的杨姓病人，在某大医院诊治，发热39.5℃～40℃，经著名西医专家多次集体大会诊，各种医学检查，未能明确诊断，用了多种退热西药，而高热持续达九天之久，治疗竟无寸效。因该病人当时正在负责筹备一项重要的国际会议，责任重大，故不仅病者内心焦急异常，且上级各有关部门亦倍加关切，所在医院已虑竭计穷，无奈之中乃以侥幸之心求治于裘老。经过仔细询问并听取专家汇报病情，察色按脉后为其拟一方，以表里相合，气血双清，寒温反激，邪正兼顾，剂量亦较通常加重，以高热偏用辛温，痞满不避甘药，甫投一剂而高热退至37℃。次日又驱车于医院复诊，病人喜形于色，唯告尚有虚烦感觉，嘱原方再服一剂即诸症全消。患者迅即出院投入工作，如期完成会议筹备任务。

2. 法无常法创新意

中医辨证论治，首在辨别阴阳与协调阴阳。考阴阳这一概念，

裘老为患者诊治

其实质内容包涵极为广泛。医者对此应做详细之辨析，否则将导致毫厘千里之误。例如辨证之表里寒热，脉之浮沉迟数，其他种种，皆有阴阳之别，知其偏胜，使之协调，为施治大法，故见脉迟为寒而用温剂，脉数为热而用凉药，固为施治常法。裘老则认为，对某些疑难重症或顽症，应跳出常规思维，要懂得"常法非法，法无常法"的道理。如在某种情况下见脉数可用温，脉沉亦可用寒。例如一王姓男病人远道而来就诊，患心动过速。诊脉时每分钟搏动达 180 次，自诉心跳不宁，神情恍惚，脉虽数疾而细软乏力，苔薄舌色淡红，面色苍白时有升火之感。诊为心阳式微而浮阳上亢，心气不敛以致逆乱。以峻用温药治之，取法炙甘草汤加附子，药用桂枝达 21g，炙甘草、干地黄、党参、麦冬、阿胶（烊化冲服）、熟附子，又加生姜、大枣。嘱服 5 剂。复诊时病人自诉脉搏已减至每分钟 130 次，心悸之症大减。效不更方，嘱更服 5 剂。三诊时病人脉搏跳动已恢复正常，为每分钟 80 次，诸症悉除。当时程门雪先生与裘对座，程老亲按该病人之脉，乃兴"此事难知"之叹。本案以炙甘草汤加附子治疗心动过速症，较之炙甘草汤治疗脉结代、心动悸的原意则更具创新，如根据脉数为热之说，拘守"桂枝下咽,阳盛则毙"之语而用寒凉,则其后果自可想象。

哮喘疾患好发于冬春季节,患者以老年与儿童尤为多见,亦有长年举发而不易治愈者。由于拖延难愈,长期缠绵,每每影响其他脏器而现并发症致治疗更感棘手,病者倍感痛苦,医者难有良策。例如,他曾治一位好友之女,年方十岁,患此疾已历多年,备服中西药物迄未见效,发则日见加剧,常彻夜不能平卧,无咳嗽,痰质清稀,喉间鸣声辘辘,气息短促,胸脘窒闷难堪,已至形神萎疲,元气日衰,举家为之担忧。察舌苔腻白,脉呈细数,为拟一方,用麻黄、桂枝、干姜、细辛以温通,黄芩、黄连、龙胆草以苦泄,诃子肉、乌梅以收敛,甘草、大枣以缓中,剂量较一般稍重,嘱服二剂。复诊时,其女告知,服该药时既甜又酸又辣,甜酸苦辣俱备,实难下咽。然一剂甫下而哮喘顿平,累年之苦竟消于俄顷,嗣后再加调理而愈。本方配伍组方之意,已超越宣肺平喘,纳气补肾之常法,另辟蹊径,以温通收敛相激相合,独有见地。《内经》有"辛甘发散为阳,酸苦涌泄为阴"之说,二者如水火不相容,医者多恪守经旨,不敢轻越雷池。而裘老却以相反相成,竟收覆杯之效,可见医理之难明而实践之可贵。

3. 配伍相得多灵变

裘老治疗各种肾炎、慢性肾功能衰竭等疾病具有独特的思辨方法以及独到的配伍治疗经验。例如慢性肾病的病机,多与水肿病相联系,并有"其本在肾,其制在脾,其标在肺"之说。裘老则认为,本病多为脾肾气血亏虚与风邪、水湿、热毒、痰浊、瘀血相夹杂,多有表里夹杂、寒热错综、虚实并存等情况。针对复杂的病机,临证遣方配伍立法,可单独采用一法,或以一种为主,旁涉其余,或数种配伍方法熔于一炉。其中补泻兼顾的配伍最为习用。如其数年前曾治一位来自宁波的7岁男孩,经某医院拟诊为肾病综合征伴慢性肾功能衰竭,住院治疗2月余,迭经各种西药治疗,未能收效,院方已数次发出病危通知,患儿家属焦急万分,慕名特来求救。当时，家人是抬着病孩儿进诊室仰卧于地，孩子的长辈数人叩求先生救孩儿一命。先生安慰家人云："我一定好好研究，尽力救治。"当时年近九秩的裴老随即俯身下跪一膝着地为患儿诊脉，但见患儿面色苍白，神气消索，全身浮肿，腹大如鼓，胸膺高突，阴囊肿大透亮，小便点滴难下。按其脉细微欲绝，舌体胖，舌质淡，苔腻而滑。此乃正气大虚，气不化精而化水，水湿泛滥，流溢肌肤。病经迁延，形神俱败，证情险笃。少顷即拟一方：生黄芪50g，土茯苓30g，黑大豆30g，大枣7枚，牡蛎（捣）30g。患儿服药3剂后，大便通畅，肿势消退，神气略振，脉较前有力。服药有效，原方加巴戟肉、黄柏、泽泻，再服1周。患儿尿量逐渐增多，水肿亦大减，阴囊肿势基本退尽，神态活跃，脉细有神。孩儿家长登门致谢，连连称道先生是救命恩人！后以上方增减而连服3月，诸症全消，体检化验各项指标均恢复至正常范围，随访2年未复发。

同样是肾病综合征患者，裴老在数年前还诊治一位顾姓23岁的女性患者，患病已4个月，当时正值大学四年级临近毕业之时，家属和病人均焦急忧愁，经介绍求治到诊所。初诊时症见腰痛，浮肿，神疲乏力，时时耳鸣，面色灰暗无华，小便泡沫量多，化验检查：24小时尿蛋白4.8g，舌质暗灰，苔薄腻，脉濡细。该患者病程较长，病机错综相杂，肾阴亏虚而下焦不固。治拟补肾健脾、益气养阴、淡渗利溲、清热燥湿，方用生黄芪、当归、生地黄、熟地黄、川黄连、黄芩、黄柏、牡蛎、泽泻、龟板、补骨脂、白薇、漏芦。上方加减调治月余，证情渐有好转，面色转华，眩晕耳鸣消失，24小时尿蛋白降至1.9g。再拟一方：黄芪、羌活、白术、牡蛎、泽泻、黑大豆、龟板、黄柏、仙灵脾。上方加减续服半年余，诸症平稳，精神较佳，面色红润，24小时尿蛋白1.2g。嗣后偶然外感，尿蛋白有反复，时升时降，继续调理近1年，24小时尿蛋白降至0.9g，逐渐康复而走上工作岗位，并能胜任正常工作。

2008 年年底再遇此患者时，形体略胖，面色白里透红，告曰尿蛋白检查已完全正常，若感冒后检查仍有微量尿蛋白，经休息调养又全部恢复正常，并面有喜色告说"正在筹备婚事呢"。

此方配伍与宁波男孩之方比较，同中有异，体现灵活多变的配伍特色，然而同样体现了攻补兼施，寒热相应，利涩相反相成的特点。

4. 临证遣药究本原

宋代著名医药家寇宗奭在其所著《本草衍义》一书中指出：医生治不好病，多由"六失"所致。"六失"中的一条即是"失于不识药"，寇氏之言切中时弊，现在大多数年轻的中医师，药物知识不足，加上古代本草学作者的某些臆测之论，代代相传，人云亦云，影响了治疗效果。例如，关于升麻的功用，金元时期的医学家张元素在论述升麻的作用时说："若补其脾胃，非此为引用不补。"并以为升麻，其用有四：手足阳明引经，一也；升阳之至阴之下，二也；阳明经分头痛，三也；祛风邪在皮肤及至高之上，四也。张元素论升麻有升阳于至阴的空前发现，其高徒李杲乃益加张扬其说："升麻引甘温之药上升。""人参、黄芪非此引之，不能上行。"后世医家，莫不遵循其法而加以宣扬。如《本经逢原》认为升麻升举之力特强，故设有一段危言耸听之语："为其气升，发动热毒于上，为害莫测，而麻疹尤为切禁，误投喘满立至。"李时珍《本草纲目》也说：升麻引阳明清气上升。裘老在早年学医时，也曾信奉元素及后世诸医家附和之说，其后读书渐趋深入，阅历与年俱增，通过自己长期大量的实践验证，才始知升麻升提阳气之说是大可商议的。试检《神农本草经》和《名医别录》有关升麻功用的记载，"主解百毒，辟温疾，瘴气邪气，主中恶腹痛，时气毒疬，头痛寒热，风肿诸毒，喉痛口疮"。《本草图经》特指出："肿毒之属，殊效。"凡是宋以前的本草所载内容基本一致，都没有片字只语载述该药有升阳作用。历代名医的处方中用升麻的，自仲景以下迄至《千金要方》《外台秘要》《肘后备急方》《小品方》《太平圣惠方》等方书，其主治病证为斑疹、咽痛、牙齿肿痛烂臭、疮疡、热毒下痢、蛊毒、壮热等症。宋代名医朱肱就早有"无犀角以升麻代之"的记载，说明这两种药的功用非常接近，以上众多名医、本草、方书的记载，都与元素所谓升举阳气说格格不相入。裘老在几十年的临床观察中，用升麻的适应证，一般不外咽喉红肿疼痛，牙根恶臭腐烂，发斑发疹，高热头痛，谵妄，热毒下利以及疮疡肿毒等症。药量15～30g，有时还可加重一些。裘老曾治疗过大量病人，觉得升麻解毒、清热、凉血的作用是确切的，从来没有所谓"升提太过而至喘满"的情况发生，并且未发生什么副作用，只是效果远不及犀角（现临床以水牛角代）而已。裘老通过长期的实践，深深感觉宋以前的方剂、本草著作记述内容较为朴实可信。

裘老在看病

5. 医患相得利于病

医患相得法，既是治疗疑难疾病的一种重要方法，又是临床所应注意的一个问题。本法首先要求医生对病人具有高度责任感，从而使病人对医生产生坚定的信心。医生和病人如能同心协力，将为治愈疑难危重病症创造最佳的条件。医生的认真负责态度，使病人精神得到安慰，并对医生的治疗充满信心。"相得"还要施用"治神"的方法，中医学理论认为："神"即意、志、思、虑、智等心理活动，它与脏腑功能之间有密切联系。故精神安定者，疾病多呈向愈之机，而"神不使"则往往预后不良。《灵枢·师传》所述"告之以其败，语之以其善，导之以其所便，开之以其所苦"之旨，即系治神之法。医者应使病人对疾病具有必胜之心，并采用针对性的语言疏导，多方设法解除病人心中的疑虑、顾忌、执著、愤怒、恐惧等思想，使其心神安定，激发起正气抗病的能力，发挥病人自身对疾病的调控作用，然后药物才能起到更好的效果。裘老70余年的临床实践，遇见的病人、病证各不相同，尤其是对心因性疾患，或危重顽症病人，都给予特殊的心理安慰，使他们树立战胜疾病的充分信心，确实对提高疗效能发挥很大作用，这样的病例多不胜举。

如 2005 年曾治疗一位张姓女患者，年近三十，因情志抑郁，失眠 2 年，病情日益加重。患者于 2 年前患皮肤湿疹，久治未愈，导致精神紧张、忧虑、失眠，当地医院诊为抑郁症，一度服西药好转后又复发，又继服抗抑郁药 6 个月未明显缓解，反逐渐加剧，失眠严重，伴全身乏力，遂慕名到上海，当时手捧《裘沛然医论集》一书到医院求诊。症见心悸，胸闷，精神易紧张，情绪低落，夜寐不安，仅能睡眠 2～3 小时。伴有眩晕头胀，纳食不馨，月经愆期、量少。此乃肝气郁结，郁而化热，心失所养。处方：炙甘草、桂枝、麦冬、西红花、黄连、生地黄、生龙骨、生牡蛎、常山、茯苓、茯神、郁金、党参、生姜、大枣。同时叮嘱患者放松心情，生活有规律，每天进行散步活动，避免劳累，并表示一定精心治疗，对此病证亦很有信心，并要患者坚定必胜之心，配合医生。四诊时患者仍有心悸和恐惧感，倦怠乏力，纳食欠馨，夜寐时好时差，月经衍期 40 天，遂又拟一方：野山人参、生牡蛎、生龙齿、藿香、紫苏梗、阿胶、炙甘草、桂枝、生地黄、常山、麦冬、五味子、郁金、益母草、丹参、干姜、生姜、大枣。药后 7 天，月经迅至，在上方基础上进一步加减调治。经 2 个月中药治疗，抑郁症基本治愈。因月经失调，经期愆迟，婚后 3 年未孕，故治宜调理脾肾、益气养血、疏肝解郁为主，经数月调治，月经正常，不久获怀孕之喜，十月怀胎后生下健康男婴，如今母子安康，并已迁至上海定居。

又如，近年来肿瘤患病率逐渐上升，为临床常见的一种危重病症。

裘老治疗肿瘤疾患的体会是：首先患者心态平静安定，同时对医生有笃信者，则往往效果较佳，甚至可完全康复，若一染此症即精神紧张，情绪恶劣者则每至不救。早年曾治一贾姓男病人，年近六十，为钢铁厂干部。经上海市两所著名医院确诊为肺癌，并嘱从速手术，或可救治。厂领导亦促其急赴医院切除，无奈患者坚拒手术，只要求到裘老处诊治，谓一切后果均自负云云。裘老乃为之拟一处方：用二黄（黄芪、黄芩）、三山（山慈菇、山甲片、山豆根）、二术（白术、莪术）、二苓（猪苓、茯苓），加冬虫夏草、生晒参、麦冬、西红花，以及龟板、白花舌蛇草、石见穿、木馒头诸药，并嘱每日服蟾蜍 1 只，服法是将蟾蜍去头及内脏，蟾皮亦剥除，唯留四足部皮肤，必须清洗非常干净，然后久煮成糊状（略加大蒜），每日数次分食。病人坚信不疑，汤药（略有加减）与蟾蜍共服食近 6 个月，再赴原两所医院复查，讵料结论一致，谓肺部病灶已完全消除，遂恢复正常工作，生活起居亦一如平时，迄今已逾九年，安享退休美好生活。

读书苦乐有乘除

　　裘老读书除了医学外，还博览哲学、史学、文学等，并对儒学及古体诗造诣尤深。在他的数万卷藏书中，文史及自然科学书籍竟占其半。对于立志从事医学者，裘老强调要做一名合格的好医生，除了认真奠定中医基础外，还要有中国文化和有关的自然科学知识，其中特别强调必须具备厚实的中国传统文化根底，这样，方能在医疗实践和辨证思维中将多种知识融会贯通，才能在多学科知识的渗透与交叉中悟出真知灼见。裘老在医学上的成就，也得益于专业外的广博知识。

　　根据长期的治学经验，还总结归纳了五点体会。

1. 读书先要弄清概念，循名责实

　　概念是从具体事物中抽象出来的，它有一定的内容做根据。在中医文献中，一个名词常常寓有多种含义，例如阴阳这一名词，分之可千，数之可万，举凡气血、精气、脏腑、经络、上下、左右、前后、标本、升降、浮沉、表里、寒热、虚实、动静、水火、邪正等等，同一阴阳，含义可以全不相同，稍不经意，便致错误。例如刘完素、张元素、李杲、朱震亨、张介宾等都在相关问题上

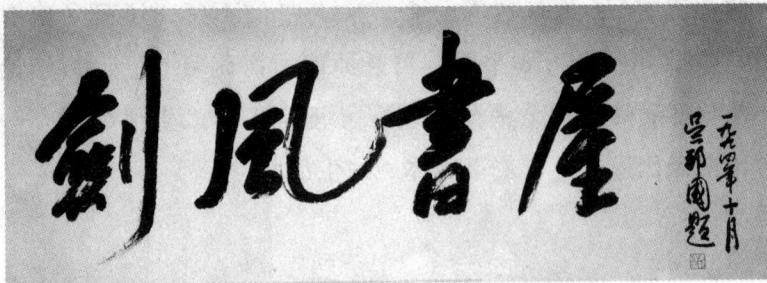

中共十六届、十七届中央政治局委员、常委，第十届、十一届全国人大常委会委员长吴邦国为裘老书屋题字

16

见解各有不同，其中有不少是由于概念混淆所引起的争端。裘老则认为，"名者实之宾"，初学者必先弄懂各种"名词"的含义，重要的是循名以责其实，不可为"名"所惑，这是他在治学中非常重视的一个问题。他经常告诫学生：凡读书尤当循名责实，名实明则义理自得。学习古人之法决不能囫囵吞枣，并强调指出：那种不求甚解、学而不思、思而不化的读书方法绝对不可取。只有对书中知识充分领会，融化吸取，触类旁通，灵活运用，才能真正掌握其精神实质。

如对"医者意也"一辞，有人理解，"意"为医生诊病可以不循法度，随心所欲地做出臆断，因此必须加以批判。裘老并不轻从其说，他以大量的古今中外的文献资料说明，古代医家所提出"医者意也"一语，乃是提示医理深奥，医生必须加倍用意，"思虑精则得之"，否则轻率马虎，稍有不慎就会"毫芒即乖"。他又列举许多著名科学家通过创造性思维而获重大发明的史实，提出"意"即是在反复实践基础上的科学思维，是科学工作者不可或缺的重要条件之一。通过循名考实，撰有《不废江河万古流》一文，一扫近世对"意"的诬蔑之辞，使"医者意也"的含义大白。

再如，对现代临床中的各种"炎症"，按现代医学理解是指局部组织充血、水肿、渗出和组织增生的病理现象。因"炎"字由两个火字组成，乃有不少中医竟把"炎症"完全理解为火毒引起，遂把"清热解毒"作为"消炎"的唯一治法。裘老认为，中西医学是两个不同的医学理论体系，不可牵强比附，更不容望文生义。中医对炎症的施治，应按照中医学的理论去辨析其症的寒热虚实，然后据证立法，选方议药。大量的临床事实证明，炎症并非尽属实热，而诸如温经散寒、活血行瘀、化痰散结、养阴益气、助阳壮元等治法，只要契合病机，都可能达到"消炎"的目的。中医应用不同方法治疗炎症，必将为西医学消除炎症提供新的宝贵启示。因此，只有通过循名而责实的方法，才能有效地进行辨证论治，并进一步促进医学的发展。

2. 读书要"猛火煮，慢火温"

所谓"猛火煮"，即在初学某一名著经典时，应下苦工夫，要熟读熟背，只有熟才能生巧，只有苦读才能甘来。对书中重要内容、学术理论要反复体验，认真思考，不断钻研，才能真正领会其中的奥秘要旨。裘老治伤寒之学着实下了一番"猛火煮"的工夫，对历代重要注家做过苦心研究。皇甫谧说"仲景垂妙于定方"，他对此尤为心折。目前临床上有些医生用仲景方往往疗效不理想，其原因是对诸如《伤寒论》一类名著还欠缺一些"煮"与"温"的工夫。"慢火温"，指对书中重要内容要反复思考，认真实践，领会其中的道理。先生常说，读书不可草草滑过。医理深邃，欲入堂奥，必先勤学苦练，循序渐进，方能逐步深入。如他在读到《素问·生气通天论》"阴者藏精而起亟也，阳者卫外而为固也"一句时，发现历代注释对"起亟"二字颇有歧义。如张隐庵释为"亟，数也"，阴主藏精，"亟起以外应"；杨上善云"起亟"作"极起""阴极而阳起""阳极而阴起"，等等。裘老经较长时期的"慢火温"，方觉古人所注均未达意。他说：考"起"字在古代与"立"通，在训诂学上"亟"与"极"二字通用。"起亟"应训为"立极"，"立极"寓有坐镇守位，百体从命，阳气的作用必须依赖阴精为基础的意思。因为"精者，身之本也"，正与《素问·阴阳应象大论》"阴在内，阳之守也；阳在外，阴之使也"的观点若合符节。《内经》本义极为明晰，只因古今文义变迁，以致后世注释曲解附会而不能自圆其说。经他一点，这两句经文便怡然理顺，疑义亦涣然冰释。明代张介宾以擅长扶阳鸣世，而其所著的《真阴论》，即是秉承经旨，对阴为阳基的义理做了精辟发挥。

3. 读书贵在化

裘老在中医学术方面卓有建树，绝非出于偶然，"水之积也不厚，则其浮大舟也无力"。在中国医药学的宝库中，祖先为我们留下了许多防治疾病的理论和方法，但学习古人之法绝不能生吞活剥，神明之妙贵在一个"化"字。

《素问·阴阳应象大论》有"阳之气，以天地之疾风名之"的记载，裘老从此句悟出"风即气的变化"。叶桂曾概括中风的病因由"阳气之变动"，所谓"变动"，是指气的运行失常，或动窜过度，或阻滞不通。动窜太过则化火化风而发生中风、厥逆等证，阻滞不通则酿湿、生痰、停瘀而形成各种痹证，故理气药与祛风药在某种意义上说是相通的。人们对祛风解表剂中多用行气药有一定理解，而对应用祛风药以散郁结、调气机、理三焦、和脾胃的作用则似乎注意较少。其实如治疗土虚木贼泄泻的痛泻要方中用防风一味，秦伯未云能"理肝舒脾，能散气滞"，是颇有见地的，他临床常用防风、荆芥、羌活等祛风药，与白芍、白术相伍，治疗腹胀、肠鸣、泄泻诸症，收效满意。中药中有许多祛风药，先生常以巧妙的配伍作为理气药应用，每能收到较好的疗效，这就是"化"的工夫。

后世医家有中满忌用甘药之说，凡脘腹胀满者不敢用甘草。裘老从《伤寒论》甘草泻心汤主治"心下痞硬而满，干呕，心烦不得安"的记载中，领悟到仲景用大剂甘草可以治脘胀腹满，而后人之说恰与之相背。他力遵仲景

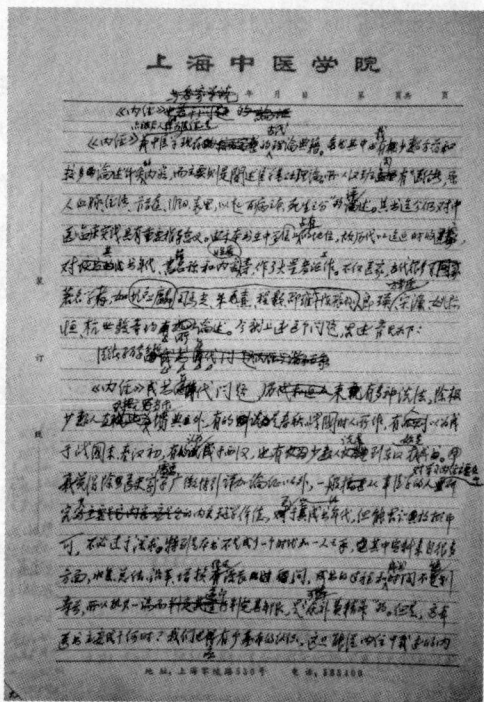

裘老书稿笔迹

之意并化裁运用于临床，辄投甘草、党参之品，非但无壅滞之虞，反而胀满若失。由此可见，古方今病并非"不相能"，其关键也无非是淹有众长而又善于化裁而已。

4. 学问求其博

一般的中医师要成为一名高明的专家，除了要打好扎实的中医理论基本功外，还应精通中国传统优秀文化和现代科学相关知识。他曾提出"中医特色，时代气息"为学好中医的八字方针，认为传统文化是大道，大道学通了，医道就较易理解，历代名家诸如张仲景、孙思邈、朱震亨、张介宾、李时珍等无不如此。李时珍历经27年编写《本草纲目》而成为医药大家，除了阅读大量医药著作外，还阅读了数百种文、史、哲书籍，即是明证。裴老在医学上的成就也得益于其在文史哲方面的深厚造诣，当学问达到某种高度时，其中道理往往是相通的，又如文理、医理都必须深思熟虑，方能领会其用意。裴老长于诗文，试以其所作《读〈孟子〉后作》为例："予少年时读王荆公诗，有'他日若能窥孟子，终身何敢望韩公'句，诗中'何敢望'三字一般读者都认为系荆公谦词，其实，乃是不屑为之委婉语。当时颇怪荆公何以如此尊孟而薄韩，中年以后，细绎两家之书，孟实胜韩远甚，尤其是孟氏所创导之'民贵君轻'的人民至上思想以及'富贵不能淫，贫贱不能移，威武不能屈'的高尚人格境界，等等。这在封建统治社会中其言可以惊天地而泣鬼神，为中华民族之精神文明树立光辉典范。孟子更重视义利之辨，而如果'上下交征利'，则对国家危害之严重性自是不言而喻。凡此皆远非韩愈所能及，王安石之尊孟轻韩，意在斯乎！"从"何敢望"三个字的理解，说出一番大道理，其博学深思，于此可见一斑；其学风，可为后人楷模。在其《读书苦乐有乘除》一文中，他总结自己的治学格言是："人说读书乐，我说有苦亦有乐，乐是从苦中得来的，小苦得小乐，大苦得大乐，未得其乐者由于不肯吃苦；深得其乐者，乐而不知其苦。"他勤奋读书，未尝释卷，是为了精熟文史，博极医源。为了深入研究中医学，《二十四史》裴老也曾通读。对中医学术更是反复揣摩，长达70余年，对中医的诸多术语概念循名责实，对辞旨意蕴钩玄索隐，勘谬正误，发前人所未发，见他人所未见。他对中医药事业作出了卓越贡献，这一切完全得益于他的博学。所以才成为既深诣岐黄之道，医德广被的医学大师，又是诗文史哲造诣颇深的学者。

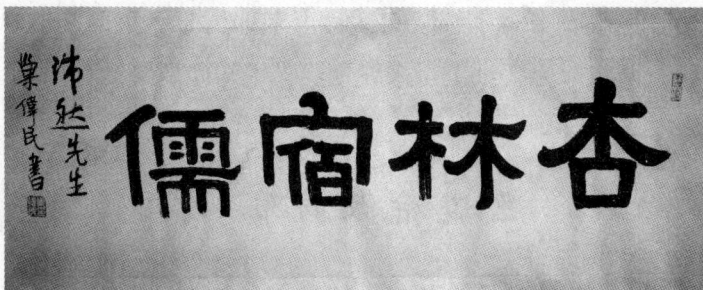

友人题赠裴老字

5. 欲知甘苦要亲尝

医学是一门应用科学，前人的理论和经验必须经过躬身实践后才能成为自己的知识。裴老在半个世纪从事医学的生涯中，饱尝了昨是今非，今是昨非的甘苦，深深体会到只有临床治疗效果才是检验是非的标准。

例如，细辛是一味散寒、止痛、化饮、通窍的良药，但对其使用剂量历来有"辛不过钱"之说，如《本草纲目》载："若单用末，不可过一钱，多用则气闭塞不通者死。"《证类本草》云："不可过半钱匕。"（约合今之1g余）《本草经疏》亦说："不可过五分。"前人的戒律能否逾越？先生通过对仲景用细辛方的研究，发现其量一般在二三两之间，纵然古今度量有别，但从其组方中与其他药味剂量的比例来分析推算，无论如何均超过了一钱之限。中医界尊仲景为医圣，而处方用药则违反其法，这类似"叶公好龙"，必然会影响疗效。裴老经过小心论证，大胆实践之后，发现细辛入汤煎服可用至3～15g，他应用50年未发现有副作用（若用散剂吞服，必须减其

21

剂量）。他曾用细辛合麻黄、附子等治愈屡治不效的顽固风湿痛、偏头痛，以细辛与麻黄、干姜、黄芩合用治愈不少重症痰饮喘嗽，对某些癌症患者用大量细辛在止痛消结方面有较好疗效，在补肝益肾药中配伍细辛还可以增强补益的功效。他曾感慨地说，用药贵在熟谙药性，通过临床而知见始真。古今学者之所以博学多闻，知识面宽广，就其治学特点而论，都具有勤于思考，勇于实践的精神。裘老平生治学最服膺十个字、两句话：十字即博学、审问、慎思、明辨，笃行；两句即为"纸上得来终觉浅，绝知此事要躬行！"

医道精微最难知

裘老经常告诉我们：在世界上有两门学问我们还知之甚少，一是宇宙，二是人体。我国元代医学家王好古曾经写过一本书，书名起得很好，叫做《此事难知》。王氏自谓：读医书已经几十年，虽然是癙寐以思，但总不容易洞达其趣，他很想寻访高明的老师，可是走遍国中而无有能知者。海藏老人的话引起了先生深深的思考。

裘老在学术上远征旁搜，对灵素仲景之学及历代医学理论的沿革发展研究颇深，并发表了许多新的见解。

1. 关于中医药学术构建的基本思想

长期以来，学术界对中医学的性质认识不一。先生的观点是，中医学是自然科学与人文科学的综合学科，其内涵是科学技术与中华文化的结合体。故在掌握藏象、经络、病机、治则的基础上，还必须通晓我国的哲学、文学、史学等知识，才能全面掌握中医学术。例如，《易经》《老子》等学术思想也与中医学术相通，通医理必先通文理；因时代和环境的变化，风俗习惯的不同，其辨证论治亦不同。所以《内经》有医者必须"上知天文，下知地理，中知人事"的明训。

裘老认为，人既是自然的人，也是社会的人。中医学始终把人的生命放在自然界与社会人事的双重背景之下，考察人的生命活动轨迹以及在健康、疾病状态下的种种变化。人的生命活动受到自然变化的资生与制约的影响，并具有适应自然环境的能力。中医在强调人的自然属性的同时，也并不忽视人的社会属性，认识到人的社会活动对人体心身活动的影响。所以中医的辨证施治，除了识别各种辨证方法外，还必须因时、因地、因人制宜，强调心身同治。因此，中医学具有自然科学和人文科学的双重属性。

裘老在读报

从中医学的性质而言，其精髓就是效法自然、研究自然，探索人体生命活动的规律，并创建相应的理论体系和防治疾病的原则和技术。在整个中医学术体系中，始终突出"以人为本"的精神，而人与天地列为三才，在中华文化的影响下，主张遵循自然界生长收藏的规律，"法于四时，和于阴阳"，以保持身体健康。在疾病状态下，希望以"扶正达到驱邪，或祛邪以安正，以调整营卫气血、脏腑经络之偏盛偏衰，达到气血冲和，阴阳匀平"为疾病防治的主要指导思想，这就是裘老对中医学的基本学术思想。

2. 倡导"伤寒温病一体论"

汉代医学家张仲景著《伤寒论》，为治疗外感热病树立圭臬，清代名医叶香岩创温病卫气营血理论。他以伤寒与温病为两门学问，形成对峙之局，倡言"仲景伤寒，先分六经，河间温热，须究三焦"，以温病只需辨明卫气营血即可。后世不少医家，遂以卫气营血辨证为治疗温病的枕中鸿宝，习俗相沿，以迄今日，由此引起伤寒和温病两个学派长期的争论。先生的基本论点是：伤寒为一切外感疾病的总称，赅括温病。首先从《伤寒论》自序中可知，"死亡者三分有二，伤寒十居七"，说明仲景所指的伤寒，绝非仅指一般感受风寒的病症。再从文献记载来分析，《素问·热论》有"今夫热病者，皆伤寒之类也"之说。《难经·五十八难》云："伤寒有五：有中风，有伤寒，有湿温，有热病，有温病。"晋代葛洪《肘后方》载："伤寒、时行、温疫，三名同一种耳。"即使是温病学家王士雄也承认："五气感人，古人皆谓之伤寒，故仲景著论皆以伤寒名之。"由此可见，伤寒为一切外感疾病的总称。近世所称之温病，包括风温、温热、温疫、温毒、暑温、湿温、秋燥、冬温、温疟等，都基本揭示其端倪。所不同者，伤寒还包括了外感寒性病，还有狭义伤寒等。

考伤寒、温病异途之说，创自六经叶天士、吴鞠通。叶天士倡"仲景伤寒，先分六经，河间温病，须究三焦"。继而吴鞠通亦说："伤寒论六经，由表入里，由浅入深，须横看；本论论三焦，由上及下，亦由浅入深，须竖看。"以此作为划分伤寒与温病的理论依据。裘老认为其说不妥，且不说"河间温病，须究三焦"之论查无根据，把完整的人体硬性分割成纵横两截，这是非常错误的。人体是一个完整的生命有机体，脏腑经络之间不可分割。六经是有经络脏腑实质的，如果不承认这一点，就无法解释《伤寒论》的诸多原文。六经和三焦原本是不可分割的，它们之间在生理病理情况下是互相联系的。如太阳病可见上焦症状，传阳明则出现中焦病状，太阳随经，瘀热水邪结于膀胱，可出现下焦症状。可见太阳一经已具三焦证候，其他诸经岂可脱离脏腑而为病？故六经病证足以赅括三焦。

再者，卫气营血不能逾越经络脏腑。叶香岩创温病之卫气营血，其实叶氏倡导的卫气营血辨证提纲，都与经络密切关联。卫气营血循行于经脉内外，经络又络属于脏腑，它们是一个有机整体，不能须臾分离。温病学中所揭示的卫气营血的症状，虽然较汉代张仲景书中载述的有所充实发展，但此仅仅是六经病中某些证候的另一种表达名词而已，就连叶天士本人也在《温热论》中明确说过，"辨卫气营血与伤寒同"，这恰恰是卫气营血不离六经的有力反证。

《裘沛然医论文集》封面

据上分析，温病只是伤寒的分支。温病学说在某些方面丰富和发展了外感热病的认识和证治，但不宜将两者机械地"分家"，而应从实际出发，使伤寒与温病互相补充，成为一个整体。至于伤寒温病的治法，初无二致，温病的辛凉、甘寒、淡渗，及凉血清营、芳香开窍等法，仲景的麻杏石膏汤、葛根芩连汤，皆为辛凉解表之法，猪苓汤之滋阴利水，黄连阿胶汤之清热凉血等，以及孙思邈的犀角地黄汤之清营，紫雪丹之芳香开窍，在汉唐时期早已应用。另有温病重在亡阴、伤寒重在亡阳之论，其实，伤寒对大汗与亡津液极为重视，叶天士"救阴不在血，而在津与汗"之论，亦启源于仲景。研究学问须循名以责实，具体问题必须具体分析，温病方面的辨证与治法，确对前代有所充实和发展，但两者不能分家，须融会贯通，以提高外感热病的治疗，使之益臻完善。

3. 经络是机体联系学说

裘老首创此论，其对针灸经络研究颇深。关于经络问题，历代文献以及当今现代论文书籍都有诸多阐述和假说，如经络是"神经体液"说，经络是"血管系统"说，经络是"人体解剖结构"说，等等。诸多文献和实验观察所阐述的理论及种种假说，均未能全面理解和真正揭示经络的实质内涵。裘老通过数十年的经验积累和研究探索，发现经络是中医学的机体联系学说，是阐述人体各部分之间的相互关系及其密切影响，说明这些联系是人体生命活动、疾病机转和诊断治疗的重要依据，它体现了中医学理论中的整体观和恒动观。

具体而言，经络是人体中具有特殊联系的通路，而这种特殊的联系，在活的人体功能表现中，主要体现三个方面：一是周身体表，从左右、上下以及前后、正中、偏侧各部分之间的联系，二是某些脏腑和另一脏器之间的联系，三是周身体表和体内脏腑及其他组织器官的联系，这一切都充分反映了经络是机体联系的学说。

经络除了在人体生理正常情况下担任着输转气血、运行营卫、联系脏腑、濡养组织等重要作用外，当机体发生异常变化时，经络更具有反映病候的作用。由于经络在人体分部循行的关系，疾病的形证可从各该经脉的隶属部位发生不同症状，这个反映作用，有表现为局部性的，也有属于全身性的。如《灵枢·邪客》说："肺心有邪，其气留于两肘；肝有邪，其气留于两腋……"经络脏腑的疾患也可反映于五官七窍等部位，如大肠经的齿痛、口干、鼽、衄、目黄等等；在全身症状方面，各经都有它不同的病候，在《灵枢·经脉》中有十二经病候的具体载述。近代医家所发现的压痛点及皮肤活动点与过敏带等，也是经络反映的印证和充实。

经络还具有传导作用，是基于经络的循行表里相通，它把人体体表和内脏密切地连接在一起，因此，当病邪侵袭人体后，就可循经络径路而向内传导。经络还具有接受体表刺激传递于脏腑及其他组织器官的作用，针灸疗法就是凭借经络的这个作用而达到治疗目的。

经络，总的来说，包括点、线、面三个部分。所谓点，除了三百六十余个经穴之外，还有很多奇穴，另有天应穴、不定穴等，所谓"人身寸寸皆是穴"，其多不可胜数。至于线，有正脉、支脉、别脉、络脉、孙脉、奇脉及经隧等各种纵横交叉和深浅密布的循行径路。至于面，从肢体的皮肉筋骨和脏腑组织，都有一般的分布和特殊的联系。中医辨证论治的奠基者张仲景曾说："经络府俞，阴阳会通，玄冥幽微，变化难极。"正是说明经络学说的深刻内涵及其临床应用价值。

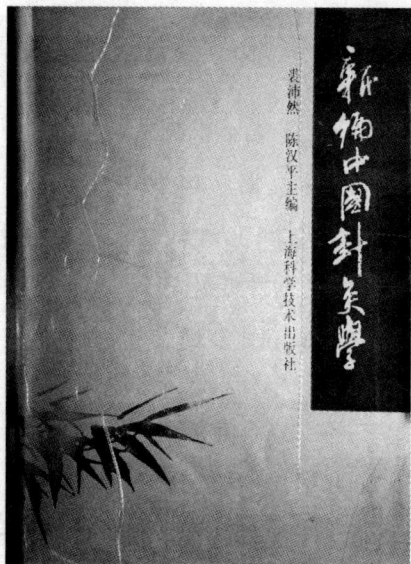

《新编中国针灸学》封面

综合上述，经络的作用有反映病候、传导病邪、接受刺激、传递药性，以及指导临床治疗，这些作用的产生都同经络的特殊联系分不开，因此，经络是机体联系学说。

4. 中医理论的光辉特色——天人相参思想

20 世纪 80 年代以来学术界对于什么是中医学的特色，仁智互见，众说纷纭。裴老认为，天人相参思想是中医理论的光辉特色的重要内容之一。

古代医家通过长期的实践观察，认识到人与自然界息息相通，自然界的运动变化无不直接或间接对人体产生影响。中医的这些理论，不仅是医疗实践和生活体验的概括，还同古代各种哲学思想特别是道家、儒家思想在医学上的渗透分不开的。老子《道德经》中"人法地，地法天，天法道，道法自然"这个万物一元的理论，儒家

《论语》中"天何言哉，四时行也，万物生也"的天人赞育思想，都在中医学有关生命现象、生理功能、疾病原理、治疗法则的理论和方法上有充分反映。《内经》有"善言天者，必有验于人"之说，中医学的阴阳学说、藏象学说、经络学说、精气神学说、运气学说等等，几乎无不根据天人相参的原理而阐明其所有的规律性。顺乎这个规律，则"以此养生则寿"；违背这个规律，则"逆之灾害生"。以时间生物学为例，大量研究表明，人的生命和生理活动同外界环境周期性变化和日、月、年的节律性基本上是相似的。中医学在这方面有很多精辟论述，必将日益为现代科学所汲取而有新的阐发。

焰续灵兰绛帐新

1. 明堂事业费精神

裘老忧国爱民之心今犹昔若，尤为中医事业的振兴情怀耿耿，多方献计献策。1980 年担任国家科委中医组成员，1981 年任卫生部医学科学委员会委员，经常参加卫生部召集的论证中医工作和探讨医学的各种会议，提出过许多中肯的意见。早在 1958 年，当时兴起一股急于在短期内将中西医合流之风，裘老撰文《促进中西医合流的思考》，在文中建议成立祖国医学研究所，展开建设祖国医学新理论的研究工作，研究须遵循政府倡导的"系统学习、全面掌握、整理提高"之原则，合流需遵循发展规律，不可能一蹴而就。有一次在广州召开的全国医学辩证法研讨会上，被邀请作了《祖国医学的继承、渗透和发展》的长篇学术报告，提出中医发展有三条途径：首先是提高中医理论和临床水平，二是采用多学科发展中医学，三是中西医要真正的结合。此报告受到与会者的一致好评。

裘老从 1979 年起担任上海市政协委员，1983 年任常务委员，

1988 年兼任市政协"医卫体委员会"副主任，经常在上海及兄弟省市的医药单位及教学单位进行调查研究和考察工作，对振兴中医事业和教育、卫生保健等问题提出了不少有益的意见。1990 年他以古稀之年率领市政协医卫成员及有关医药官员组团去外省各地考察市、县中医医院的情况，深感目前中医界的总体状况是"有喜亦有忧"。喜的是中医政策被纳入国家宪法之中，把中医和西医摆在同等重要的地位，国务院确定成立国家中医药管理局，这些措施为中医事业的发展提供了政策和组织保证；忧的是中医医疗单位普遍存在资金匮乏、设备落后、管理水平不高、人才短缺等问题，不少中医院的中医特色正在逐步丧失。为此他寝食不安，忧心忡忡，一边利用市级各种会议呼吁领导关心中医药事业的发展，一边积极提出改正措施，为政府献计献策。

裘老曾说，中医学在汉唐时代已达到很高水平，而后世的发展却何以如此缓慢？这一点，值得引起我们沉思：医学发展除了医界同道的勤奋努力、自尊自强以外，国家政策有力的扶持和社会人士的关心与重视，无疑具有极其重要的导向作用。1998 年 9 月 14 日《文汇报》头版刊登了先生的中医药立法呼吁书（原题为《中医中药前途远大，盼望立法保驾护航》），文中指出：中医事业取得了空前的发展，但是，中医事业的发展也存在不少不利因素，影响了中医学术的提高和持续发展。由于缺乏法律的保障，中医政策的贯彻往往会因人、因时、因单位而差异很大，因此盼望上海市人大早日出台法律，为今后中医事业的发展和腾飞保驾护航。

"古训勤求宜致密，新知博采要精研""学如测海深难识，理未穷源事可疑"。诗为心声，从上述诗句中，可见他在时时关注中医药事业的发展。在当代科学技术迅速发展的今天，中医的路究竟怎么走，已成为人们普遍关注的问题。裘老经过长期研究和思考，旗帜鲜明地提出了"中医特色，时代气息"八字方针，认为中医学必须在保持自身特色的前提下，努力撷取与之相关的科学新理论、新技

上海中医药杂志社参观慈溪图书馆裘老赠书室

术和新成果，为我所用，才能在挑战之中立于不败之地。八字方针在中医界激起了热烈的反响并得到了广泛的认同。

司马迁谓："泰山不让土壤，故能成其高，河海不择细流，故能成其大。"裘老多次强调："中医工作者要有民族自尊心，一定要牢牢掌握中医学的精髓，同时还要具有海纳百川的襟怀，要广泛吸取西方医学及其他有关高新科技知识，学习不止是为了充实，更重要的是为了超越。我以衰朽之身，竭诚希望我国医务工作者和有关科技专家，为了弘扬民族文化，为了替人民造福而共同携起手来，把我国传统医学提精撷粹，继承创新，缔造医学的明天。"

2. 要看东南后起才

裘老对中医药的教学事业和人才培养事业，更是殚精竭虑、呕心沥血。为了学校的发展，经常组织专家们调查研究，对教学、科研及临床医疗的改革提高提出积极的建议，并为中医工作列入国家宪法向卫生部拟具意见，发表文章向社会呼吁。同时，他还举办各种形式的学术讲座，大力弘扬中医学，为培养优秀中医药人才，倾注大量心血。裘老对中医药事业后继者的殷切期盼正如诗句所表达的："焰续灵兰绛帐开，神州佳气拂兰台。老夫头白豪情在，要看东南后起才。"

先生讲理论常常联系实际，如教授针刺手法，在临床亲自显示操作方法来训练学生，在临床带学生实习，还多次带领学生下厂、下乡，既提高学生感性认识，又将全心全意为工农群众服务的精神灌输给学生。他从早到晚，甚至在风雪交加之夜，奔走于泥泞道路到病家为危重病人治疗，这种身教重于言教的精神在学生中留下了深刻的印象。他长期从事中医教育和中医理论及临床的研究工作，广闻博学，在中医基础理论及历代各家学说方面颇多建树。

裘老曾在《中医院校办学的反思》一文中谈及目前中医院校遍布全国，各地均有中医研究和医疗机构，已培养出几十万中医药人员，中医事业可称盛况空前，可在中医学术的提高与发展创新方面，却尚未见有突破性进展，这未免有负国家和人民对发掘、发扬中国医药学宝库和推进医学发展的殷切希望。究竟是什么原因？政府的中医政策是英明具有远见的，中医药界亦并非没有秀出之才，其关键是否在目前中医院校的办学方针和培养人才的具体措施上有些问题。他说自己一向主张中医现代化和国际化，曾记当年想在中医院校多设置一些现代医学课程而与原卫生部副部长郭子化谈及此事，郭老则别有见解，认为多设置一些现代医学课程与多搞些实验室，难道我不知道？你应该了解，中医院校的首要工作是要求学生奠定中医学基础，要在系统学习、全面掌握的基础上，通过临床实践应用，树立牢固信心，然后再灌输他们一些有关的现代科学和西医知识，使之融会古今，达到取长补短，以进一步发展世界医学，这是我们长远的目标。而目前中医大学刚刚开办，如果多学西医，人心每喜新厌旧，见异思迁，必将损害中医院校高等教育继承发扬的根本目的。裘教授认为郭老看问题清楚、有远见。

上海中医药大学首任党委书记林其英同志和程门雪院长，都希望学生在学习西医课程及从事实验的同时，特别重视打下扎实的中医基本功。两位领导安排裘老负责此事，并成立"中医基本功训练组"，他欣然答应，并创造性地制订了"三基"（基本知识、基本理论、基本技能）训练项目，协助裘沛然工作的还有叶显纯等四位中年教师。大家夜以继日，连续奋战 120 多天，向各教研室老师及校内外中医专家广泛请教，大小研讨会议共举行了百次之多，他与四位老师在炎夏之夜休息日奋勉工作直至深宵始归。其后，把拟具的中医基本功训练项目的文本由林其英书记亲自携至哈尔滨全国中医教学会议上作交流，得到卫生部及各地中医学院领导的赞同。可惜的是，在中医三基训练工程的草案甫就之际，中华大地风云突变，中医学的三基训练文本尽被销毁。

"终信江河流泽远，源头活水自清新。"先生指出：中医要创新，首先要对中医学有较深钻研和正确理解，才能取精用宏，有所前进，有所发现。他针对目前中医界存在的中医治疗领域的逐渐缩小、疗效的下降、中医药人才的素质不高、中药的质量不尽如人意，以及中医医院管理中存在一些问题，有些人对中医药事业发展的前途悲观失望等，裘老不无忧心地说："当前中医要念好'三自经'。"即自尊、自信、自强。这三个"自"是中医兴废存亡的关键。身为中医人要有民族自尊心，中医药是中华民族文化的瑰宝，只有热爱中医学才能学好中医学。自信来自临床疗效，中医学流传几千年而不衰，靠的就是临床疗效，它是我们中医学安身立命之本，所以我们应该在提高疗效上下工夫。要自强就要刻苦学习，要学习中医、学习传统文化、学习现代医学和相关的现代科学知识；要勤于临床，勇于实践，不断提高，在继承中求发展，在吸收中求创新。他曾经为曙光医院题字，对中医学子用心良苦地提出要"精中通西"。即对中医"三基"知识的学习要做到精湛，对西医知识的掌握要做到通晓。"医之所病病方少"，为医者的关键在于"博"。所谓"博"，包括博览群书、博采众方、博采新知。

1990 年由卫生部、人事部、国家中医药管理局共同发文，开展继承名老中医药专家学术经验工作，裘老成为全国首批 500 名指导老师之一，确定王庆其为其学术经验继承人。经过悉心培养和教诲，王庆其目前已成为"上海市名中医"。2005 年，上海中医药大学成立"裘沛然名师工作室"，王庆其、李孝刚、杨翠兰、裘端常、邹纯朴、梁尚华、王少墨、裘世轲为工作室成员，系统学习、整理裘老的学术思想和临床经验。2006 年国家科技部批准"裘沛然学术思想和临床经验研究"正式立项为"十五"科技攻关课题，2008 年"裘沛然治疗喘咳病的临床经验运用研究"又被确立为科技部"十一五"科技支撑计划课题。

精中通西 裘沛然

裘老为曙光医院题句

先生虽年逾九旬，但对中医药事业满腔热情，对中医后学的培养用心良苦，从他的诗中便可体察："杏苑当年绝可怜，如何不惜此新天。奠基谁识前人苦，续绝惟望后起贤。医道难明须砥砺，良机易逝要勤研。眼中人物吾今老，记住忧危好着鞭。"

淡定从容颐天年

裘老年逾耄耋，依然耳聪目明，步履轻健，并能做蝇头小楷，文思敏捷如少年，会客时谈笑风生，竟无半点龙钟之态，依然活跃在临床第一线，望闻问切，头脑清晰。亲朋好友度其必有养生囊秘之术，多有以此垂询者，他总是笑而答道："其实，我虽从事医学七十多年，对摄生之道，不甚讲求，更谈不上什么独到心得。养生保健方法，诸如太极拳、健身操、气功静坐、老僧禅定，均无雅兴；什么食品营养、药物进补，也无意尝试；庄生所说的'熊颈鸟伸'的呼吸延寿法，从来就没有搞过，年少时且屡弱多病，不知怎的能活到今朝。"那么，先生的养生奥秘究竟在哪里呢？

1. 养生且莫贪生

宋代张载说："生吾顺事，殁吾归焉。"裘老认为，万物有生必有死，这是自然规律，不用贪恋也无可逃避。宇宙无穷，天地寥廓，人在其中只占七尺之地，仅度数十寒暑，犹如沧海一粟，即使存活几百年，也不过是电光石火，一瞬而已，死亡是人生的必然归宿，死亡就是回归自然。孔子说："未知生，焉知死。"人应该立足于生，生命的意义在于为社会多作贡献。荀子在《礼论》中说："生，人之始也；死，人之终也。始终俱善，人道毕矣。"故衣可蔽体，食可果腹，房屋可以遮风雨，短暂人生，能为社会多做些好事，亦已足矣。正因他不贪生，不求禄，一死生而齐得失，故心无外慕，胸怀洒脱，气血调和则疴疾不染。适如《内经》所言："恬淡虚无，真气从之，精神内守，病安从来。"

裘老所经历的一件小事可窥见其对待生死的态度。有一次赴京参加会议，由于当时航空事故频发，单位负责者为了开会人旅途的安全购买了火车票，裘老不以为然，认为航空出事毕竟是偶然事件，即使万一适逢其会，则从高空中直坠大地，顷刻骨肉俱化，死得何其痛快！这比呻吟病榻，经年累月受尽折磨而终归一死的人，似乎要潇洒得多，可谓生得愉快，死得痛快！于是仍换机票而赴会。他有诗云："养生奥指莫贪生，生死夷然意自平；千古伟人尽黄土，死生小事不须惊。"

裘老在长期临床中，观察到有不少危重病人或身患绝症者，凡能坦然自若、乐观开朗地面对疾病，积极配合医生诊疗的，大多心宽体泰，抗病力增强，元气逐渐恢复，病情逆转渐入佳境，有的甚至完全康复。而越是忧愁恐惧怕死的患者，则精神崩溃，气血耗散，病情常加速恶化，偏多预后不良。中医学认为，病人的精神状态是本，医生的治疗措施是标，医生的治疗措施是通过病人的"神机"（抗病能力）才能发挥治疗效应，如果病人精神已经崩溃，那么再好的治疗措施也无济于事，所谓"标本不得，邪气不服"。

对待生死的态度，也即是对待人生的态度。白居易《浩歌行》云："既无长绳系白日，又无大药驻朱颜。"裘老常说，人不必刻意地去追求健康长寿，重要的是珍惜生命的价值和意义，从容、淡定、坦然地面对生活，品味人生，乐天知命，以审美的眼光，打量色彩缤纷的世界，诗意地活在真实的生命感受之中，那么健康长寿就悄然地不期而临。

2. 养生首先养心

古往今来，养生的方法甚多。裘老认为，养生最重要的是养心。中医学把心作为"君主之官"主宰"神明"（即精神心理活动），所以养生的关键在于调节精神和心态。传说唐代医家孙思邈寿至一百三四十岁，他强调养生首要养性，主张"不违情性之观而俯仰可从，不弃耳目之好而顾眄可行"，告诫人们不要患得患失，一切听任自然。

先生还提出养心则全神的观点。凡人之生长壮老寿夭及诸多生理活动和情志调控无不

友人赠裘老画作

依赖于"神"的主宰，"神"是人生命的内核。所谓"全神"，即重视修身养性，澄心息虑，积德行善，使心态保持宁静安乐、至善至美的境地。人如利欲熏心，沦为物质金钱的奴隶，而致穷奢极侈，醉生梦死，"神"乃涣散不全，病邪乘隙侵袭，难免性命之忧。故善"全神"者，必素位以行，知足常乐，居高不骄不贪，居卑不谄不邪，无论顺境逆境，皆能怡然自得，随遇而安，则精气充和而神全。我们见到裘老心如明镜而不为物染，瘦似梅花而风骨爽朗，可以相信他的养生理论是通过亲身实践验证了的。

先生提出养心要遵循"1＋4"原则，并自拟养生方，名为"一花四叶汤"：一花，即指身体健康长寿之花；四叶，即一为豁达，二为潇洒，三为宽容，四为厚道。

豁达，就是胸襟开阔。《旧唐书·高祖本纪》云："倜傥豁达。任性真率。"裘老说："上下数千年，人生不过度几十寒暑；朝生暮死与存活百岁，不都是白驹过隙！东西数万里，而我只占七尺之地，'寄蜉蝣于天地。渺沧海之一粟'。置于宇宙，不就是蚂蚁一只？"他又说："荣华富贵有什么好稀罕的，即使你多活几十年，也只是一刹那间事。任其自然，何必强求。"他曾替著名画家唐云题牡丹图诗，有"乍看惊富贵，凝视即云烟"句，寓有"富贵于我如浮云"之意，唐见之狂喜，深深钦佩其高旷淡泊的襟怀。"生存华屋处，零落归山邱"，锦衣玉食能几时，只有"白云千载空悠悠"。襟怀何等坦荡！裘老说："人生如梦，世事如烟，能为社会做些有益的事，使之心安理得，亦已足矣。"心态何其平和！

心态在一定程度决定了人的健康状态，心平则气和，气和则形神康泰，病安从来？正如先生之诗云："心无惭疚得安眠，我命由吾不在天；利欲百般驱客老，但看木石自延年。"

潇洒，就是充满生机，超越自我，活得洒脱，生活充实，身心愉悦，有利于健康。诚如李白《游水西简郑明府》诗："凉风日潇洒。幽客时憩泊。"裘老素好读书、吟诗，乐于交游，他年轻时就

"不爱风月爱风云"。"读万卷书，行万里路"，及至老年，"浪迹书海一老翁"。读书是其一大乐事，他精熟文史，谈吐隽永，对《孟子》情有独钟，不少精彩的篇章晚年尚能一字不差地吟诵，对古诗词的造诣也相当深厚。工作之余暇，或登山临水，感悟自然，留下了不少脍炙人口的诗词，如："影落清溪照眼明，云峰古木自浑成。老翁跋涉过千里。来听黄山瀑布声。云端谁把两峰安，奇景多从雾里看。天意为防浩气尽，故开磅礴倚高寒。"这是游黄山时所作。当代书画大家陆俨少读其诗后，爱不释手，欣然为诗配画，情景交融，一时传为佳话。嗣后裘老为谢陆翁又作一诗："大好河山出手中，乾坤正气为谁雄。无端邂逅春江道，尚有高风是陆公。"高人相遇，诗往画来，其乐融融，好不潇洒。先生之善诗能文，在学术、艺术界闻名遐迩，常有佳作见诸报端，一本《剑风楼诗文钞》，索要者众，无怪乎前上海中医学院院长程门雪用"千古文章葬罗绮，一时诗句动星辰"的诗句极赞他的卓荦文才。

还有一件与"胡司令"对弈的故事。象棋特级大师胡荣华棋界人称"胡司令"，一日拜谒心目中的高人裘沛然。裘老年逾九秩，神清气爽，思路敏捷，棋风犀利，尤长残局，早年曾同扬州名宿窦国柱手谈过，而窦国柱恰是胡荣华的老师之一。他兴致一来，又免不了开掘楚河，垒筑汉界。横车跃马之际，轰炮进兵之时，其棋艺得到"司令"的好评。"司令"说："裘先生您也是全国冠军。"他又补了一句："是您这个年龄段的冠军，不仅是全国冠军，而且还是世界冠军。"闻此一言，裘老禁不住开怀而笑。若是像举重、拳击那样按照体重设置级别，象棋也来个依据年龄段进行比赛，举办个"元老杯"，他在耄耋段拿个冠军，或许犹如囊中取物，手到擒来。医苑泰斗，棋坛霸主，有此欢聚，存此妙语，也算是医界、弈林的佳话，先生的潇洒人生由此可见一斑。

宽容，即宽恕，能容纳他人。裘老还认为，宽容待人是人生的一种美德，也是处理和改善人际关系的润滑剂。宽容就是以仁爱之心待人，这也是儒家伦理思想的体现。《论语·里仁》曰："夫子之道，忠恕而已。"朱熹注："尽己之谓忠，推己之谓恕，而已矣者，竭尽而无余之辞也。"宽恕不仅要求推己及人，更要"严于责己，薄于责人"，这是一种高尚的情操，使人心旷神怡。宽容不仅能使人心宽体泰，气血调和，而且对于群体的结合、社会的和谐也是很有意义的。对生活的小小利害或些微过失，要善于谅解他人。气量狭小，难以容物，对人疑忌，会使神气错乱，受伤害的是自己的心与身。

厚道，就是为人处世之道要敦厚、仁厚。先生经常强调："厚道对维护和培养人身元气有重要作用。与厚道相反的是薄德，薄德之人往往流于刻薄和凉薄，世风浇薄，人心不古，从而使人精气散漫和抵抗力减弱，就容易导致多种疾病的侵袭。"古哲有"水之积也不厚，则其浮大舟也无力"的论述，与《易经》"厚德载物"之说，都是很有深意的。

人是生活在社会之中的。所谓"鸟托巢于丛，人寄命于群"，人不能脱离群体，而宅心厚道，乃是群体组合的凝聚力量。在科技发达的今天，虽然我们的经济在不断增长，生活也在日益改善，但更应注意厚德以保持身心健康，社会和谐。

1948 年世界卫生协会提出关于健康的概念是："健康应是躯体、心理、社会适应、品德的良好状态。"这与养生首先养心的理念，可谓古今一辙。厚道最为重要的，就是做人要仁厚，正如孔子说的"己欲立而立人，己欲达而达人"。厚道就必须多为他人着想，要乐于助人和扶危救困。作为医者则要多为病人着想，还要常怀感恩与报恩之心，要常常想到"滴水之恩，涌泉相报"这句话，就不会去做忘恩负义的事。不念旧恶，能多多帮助人，也是厚道的一种表现。先生常说"养生贵在全神"，即努力使自己保持至善至美、恬淡宁静的心态。摒除邪恶和贪欲之心，不慕求浮荣，不损人利己，破除私心杂念，要有忠恕仁厚、纯一无伪的精神，这样，人体才能气血和畅，五脏安宁，精神内守，真气从之，达到应享年寿。

3. 养生贵在识度与守度

度，是衡量一切事物轻重、长短、多少的统称，后人引申为处理事物最适当时为适度。度，包括理度、法度、制度、气度、节度等，做人的一切，都得有度，养生也不例外。裘老说，孙思邈提倡饮食应达到"饥中饱、饱中饥"为最合适，就是饮食之度；汉代华佗主张"人体欲得劳动，但不当使极耳"，就是劳逸之度；《内经》载：起居有常，不竭不妄，就是房事之度；《论语》曰"惟酒无量不及乱"，就是饮酒之度；另如，"乐而

友人赠裘老画作

不淫，哀而不伤"，就是悲欢之度；"君子爱财，取之有道"，就是理财之度；"亲亲而仁民，仁民而爱物"，就是精神文明之度；"仰不愧于天，俯不怍于人"，就是做人之度。

儒家所倡导的"中庸之道"，是指无过无不及，处理事物恰到好处，这是把握"度"的最高准则。《内经》曾提出"生病起于过用"的观点，诸如饮食过饱、情志过用、劳逸过度等均可成为致病之因。先生提出养生贵在识度与守度，可以认为是中庸之道在养生理论中的具体应用。他指出，"度"并非一成不变，可以根据体质、生活习惯、地区、时令和时代条件不同而做适当调整。如能"发而中节"，可葆身体康强寿考。精神安乐，社会和谐进步，世界和平繁荣，使人间重重戾气，化为天上朵朵祥云。

4. 仁术妙手心自安

医学是一种"仁术",裘老不仅精于医术,而且对于这个"仁"字,也有他的独到见解。仁是古代儒家一种独特的道德范畴,《礼记·中庸》谓:"仁者人也,亲亲为大。"就是说,亲其亲以及人之亲,人与人之间要互相亲爱。仁,就是博爱,要有海纳百川的气度,在自爱自律的基础上去爱人、爱社会、爱国家、爱民族,直至全人类。裘老始终以他的仁爱之心,为广大患者解除病痛。在"非典"肆逆的时期,有一位患者突发高热,心生恐惧,急来求治,当时各住宅小区、单位纷纷采取隔离措施,外人不准入内,先生为防小区群众有染,不顾个人安危,毅然徒步至小区外,在车中为患者诊治。2008年四川发生了震惊中外的大地震,死伤惨重,裘老振臂一呼,率沪上名医30余人义诊募捐,捐得款项全部献给四川灾区。还有一次他身染小恙,仍不忍拒患者所请,在病榻之上为患者卧诊,他以自己的实际行动践行着孙思邈"大医精诚"的道德准则,这正是"人间万事且随缘,处处施仁寿有权。养得一身浩然气,春光布体日星悬"。

良医入世良相心

历代中医名家有一个良好的传统,勤求博采,身兼多艺,多具有较好的文史功底,医术与文章名满天下者代不乏人。先生继承了这一优良传统,他兴趣极为广泛,除医学外,对于文学、史学、哲学,乃至于自然科学均极有兴趣,用力甚勤,其诗文不止在医界享有盛誉,也广为文史界专家称赞。《辞海纪事》曾这样描述他的文笔:"那一手精妙美文如同出自文学大家之手,而他深厚的古文功底,绝非当今一般作家所能比。"

吟诗是裘老终生的爱好,虽诊务繁忙,在悬壶济世之余,总是诗囊相随，七十余年从未中断，写下了许多优美的诗句。

诗为心声，裘老生性颖悟，气度洒脱，其诗也风格多变，不拘一格。如写《二过黄山》的诗句："云松水石尽奇闲，叠嶂层峦策杖攀。是处高风皆浩气，怎能无句过黄山。"浪漫的想象与宏大的气魄，凸显作者的豁达与潇洒；调侃某人讲课枯燥乏味的诗句"灯光溜碧讲筵开，老佛频频叹善哉"，则幽默诙谐，令人莞尔；而《悼母诗》"一恸柴门逆子来，桐棺已闭万难开"，深情剧痛，读之令人垂泪；读陶渊明诗后所写"得酒怡然情意足，闲同邻里话桑麻"，则清淡之中洋溢着浓浓的田园气息；而他在江心寺的诗句"渡口换舟衣带水，抚碑无语忆前朝"，又凄迷哀伤，道不尽历史的沧桑……

在历代诗人中，裘老独推许杜甫、李商隐、陆游三人，其《论诗偶作》评道："工部郁沉惟涕泪，义山绵邈入疑痴。笔端留得真情出，魂魄千秋绕《示儿》。"诗言志，亦言情，"笔端留得真情出"，也正是他写诗的宗旨所在，他的许多诗不仅情景交融，言之有物，且深寓忧国忧民之情。他尤其推崇孟轲"民贵君轻"的杰出思想，七律诗《读〈孟子〉后作》："千秋卓荦孟夫子，粪土君王一布衣。独创以民为贵论，直呵唯利是图非。育才先辨人禽界，止战宜消杀伐机。公使乾坤留正气，七篇遗著尽珠玑。"社会正义感溢于字里行间，对国家，对全人类的爱心跃然纸上。

先生的诗名早已蜚声诗坛，其诗文集《剑风楼诗文钞》颇得上海文学艺术界的好评，六十余位书法家欣然为其诗濡墨挥

《剑风楼诗文钞》封面

毫；上海市文史研究馆编选的《翰苑吟丛》收录了裘老15首诗歌，对其诗推许再三："先生是当世大医，在中医理论和实践两方面都卓有建树，以善治疑难杂症著称，同时又具有深厚的传统文化及诗文造诣，以良医涉世，良相胸怀，好学不倦，老而弥笃。其诗沉郁而兼旷达，晚近之作理致与诗兴交融，臻浑成老境矣。"

在诗文怡情的同时，裘老还经常以诗会友，留下了不少逸闻趣事。他与海派大画家唐云相交甚笃，但是二人相识却赖"诗"之力，有点"不打不相交"的味道。

唐云精绘画，擅书法，工诗文，精鉴赏，是海内外钦仰的艺术家，但他也以孤傲狂放著称，遇人求画、求字，不管对方是何来头，都视心情而定，就连他的家人都不敢轻易开口。

裘老对于唐云的书法极为钦佩，然亦有傲骨，不想仿照俗例，请人转托。某日外出，恰路过唐府，于是径直进门相访。

唐云适逢在家，但面对陌生来客，毫不客气，他踞坐高椅，生硬地问："你是什么人，到我家干什么？"傲慢之态溢于言表。

裘答曰："我有一首诗，要请你写字。"唐云依然视若无睹说："把诗拿给我看看。"

唐云接诗之后，读之再三，蓦然起立，请裘老就座，并招呼保姆递烟送茶，坚持留饭，并言："大作极佳，理当遵命。"宾主谈诗论艺，言谈甚欢，其后订交，成就艺坛一段佳话。

先生虽固然喜欢吟诗作文，但他既非寻章摘句的陋儒，也不是只知吟赏风月的"闲人"。古语有云"不为良相，便为良医"，他曾自谦："世犹多病愧称医。"这里的"病"有多重含义，既指民众的"身病"，也可指"心病"，还包括社会的"道德风情病"。身为医生，有责任救治民众的身病，也有责任矫治民众的心病和社会的道德风情病，这也正是中国传统医学中"儒医"的标准。

裘老在长期的医疗实践中逐渐发现：道德修养、心理健康状况对于疾病具有重要的影响。做了好事，心情愉快，气血调和，对健康很有裨益；而如果做了亏心事，虽然人或不晓，但是自己却内心紧张、担忧，气血紊乱，自然有损身心。

他是一个有心人，这样的事情见多了，便开始思索"做人"与"健康"之间的关系。随着思考的深入与知识的积累，他思维的触角早已经超越了单纯医学的范围，从而向史学、哲学领域延伸。对于现实生活中的方方面面，他也保持了高度的关注，特别有感于改革开放以来，虽然经济发展了，但是社会中仍然存在着许多丑恶现象，"仓廪实"却没有"知礼节"，这些都对他有很深的触动，因此开始了"如何做一个合格的人"的研究工作，这成了他晚年生活的重心。

2008年岁末出版的《人学散墨》（简称《散墨》），是裘老多年思考、研究的成果。有关人学的研究，中外古今均有不少哲学家致力于此，留下了丰硕的成果，但既能够阐明做人处世的精髓，又能切中时弊，为现代社会所需要的著作，则为数寥寥。即便对于哲学圈内的人而言，这也是一块难啃的骨头。

裘老生来就喜欢迎接挑战，他是一个喜欢独立思考的人，善于从细节发现问题。他发现孔孟所倡导的儒家学说中有许多关于论述做人道理的精粹思想，他们"既发现了人的可贵，又提示我们做人以和为贵的具体规范"，虽然有些具体的做法由于时代的变迁，在后世不适用了，但是孔孟儒学"以人为本""以和为贵"等人学原理却是超越时代的精粹，是做人应该遵循的永恒标准，对于个人在社会上生存、进取，国家间和谐相处，人类未来的创造都具有极大的裨益。

令人扼腕的是，孔孟儒学在后世，遭到了种种歪曲和利用，特别是近百年来，在彻底否定孔孟思潮的影响下，孔孟儒学变得面目全非。近些年，学界对于孔孟儒学的"还真去伪"工作取得了不少进展，然而，要澄清孔孟儒学的原意，是一项需要长期努力的工作。在一些人的头脑里，孔子要么仍然是那个高高在上的"大成至圣文宣王"，要么是遭人嘲弄的"孔老二"。

裘老在先哲时贤众多研究的基础上，结合自己的人生体验，对社会人情的思索，形成了一整套完整的儒学观念，为孔孟儒学"拨乱反正"，阐发其"人学"思想的内涵，撰写《人学散墨》的想法就这样诞生了。

开始撰写这本书时，裘老已 87 岁。八年间，"人学"在他的脑海里无时或忘，或请教专家，或博览群书，或灯下沉思，或聚友商谈。《人学散墨》花 8 年之功，集众人之力，是裘老带领他的助手们探索多年的结晶。

在《人学散墨》的写作过程中，由于是跨专业研究，遇到的障碍与困难可想而知。但他具有迎难而上的精神，除了博览群书，深入思考之外，还尽一切可能向相关领域的专业人士请教，不管对方是知名博导，还是公司总裁，甚至是文化不高的村民，只要有一言可取，则不耻下问。

一位知名的哲学界朋友家住郊区，地方偏僻。按常理，凭辈分与交情，裘老完全可以请这位朋友到家里来商谈，但他不顾年迈，多次专程登门拜访晤谈。朋友家住六楼，而且没有电梯，但当时已经80余岁的老人仍然坚持上去，六层楼中间要休息好几次。等进了门，要休息好久才能开口说话。

由于读书写作经历了多年的深入思考，集思广益，是以《人学散墨》一问世，就引起了社会各界的高度关注，《解放日报》《新民晚报》《文汇报》、东方卫视等沪上权威媒体纷纷予以详细报道。

《孔子大辞典》主编、著

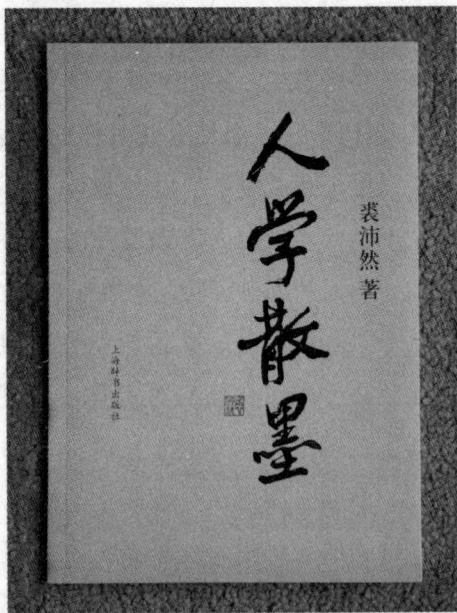

裘老自题《人学散墨》封面

44

名学者、上海师范大学哲学系夏乃儒教授特地在《新民晚报》整版发表文章《一代儒医的"道德文章"》，评价《人学散墨》"是一部学术性与通俗性兼具的佳作""必然会对儒学的研究和普及，对社会主义精神文明的建设，产生积极的影响"。夏乃儒教授还从专业学者的角度，指出了《人学散墨》的三大理论创新之处。

（1）《人学散墨》的核心是研究人之所以为人的基准底线，也就是要回答孟子所说的"人之所以异于禽兽者"，至于人区别于禽兽的体格特征、生理特征，显然不是人学的核心问题。

（2）关于人性善恶的论证是一个艰深的学术难题，《散墨》作者娓娓道来，引人入胜，颇有新意。论证的方法也相当机智。对于"性本善"，主要靠例证，对于性恶论，采取从逻辑上的驳斥加实例的反证。

（3）受儒家的"良知良能"说、"见闻之知""德性之知"说的启发，经过长期医疗实践的体悟，把医学的心理学、医学伦理学、医学认识论的观点方法与儒家学说结合起来，从而得出人天赋具有"灵慧潜能""良知潜能"和"感应潜能"的观点。

裘老说，"医人之病我写《壶天散墨》，治人心灵之病撰《人学散墨》"。他平生著作等身，主持编写学术著作40余部，但两部《散墨》不仅集中反映了他的博识才学，而且充分体现了忧国忧民的博大情怀和一片仁爱之心。

历来医生兼晓儒学的不少，然而像这样对儒学进行系统研究与长期思考，并留有儒学专著者，为古今医界少有。

裘老以良医而具良相胸怀，从疗人身体疾病，到治疗人心疾病，恫瘝在抱，易世心长，上医之称，不正宜乎！

（上海中医药大学裘沛然名师工作室　王庆其、李孝刚、梁尚华、邹纯朴、王少墨、章原、裘端常、裘世轲）

裘沛然《人学散墨》思想初探

国医大师裘老是我国著名的中医学家，他热爱中华文化，对儒学钻研尤深，其晚年的力作《人学散墨》，在学术界获得了很高的评价，显示出对于优秀传统文化的慧眼与独居匠心的思考。他认为医学就是人学，世界上人是第一可宝贵的，无论做什么工作，首先要做好人，这是一切事业的根本。从早年沉潜医学到晚年关注人学，彰显了这位鸿儒大医的博大情怀和仁爱之心。

医学的本质是人学

裘老从事中医工作七十余年，经过长期的实践和思考，认为医学的本质是人学。那么，何谓人学？

在整个人类的认识中，人对自己的认识是最落后的，尽管两千多年前希腊人就提出过"认识你自己"的课题，但对人的综合认识迟迟未能形成严整的科学。[1]因此人学作为一门科学至今还没有真正建立起来，但古今思想家们都提出了许多关于人的思想，即人学思想。至于人学的概念及其内涵、外延，学界颇有歧义。有认为"人学是关于人的存在、本质及其产生、运动、发展、变化规律的新兴科学"。[2]有认为人学是以整体的人的本质及其生活世界为研究对象的学问。人学主要研究内容有两方面：人的本质，包括人的地位和人的发展问题；人的生活世界，包括人与自然、人与社会、人的历史、人的社会生活和个人生活问题。[3]

人学不同于人的科学。人的科学是泛指一切以人为对象的各种自然科学和人文社会科学，它们都只研究人的某一层次或方面。如生物学研究人的自然生理层次，经济学研究人的经济关系，伦理学研究人的伦理关系，等等。而人学则是在各学科分门别类研究的基础上，对人进行综合性的考察和研究。一方面，人学离不开各门人的科学，必须吸收它们的最新科研成果作为自己研究的出发点和立论根据。[4] 人学应是与科学相对的概念：科学探究客观事物，追求普遍的知识；而人学主要针对主体自身，提高个人的心灵境界与智慧能力。人学坚持对人的本质的认识，挖掘人与世界的内在联系，追求精神的超越。它面向主观意识，促进个体的成长，帮助人实现自我。它要弄清生存的意义何在，以及人应怎样生活才能达到真正的幸福。[4]

为什么说医学就是人学？

复旦大学医学院王卫平教授说："医学所研究的对象是人类本身；导致人类疾病或影响人类健康的因素不仅涉及自然科学领域，而且也紧密联系到社会和人文科学等领域，通俗地讲，医学是人学。"[5] 美国生命伦理学家佩雷格里诺《医疗实践的哲学基础》也说："医学不是纯科学，也不是纯艺术，医学是艺术与科学之间一门独特的中间学科""医学是人文科学中最科学的，是科学中最人道的。"[5]

传统中医一向认为，医学就是"活人之学""人命至重，贵于千金""医乃仁术"，为医者最重要的是应有仁爱之心。明代龚廷贤在《万病回春》中说："医道，古称仙道，原为活人。"晋时杨泉《物理论·论医》说："夫医者，非仁爱之士不可托也。"德国柏林大学教授胡佛兰德在《医德十二箴》中指出："医生活着不是为了自己，而是为了别人，这是职业的性质所决定的。"医生的道德水平是为医者必备条件，医生的道德修养集中体现在以人的价值为核心价值的职业精神，这种精神专注于生命的价值和对个体自由及尊严的尊重，并处处体现在医疗实践活动中人性化的处理方式。

裘老从事中医教育工作近五十年，他认为培养选拔医学人才的原则是德才兼备，然德才之间，德为首位，德比才更重要。有德有才者，必将对事业有贡献，而有才无德者，其才越大则弊越多，才，适足以成其作恶的本领。因此，无论是培养学生，还是评价良医和良师，首先要衡量他的德性，只有先做好一个人，才能做好应做的事情。为此，裘老常以《论语》"为政以德""道之以德"，以及《道德经》"是以万物莫不尊道而贵德""重积德则无不克"等先贤名句来教导学生。裘老常以孙思邈的《大医精诚》之说教育学生并要求将其视作座右铭，"凡大医治病，必当安神定志，无欲无求，先发大慈恻隐之心，誓愿普救生灵之苦。若有疾厄来求救者，不得问其贵贱贫富，长幼妍媸，怨亲善友，华夷愚智，普同一等，皆如至亲之想，亦不得瞻前顾后，自虑吉凶，护惜身命。见彼苦恼，若己有之。深心凄怆，勿避险巇、昼夜、寒暑、饥渴、疲劳，一心赴救，无作工夫形迹之心。如此可为苍生大医"。裘老是这样教导他的学生，并力求做到身体力行。

从沉潜医学到关注人学

裘老作为一名著名的中医学者，晚年为何关注人学研究？

裘老说："我从事医疗事业已七十余年，向以疗病为职。但逐渐发现，心灵疾病对人类的危害远胜于身体疾患。由此萌生撰写《人学散墨》之念，希望为提高精神文明道德素养，促进经济发展，略尽绵薄之力。"他在《自序》中，阐明了自己撰写此书的缘由：中国在几千年前，人早已自称为万物之灵，在西方，也早有称"人为万物之尺度"之说。然而，人虽然贵为万物之灵，却"对自己的形体、心理、情感的调控和人与人之间的人际关系的处理显得异常笨拙，从历史记载到现状目睹，人群之间，总是那么难以和谐，小则尔虞我诈，明争暗斗，大则白骨千里，尸山血海"，这巨大的反差引发了他深深的思考，由此开始了人学探究的道路。[6]

裘老是一个富于社会责任感和善于思考的人，他思维的触角早已经超越了单纯医学的范围，对于现实生活中方方面面的情况，先生保持了高度的关注，特别有感于改革开放以来，虽然经济发展了，但是社会中仍然存在着许多丑恶现象，"仓廪实"却没有"知礼节"，这些都对他有很深的触动，促使他开始思索"做人"与"健康"之间的关系。[7]

真正的儒学就是人学

裘老题字像

随着思考的深入与知识的积累，先生开始了"如何做一个合格的人"的探索，这成了他晚年生活的重心。他认为，真正的儒学就是"人学"，并以"人学"立言，提出"天人合一"的思想有助于人文环境和自然环境的可持续发展，"和而不同"的思想有助于促进文化的多样性发展，"以义制利"的思想有益于化解人与人、人与群体间的矛盾，"成人之道"的思想有利于理想人格的培养，认为这四个方面是相辅相成的。

裘老认为，经济全球化是人类征服自然能力发展到相当高程度的产物。与此同时，它也进一步强化了人类对自然的控制、改造、支配的欲望，这种欲望的过度膨胀导致了20世纪的全球生态危机。西方哲学传统的主流是把人与自然的关系看作主体和客体的对峙，注重的是探索自然的奥秘并进而征服自然。儒家所讲的"天人合一"思想，强调天—地—人三者一体，人与自然要和谐相处，协调发展。既要"尽人之性"，又要"尽物之性"，则可以"赞天地之化育"。儒家思想开创了"可持续发展"之先河。

中国传统文化特别强调"和"的观点，《国语·郑语》："和实生物，同则不继。"《论语·子路》："君子和而不同。"意思就是尊重差异，崇尚和谐，反对不同事物之间的冲突和对抗。借鉴儒家"和而不同"思想，有助于消除所谓的"文明冲突"，促进全球文化多元化的发展繁荣。

在市场经济条件下，面对物质财富的巨大诱惑，往往会激发起人们对物质利益的贪欲，引发人与人、人与社会的诸多矛盾。裘老认为，儒家的"以义制利"是调整义利关系的价值标准和协调人类社会价值取向的普遍原则。面对物质利益，义以为上、见利思义、以义制利，有可能成为构建新世纪共同价值观、公共道德准则的基础。

儒家把关于培养理想人格的学说称为"成人之道"。作为生活在世俗社会里的人，很难完全摆脱世俗的富贵、贫贱、威武的牵制而自主地追求理想人格。《论语·子张》说："君子之过，如日月之食焉。过也，人皆见之；更也，人皆仰之。"它启示我们，对理想人格的追求，既要超越世俗，又植根于世俗生活。[8]

人道三大絜矩

　　2008 年岁末出版的《人学散墨》，是先生多年思考、研究的成果。《人学散墨》"是专门论述如何能做一个'合格'的人而写的"。他发现孔孟所倡导的儒家学说中有许多关于论述做人道理的精粹思想，它们"既发现了人的可贵，又提示我们做人以和为贵的具体规范"，虽然有些具体的做法由于时代的变迁，在后世不适用了，但是孔孟儒学"以人为本""以和为贵"等人学思想却是超越时代的精粹，是做人应该遵循的永恒标准，对于个人在社会上生存、进取，国家间和谐相处，乃至于人类未来的创造都具有极大的裨益。但是，令人扼腕的是，孔孟儒学在后世，遭到了种种歪曲和利用，以至于本来面貌反而难以识别。为了替孔孟儒学"拨乱反正"，阐发其"人学"思想的内涵，先生在先哲时贤众多研究的基础上，结合自己的人生体验及对社会人情的思索，形成了一系列自己关于人学的观点。他结合自己对儒学的研究，提出了"以仁为本，以礼为节，以义为衡"的为人三大絜矩。

　　关于仁，孟子说："仁者人也，合而言之道也。"仁为人的本性，是一切道德的纲领或最高的道德原则。"仁者，爱人"。仁的涵义，就是"己欲立而立人，己欲达而达人""己所不欲，勿施于人"，此乃立身之本。以爱人作为仁的基本规定主要有两方面的内涵：一是从人和物的关系而言，前者比后者更为重要；二是从人与人的关系而言，应当互相尊重和互相敬爱。这两方面的内涵凝结成普遍的人道原则：肯定人的价值和尊严。

　　先生认为，医学是一种仁术，只有有德之人，才能尊重生命的价值和患者的尊严，具有敬业精神，对病家高度负责，大医精诚，拯救患者生命。林通《省心录·论医》说："无恒德者不可以作医，人命死生之系。"西方医学鼻祖希波克拉底认为"医术是一切技术中最美和最高尚的","它的目的是解除病人的痛苦,或者至少减轻病人的痛苦"。医学是治病、救人、济世三位一体的仁术。

礼,不仅是指礼制、法制等,实际也是人的行为规范,为实践"仁"的具体措施,是维护社会有序、和谐所必不可少的。有了"礼",人类才能脱离野蛮,趋向文明。礼的核心就是"节欲",古代所谓"以礼制欲""不知礼,无以立"。诚然,社会发展到了今天,以古代的"礼"来要求现代人遵守,无疑是不合适的。但礼的精神是永恒的,是人作为智慧的理性产物,我们今天仍然需要用法制、规章制度来约束人的欲望,规范人的道德行为。"礼之用,和为贵",用礼的最终目的是达到普世的和美,人们能和睦相处,这是礼用的最高境界。

义者,宜也,指处理事物至当不易。孟子说:"义,人之正路。"礼是否合于仁,必须以义为衡量的标准。即居仁行义,以义御礼。"义"的含义有二:第一,"义"指"道义",也即仁义之道。孔子把义规定为人的生活意义和一切行为的根据所在,要求人们必须"行义以达其道"(《论语·季氏》),"君子义以为上"(《论语·阳货》)。"不义而富且贵,于我如浮云"(《论语·述而》)。在"富贵"面前必须"以义衡之"。《孟子·滕文公》说:"富贵不能淫,贫贱不能移,威武不能屈,此之谓大丈夫。"第二,"义者宜也"(《中庸》),即行而宜之谓之义,在《论语》中常常表示正当性和恰当性。行义就是为所当为,《孟子》说:"人皆有所不为,达于其所为,义也。"[9]

人学研究关系到每个个体的思想、感情、智慧才能和品格形成,对于每个人正确选择自己的道路和发展自己的潜能具有重要意义;对于整个社会精神文明的构建和发展具有重要的现实意义。在倡导"以人为本",构建和谐社会的今天,裘老关于人学的研究与探索寓有深刻的现实意义。

参考文献

[1] 黄楠森. 人学词典 [M]. 北京：中国国际广播出版社，1990. 11.

[2] 黄楠森. 人学词典 [M]. 北京：中国国际广播出版社，1990. 1.

[3] 夏征农. 辞海 [M]. 上海：上海辞书出版社，2010. 3247.

[4] 黄楠森. 人学词典 [M]. 北京：中国国际广播出版社，1990. 12.

[5] 王卫平. 医学教育中的人文回归 [N]. 文汇报，2010 - 12 - 4.

[6] 裘沛然. 人学散墨 [M]. 上海：上海辞书出版社，2008. 1.

[7] 裘沛然. 人学散墨 [M]. 上海：上海辞书出版社，2008. 3.

[8] 裘沛然. 裘沛然选集 [M]. 上海：上海辞书出版社，2004. 3.

[9] 裘沛然. 人学散墨 [M]. 上海：上海辞书出版社，2008. 107.

（王庆其）

裘沛然人学思想研究

人学是在人类起源，人认识自然、社会及自身的过程中，随着生产力和社会实践的发展变革，人类文化的进化演变，萌芽、诞生、丰富、发展、壮大起来的一种思潮、一种学问、一种认识、一种文化。

孔孟儒学堪称中国国学的根基和精粹，其富于内涵的人学命题，为中国人学思想的发展奠定了深厚的根基。孔子在继承、丰富和发展了殷周以来人学思想的基础上，以恢复弘扬"周礼"为己任，提出了较为系统实用的以"仁"为核心的儒家人学思想，奠定了后来中国人学思想发展的基本格局。孟子则在继承孔子人学思想的基础上，明确提出了人性本善的人性理论和民贵君轻、义利辩证关系等重要人学思想。孔孟人学，可以说是后世中国人学思想领域的先导和纲领，因而，诸多学者直接将中国人学定义为孔孟儒学。

20世纪90年代初裘老在金山县参加《金山医学摘粹》评审会时的合影
后排：傅维康（左2）、王翘楚（左3）
前排左起：凌耀星、干祖望、王文济、裘沛然、朱良春、颜德馨

20世纪80年代，人学作为一个独立学科被建立以后，其研究对象、研究范围及研究内容等被逐渐充实和规范。人学研究者将人学定义为以人为研究对象，研究人的存在、人性、人的本质、人的活动和发展一般规律的学问。而最为重要的则是人学研究的目的和意义，因此，人学的内容还包括人生价值、目的、道路等。通俗地讲，人学就是研究人是什么、人之所以为人、人如何为人等学问；从另一个角度讲，人学概念里的人，是区别于动物而存在的，即孟子所说的"异于禽兽者"。因此，除与动物皆有的本能属性外，就是人有人性，人有仁心善性，这就是人的本质。而人之为人，则是要将人所特有的人性发挥，使不沦为"禽兽"者也。这样，人学首先定义了作为"人"的最基本的要求和人学研究的价值。继而，人学成了众多分科中的基础和先导，它定义各类关于人的研究的方向和内容，引导各学科的发展，共同完成使人更好地生活在这个世界的终极目的，医学便是一个与人学同生互通、相互交错影响、共同探索人类本质、协同推进人类社会走向理想世界的一门学问。

医学，素为"活人之术""济世之学"，不断探知人体本质，不仅治人身体之病，而且救人身心之疾，无论从研究对象、研究范围，还是学科定性来看，其本质都是人学的。受传统人学思想即儒学理论影响，国人对古今悬壶济世的大家，最崇高、最美好的称誉，便是"儒医"。明代医家李梴的《医学入门》曰："盖医出于儒，非读书明理，终是庸俗昏昧，不能疏通变化。"陈实功的《外科正宗》亦言："先明儒理，然后知医理。"徐春甫在《古今医统大全》中曰："儒与医岂可轻哉，儒与医岂可分哉！"以上理论均说明，要做一名合格的医者，成为医学大家，不仅要有深厚的儒学功底，通晓史学，博览文哲，而且要有儒家之仁心善性，方能学成仁术，施救于世人。而纵观中西医学与人学发生、发展的历史，两者有着同源相通，互相促进，殊途而同归的互动关系。

裘老一生崇尚孔孟儒学，博通文史哲，并精思著文连结篇章；少年时期即锐志于医学，行医七十余年，活人无数，医泽广被。先生热爱优秀传统文化，是一位造诣高深的学者和功夫在医外的诗人。裘老认为世界上"人"是第一宝贵的，无论从事什么职业，首先要做好"人"，这是为人处世之根本。他对"人学"的研究阐述精微，卓识远见，弥足珍贵。一部《裘沛然选集》熔人道、文道、医道于一炉，"抉择陈言，剖析疑似，俯仰古今，直道心源"；

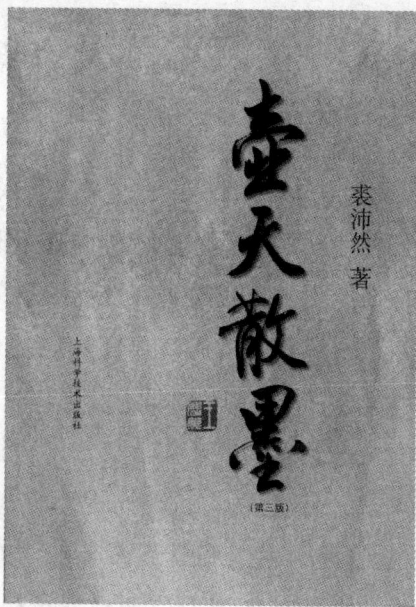

传承人王庆其
为裘老《壶天散墨》题写书名

《壶天散墨》等数十部医学专著，涉及医学理论的探讨，处方用药的体会，临床点滴心得，疗人身体之病；晚年作《人学散墨》救人心之疾，揭示世人尔虞我诈的根源，反思近代批判孔孟背后的真伪，呈现人心向往的理想社会，搭建通向人间天堂的框架，引领人们走向幸福的未来。良医入世，良相胸怀，充分体现了先生忧国忧民的博大情怀和救世济民的仁爱之心。恫瘝在抱，易世心长，无愧于"一代鸿儒大医"之称。裘老留给我们一个具有重要现实意义且富寓探索价值的命题——人学。对人学思想的探讨和研究关系到每个个体的思想、感情及道德修养、品格的形成，能够促进个体的成长，引导人实现自我，对于整个社会精神文明的构建和发展亦具有重要的现实意义。本文将对人学的研究概况及医学与人学的密切关系作简要概述，结合裘老践行一生的仁心仁术，对其人学思想的形成及主要内涵作系统梳理和探讨。

人学概述

"人学"一词最早是由文艺复兴时期的意大利桂冠诗人、人本主义先驱弗朗西斯克·彼特拉克在《秘密》中提出的，他将中世纪蔑视世俗、扼杀自我的基督教及西方文化称为"神学"，与之对立，他将自己研究和探索的古典文化中的精华及其所追求的人本主义总括为"人学"。19世纪末20世纪初，"无产阶级艺术最杰出的代表"、社会主义及现实主义文学奠基人高尔基提出了一个著名命题："文学是人学。"这里的"人学"是真实地描写人、艺术地展示人的学问。20世纪80年代，科学界泰斗钱学森教授首先提出"人体科学"的概念，继而在90年代，哲学界黄楠森、夏甄陶、陈志尚等一批教授提出"人学"的概念，他们认为，人学同科学一样，是一种可以从人的行为的经验研究中推论出来的理论构建，并逐渐将人学作为一门学科，欲建立起其系统的理论体系。自近代以来，先是由于文艺复兴时期"人"的发现，经由笛卡尔哲学对人的自我独立性及主体的强调，到康德的"人为自然立法"，以及把哲学的一切问题最终归结为"人是什么"这样一个根本性问题，再到现代哲学回归人的生活世界，把人推到哲学的前台，从而使哲学发生了人学的转向，人学成为哲学的中心：哲学的当代主题形态主要是人学。[1]如同哲学一样，各界学者在不同的领域从不同的视角开始构建关于人的各种科学的研究体系，积累了关于人的丰富的实证知识。然而，有关人的诸科学面临使人这一对象支离破碎或似乎矛盾的倾向。如格·马塞尔所言："虽然将越来越使我们更多地了解人，然而，人的实质，对我们来说却越来越不清楚。甚至偏爱这样地提出问题：恰恰是这种关于局部细节的知识的丰富性是否使我们归根到底变得糊涂起来。"[2]于是，人的问题已变成整个科学及其分支科学的普遍问题。然而，一切科学都或多或少与人性（人学）有关，对人性的认识是其他一切认识的前提。例如，在休谟看来，任何学科，不论他们看起来与人性（人学）离得有多远，终究都会因为这样或者那样的原因（或途径）回到作为认识主体的人性上来。[3]其次，整个科学及其分支科学发生关系或联系也是在人的身上。研究人的各门科学及其不同角度和方法趋于结合，趋于对人进行综合研究。而这种趋势必然需要有一种关于人的统一的基础学说，把关于人的各种科学之间联系起来，避免对人的研究的片面性及局限。[4]人学的产生不仅有利于综合和提升人的科学提供的关于人的不同侧面的实证知识，以达到对完整的人以及人本身的认识，而且有利于建立各门人的科学之间的联系，并为各门人的科学提供本体论基础，重建新的科学观，同时有利于使人的科学向尚未被认识的新领域进军，寻求新的发展方向。

　　从"人学"这个概念的提出来看，其还算不上是一门成熟的学科，如黄楠森教授所言："作为一门科学的人学可以说正处于方生未生之间。"[5]根据人学的研究对象和内容，与其有关的思想则在文明

57

的早期便已萌生。古希腊普罗泰戈拉的"人是万物的尺度"及苏格拉底的"认识你自己"两个命题的提出，标志着真正哲学意义上的人学的诞生。[6]而中国先秦时期的"天命靡常，惟德是辅""以德配天""民之所欲，天必从之""夫民，神之主也""吉凶由人""三立"（立德、立功、立言）的人生理想，孔子以仁为核心、老子以道为核心等诸子百家人学思想，提出了天人论、人性论、群己论、修养论、道德论等诸多论断，内容丰富、理论深刻、观点多元、论辩精辟，包含了中国人学后来发展的各种流派的思想萌芽。因此，从世界范围看，中国先秦人学和古希腊人学，是世界人学的真正起源。[7]然而，纵然人学思潮绵亘数千年至今，但究竟何谓人学，其性质、内容、对象及与其他学科的界定和关系，却未有明确定义，且各学术界看法不尽相同。本文将首先就人学的概念、研究对象、研究内容及人学的性质做探索性的概述。

（一）人学的概念

"人学"一词是拉丁语"authropologia"的中译，但"authropologia"后来被用来标识18世纪下半叶形成的一门科学"人类学"。后来西方学术界主张用"homonology""science of man"来区别于人类学，马克思《1844年经济学哲学手稿》中的"Wissenschaft Von Menschen"亦被译为"人学"，然至今日，因为未能回答"人学是什么"的问题，而人学仍未有确定的定义。综观仁者智士对人学的认识讨论，主要有以下几种观点。

黄楠森、陈志尚等认为，[8]人学是关于作为整体的人的学问。人学是从整体上研究人的存在、人性和人的本质、人的活动和发展的一般规律，以及人生价值、目的、道路等基本原则的学问。这里人的学问，不是有关人的一切问题，也不是一切人的问题，都是人学。此观点明确是以"完整的个人及其存在和发展的一般规律"为研究内容；强调人学是对一般的个人，而不是对一切个人构成的人类进行研究；亦非对人的某一侧面进行专门研究，而是对整体的人，即人的各个侧面进行综合研究，不但要揭示人的本质，而且要揭示人存在和发展的规律，体现"作为整体的人不仅从其横剖面来说是完整的，就其纵剖面来说也是完整的"。

万俊人认为，[9]人学是关于作为个体的人的学说。所谓人学，就是关于个人存在、本质和发展的学说。通过对各门有关人的具体科学的研究概括和哲学提升，系统地探讨作为个体的人的本质、价值、自由、尊严、权利及其存在和发展。它的研究对象是作为实体存在的完整个人，这个完整个人既是具体的又是抽象的，既是经验的存在，又是超脱于具体人称指代的；这个个人不仅是一种身心二元构成体，也是一个感受着、欲望着、思维着、意愿着、行动着的经验、情感、心理、理智、文化、道德、社会和历史的生成者。

袁洪亮[10]分析了学术界对人学概念的分歧后做了综述：①依据研究对象的区别将人学区分为广义的人学（以人为目的的科学）、狭义的人学（以人的某一方面或某一属性为研究对象）、综合性的哲学人学（人的哲学）三个层次。②广义的人学就是人的科学，狭义的人学就是人的哲学。③广义的人学研究人的一切科学，狭义的人学研究人的本质、存在和历史发展规律。祁志祥[11]在其著作《中国现当代人学史》中描述，人学是研究人的本性、人生意义、人类行为准则、人生和人类的理想社会形态等与人直接相关问题的科学，并做具体说明，人学就是研究人性和由人性论辐射开去的人生观、人治论和人类社会理想的交叉学科。

还有人认为，[12]人学是关于人本身的学说。人学是一门对作为整体的人的本质、存在、价值等问题做形而上探究的学科。人学是关于"现实的人"的科学，包括人的本质、人的活动、人类社会的本质和规律。人学即马克思主义的哲学人类学。

以上对人学的内涵和实质的界说不尽相同，但有其共识的地方。他们均认为人学是一门相对独立的学科，介于人的哲学和人的科学

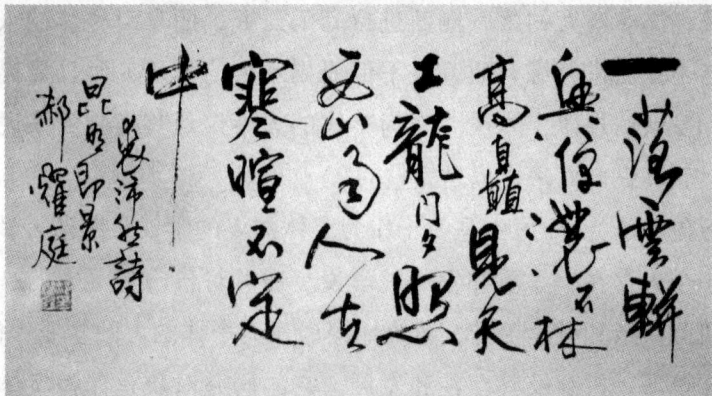

友人写裘老诗

之间，具有哲学和科学的双重性质。区别于那些具体的、经验性的关于人的科学，例如自然科学下的生物学、生理学等，社会科学下的经济学、伦理学、文学等，精神科学下的心理学、逻辑学等。从这方面来讲，人学可以概括为，是以马克思主义世界观和方法论为指导，在吸取当代自然科学和人文社会科学最新成果的基础上，从整体上研究人的存在、人性、人的本质、人的活动和发展的一般规律以及人生价值、目的、道路等基本原则的学问。人学亦不同于"人的哲学"、人类学、人道主义等观点，其主题是以哲学的方式来反思关于人的各种根本性问题。例如陈志尚[13]等对认为对人学比较恰当的定位是：人学是从哲学中分化出来，但仍以哲学思维为主，横跨很多学科的新兴的综合性基础学科。这些观点基本涵盖了人学研究的内容，但裘老认为，人学不能仅仅作为一门学科来建立，一门科学、一个学说来认识和研究。人学是在人类起源，人认识自然、社会及自身的过程中，随着生产力和社会实践的发展变革，人类文化的进化演变，萌芽、诞生、丰富、发展、壮大起来的一种思潮、一种学问、一种认识、一种文化。正如日本《世界大百科事典》第二版中的人学条目所说："与其把它看做是如同各种既成学科那样的实证科学，毋宁说它是哲学性的科学；与其说它是已确立的一个学科，倒不如说它是一种观点，一种认识态度。"[14] 人学具有鲜明的真实性和时代性，而非简单的定义所能够概括和诠释的。换句话说，我们应该更多地从研究人学的意义及价值上，来看待和定义人学。

因此，本文暂且认同当前学术界倾向的定义：人学是对完整的人所做的基础性研究，是综合各门有关人的科学提供的关于人的知识的基础上对完整的人进行综合研究，并提升出关于完整的人的本质、存在和历史发展规律的一般理论。简而言之，人学是研究完整的人及其本质、存在和历史发展规律的学问。东西方文化之间，农业、工业、后工业文明之间的冲突和交融，造成了古往今来人类生活的错综复杂，也造就了现代人学的丰富多彩。多元文化的发展格局，必然造成人学思想发展的新局面。

（二）人学的研究对象

对人学研究的对象，诸学者一致明确是"人"，然而又纠结在这个"人"的理解上。黄楠森在早年归纳为人的现代图景及人的本质。[15] 后来，人学研究者们共识这个"人"是完整的个人，黄楠森[16] 又提出完整的人是指与外部自在的物质世界相对应的一般人或人的世界。这种与外部自在的物质世界相对的人的世界亦即所谓的一般人就是人学的研究对象，这里的"整体的人"是包括了人的各种存在形态有机统一的人，因此，人学的研究对象是人的存在方式的运作过程及其本质规律。[17] 董武清[18] 认为这个完整的人则是指以类的形式存在的人，即人类。这个意义上的人学所要研究的就是为一切人所共有而为人类所独有的规定性。韩庆祥[19] 认为人学的对象既不是人类，也不是一般人，而是"完整的个人及其本质、存在和发展的规律"。周文升等[20] 认为，"整体的人"应是人的各种存在形态的统一，是作为个体的人、作为群体的人和作为类存在的人的统一。韩庆祥等[21] 提出，人学研究的出发点和归宿都是"完备的人"。这里"完备的人"，首先当然是现实活动中的人，不是旧唯物主义和费尔巴哈说的那种客体的、直观的人，是通过人的现实生活去实现真正人的生活的存在；完备的人也是不断追求自身各方面内在统一性的人，追求丰富而健全的人性与文明内涵；并不断地理解着并实现着自身完备，而且完备应当始终是一种未竟状态。叶舒宪[22]在《马克思主义人学初探》中这样定义：人学是关于"现实的人"的科学，其研究对象是人、人的本质、人的活动、人类社会的本质和规律。郑苏淮[23]认为人学的研究对象应该是一般社会意义上的人，即哲学抽象之后的大写的"人"；人学研究是不能舍弃个体研究的，无数个个体研究是作为基础性研究而存在的。这些观点也只是对一般和个别的侧重或分歧罢了，并无矛盾。

（三）人学的研究内容

因为人学定义及研究对象的模糊性，对人学研究范围的界定更不明晰。黄楠森[24]在《人学词典》中界定："人学是一种人的科学，是关于作为整体的人及其本质的科学。"并将人学研究的内容划分为两块：一是人的现代图景，包括人与自然、人与社会、人的历史、人的个人生活及个人的物质生活和精神生活，人的社会生活，即人的经济、政治、文化生活。二是人的本质，包括人的属性、人性和人的本质三个涵义相近的概念；人的地位，主要是指人在自然、社会及人际关系中的地位。生活环境污染、生态平衡破坏等问题涉及人在自然中的地位问题，人权、人的权利和义务、人的自我价值和社会价值、人格、人的尊严等问题则涉及人在社会中的地位和人在人际关系中的地位问题；人的发展，指人之存在的最高形态，即人的自由和全面发展的问题。

祁志祥[25]之人学观包括：①人性论：人的地位、价值，即中国古人之"天地之性人为贵"（《孝经》）、人为"万物之灵"（颜元语），西方人之人是"宇宙的精华，万物的灵长"（莎士比亚语）；人的特性，即长期的本能的无意识的物质性谋生活动中产生的人脑的意识功能；人的基本属性，即动物性；人性的内涵，人性的善恶，人的自然属性，共同人性与差等人性。②人生观：主要回答人为什么活、人怎样活的问题，前者构成人生意义论，后者构成行为法则论。③人治论：包括自治的修养论与他治的政治论。④人类理想：就个体的人而言，人生理想就是通过奋斗，各尽其能，全面实现物质欲求和精神欲求。

郑苏淮[26]认为现代人学体系的建构，应该包括四个基本方面：①现实人的状态；②现实人状态的生成；③如何从现实状态向更高级的状态过度；④关于人的理想状态的设计。回答这四个问题的同时又对一些更具体的问题做出不同的回答，从而建立不同的人学体系。

孙鼎国等主编的《人学大辞典》《世界人学史》等著作使用的"人学"，实际上是在"哲学人学"的意义上使用的。[27][28]其内容包括古今中外的哲学家、思想家、政治家、文学家、艺术家关于人的各种观点和理论，内容涵盖人性、个人、个性、人的价值、人的自由、个人生活的意义、人生目的、人道观、人生观、生死观、苦乐观、义利观、荣辱观、美丑观、幸福观、友谊观等等。透过其对人学的研究，我们看到，孙氏更多的是侧重人性、人的价值、人生活的意义以及关于人的道德修养。赵敦华主编的《西方人学观念史》中把古希腊以来西方人学观念概括为宗教人、文化人、自然人、理性人、生物人、文明人、行为人、心理人、存在人，这是西方人学思想的演变，也可以说是人学的诸多属性的体现，当然也是人学的研究内容。[29]人学是走向人的现实生活世界，洞察人的生存体验，为当代人类发展实践提供核心的文化理论、合理方式和观察方法。人学研究虽然要涉及人的某一现象、某一方面，但它更主要的是探究完整的人及其本质、存在和历史发展规律，并由此寻求哲学、科学、文化和人文精神之本，重建符合时代精神的新的哲学（史）观、科学观和文化观。在人的现实强调和关怀上，人学所注重的不只是从价值观上重视人，而是要在学理上全面完整的论说人，正确地把握人的作用，并力求在人的内心深处进行全面深刻的人格塑造。近代人本主义和主体性哲学甚至强调，关于人性的认识在整个知识体系中占据中心位置，认为如果没有关于认识主体自己本性的真实知识，人们关于其他事物的知识也就不会是完备的。

综上所述，我们可以说，人学是研究人是什么、人之所以为人、人如何为人的一门学问。"人学"虽然不是一门独立的学科，却几乎可以描述或贯穿于任何一门学科。自1957年钱谷融先生在《论"文学是人学"》一文中提出"文学是人学"的文学命题[30][31]后，哲学、历史学、社会学、经济学、政治学、法学等都被称（归属）为人学。在诸多的研究者的认识中，人学更多的是作为一种思想、理论、观念、文化、学问，而非单一的学科建设在研究。这不是说众多学科都成了一门学科，而是说明所有学科都开始跃动着同一种精神——人学精神。[32]

因此，我们认为人学研究的核心问题就是对于人性的认识，人性是在对人的存在、发展、需要及价值认识的基础上对人的定性。人的存在、需要等属于人要生存于世的最基本的本能需求，包括视听言行、衣食温饱及食色欲望等基本生存状态的满足；人的价值、发展则提出了人之本能基础上与其他生物所不同的要求，即人性，这也是人作为"万物之灵"，实现现世统治者的根本和天然属性。人性指导人的素质培养、人格塑造、解决人的现实问题等，简单地说就是使人明白为什么活、怎么活的问题。同时，生于天地之间的人，还需处理人与自然、社会的关系。正如季羡林在《人学大辞典》的序言中所说："'人学'必须解决三个问题：人自身的问题、人与人之间的关系问题、人与大自然之间的关系问题。"[33]综上所述，人学在坚持对人的本质的认识过程中，挖掘人与自然、社会的内在联系，追求精神的超越。它面向主观意识，促进个体的成长，帮助人实现自我。它要弄清生存的意义何在，以及人应该怎样生活才能达到真正的幸福。[34][35]

医学与人学

从前面的论述我们已明确，人学研究人，其目的是使人认识自我，从而在更好地实现自我、完善自我的基础上，构建和谐的理想社会，共同推进人类历史进程。医学的研究对象也是人本身，医学不仅研究人体构造，也关注人的心理、身心，医学的目的不仅仅是解除病痛，救死扶伤，医学更追求无疾无痛，无病无恙的健康状态。唐代孙思邈在《备急千金要方·论诊候》中对于医生有"上医医国，中医医人，下医医病"之论和"上医医未病之病，中医医欲病之病，下医医已病之病"之分类等别。裘老也曾说过："医生的最高境界就是消灭医生。"因此，医学与人学的研究对象、认识思维方式及终极目的是一致的，都是为了人类更好的生活在这个世界上。同时，医学由于兼具社会人文科学的性质，其思维和行为方式还将符合社会人们的价值观念的影响而具有较强的历史性。西方医学自希波克拉底时即与人学有着同根同源、一脉相承的联系，经过文艺复兴时期的空前交融发扬后，进入与人学几乎脱离的"生物医学"时代，但以人为中心的医学的实质不断强烈呼吁西医学回归人学。而植根于中国传统文化土壤的中医学，深受儒家人学思想的浸染，从《黄帝内经》始就一直传承着人学的基因，历史发展潮流中亦与人学共进退。展开医学与人学的丰富内容，回顾医学与人学发生、发展的历史，医学作为济世之学，也是实现人学之学，与人学有着同源相通，殊途而同归的互动关系。

（一）现代医学与人学

1. 医学的本质是人学

人学研究者认为，西方的近现代人学思想是启蒙于文艺复兴时期区别于"神主义"的人文主义（Humanism，又译为"人道主义"，直译为"人主义"）。而现代医学是在中世纪晚期受到文艺复兴运动的影响才挣脱迷信和教会的枷锁而诞生的，英国历史学家罗伯特·玛格塔在《医学的历史》一书中写道："文艺复兴给了医学两个最不朽的影响：人道主义和解剖学。"[36]美国著名生命伦理学家佩雷格里诺对它做出了更具体的定义：人文素质包含了一种体现于医疗专业的各个方面，以人的价值为核心价值的精神。佩雷格里诺与大卫·汤姆斯玛在《医疗实践的哲学基础》一书中认为："医学既不是纯科学，也不是纯艺术，医学是艺术和科学之间一门独特的中间科学。""医学是人文科学中最科学的，是科学中最人道的。"因此，从医学的学科定性和研究范围来讲，"医学是人学"。

医学的研究对象是人本身。导致人类疾病、影响人类健康、维持人体生命、保持人民生活质量的因素，不仅仅涉及自然、社会科学领域。在物质生活水平日益提高、医疗水平愈见先进的当今，人们的追求更多的在于生命的质量与延续，在于精神世界的和谐与幸福。从医者角度来讲，诺贝尔和平奖获得者史怀哲医生说："一位伟大的医生一定是一位伟大的人道主义者，他不仅以他高超的技艺和人格力量在救助病人于困厄，同时他也在职业生涯中吸取着、享受着无穷的快乐和幸福。"史怀哲医生将此称之为"职业的福祉之源"。在现代医学里，人学精神不断失落，主要体现在技术化和商业化。[37]一方面，病人被当成"肉体物质"或"机器"，仅仅是疾病的载体，诊治的对象变为具体的疾病，甚至病灶，本应是人与人的关系变成了人与物的关系，而忽视了对患者及家属人性的关注、人格的尊重，更忽视了作为整体的人的社会环境、个人行为及生活、认知方式等多重致病和影响疾病转归的因素，其实质是科学与人学的矛盾，医学与人学的矛盾。另一方面，商业逐利的贪婪使医学远远偏离了医学本身的目的——活人，医生的道义、良心与责任被搁置。而医学人学试图化解医患之间纯粹的商业服务和技术服务关系，把

"非人"变成"人",让患者在情感上得到"人"的体验,这就是医治,也是医学的目的。[38] 所以,医学在本质上不是人与机械、人与药物、人与生物监测数据等的问题,而是人与人的问题。医学不应仅以治疗为内容,更应以人文关怀为己任,医学的人学水平将决定医学的根本命运和走向。[39] 王卫平教授说:"没有人文科学的医学将是人类的灾难,医学的人文精神长存。"[40] 王庆其教授强调,医生的道德水平是为医者必备条件,医生的道德修养集中体现在以人的价值为核心价值的职业精神,这种精神专注于生命的价值和对个体自由及尊严的尊重,并处处体现在医疗实践活动中人性化的处理方式。[41] 由此,从医学的研究对象看,医学的本质是人学,医卫事业归根到底是以人为本的事业、人道事业。[42]

2. 医学与人学同源相通

《剑桥医学史》一书卷首语有言:"在西方,人们从来没有像今天这样如此健康、长寿,医学的成就也从来没有像今天这样如此巨大。然而,具有讽刺意味的是,人们也从来没有像今天这样如此强烈地对医学产生疑惑和提出批评。"[43] 随着医学能力的增加,医学也引来更多的批评,已成为自身成功的因犯。医学的目的是什么?医学向何处去?它的主要责任就是维持人们活着吗?要理解这些问题的根源,需要以历史发展的眼光来考察这些基本问题。任何科学或理论的发展都具有历史性,即也是一种历史的思维,必然与它所处的那个时代中人们的自然观、认识论和方法论内在地相一致和融合。而医学更由于兼具社会人文科学的性质,它的思维和行为方式还将符合社会人们的价值观念的影响。因此,恩格斯一针见血地指出,尽管"自然科学家可以采取他们所愿意采取的那种态度,他们还是得受哲学的支配"。回顾医学与人学发生、发展的历史,医学思维发展与人学之间有着同源相通,殊途而同归的互动关系。

(1)古希腊的人学与医学:古希腊普罗泰戈拉的"人是万物的尺度,是存在者存在的尺度,也是不存在者不存在的尺度"和苏格拉底"认识你自己"两个命题的提出，是真正意义上的人学的诞生、是人学开端的标志。恩格斯认为："在希腊哲学的多种多样的形式中，差不多可以找到以后各种观点的胚胎、萌芽。"[44]对于医学的发展史来说同样也不例外。在古希腊如果说把人学引进医学或说与之结合将是多余的，因为两者本身就是融为一体的。[45]人学思想同样适合于解释生命、健康和疾病。学医者不仅要从开业医生那里学习医疗经验和技术，同时还要从哲学家那里学习理论。这就是说，在科学不够发达的远古时代，哲学（人学）包含了一切科学，如医学，可称之为"人学的医学"。[46]

希波克拉底出生于公元前 5 世纪后半叶，希腊克斯岛上，一个世代相传的医学世家，从小受到良好的文科基础教育，他不仅精通希腊文学，而且也熟悉苏格拉底、柏拉图、亚里士多德等大学问家的理论，还是德谟克利特的好友，所以被称为古希腊自然哲学家。[47]早年跟随父亲学医，凭着天资聪颖、勤奋好学，逐渐成为一名学识渊博、医术高超、盛名远扬的医生，赢得无与伦比的崇高声誉，成为克斯医学学派的领袖，甚至被尊为"神医"，被认为是认识医学与人学的第一人。

希波克拉底的《从医誓词》流传千古，让医学者终身铭记："凡传授医术于吾之恩师，当视若父辈，不惜钱财，乐以奉养；并待其子嗣为兄弟，尽力扶持……若遇患者求医，吾当尽己所能，不遗余力，消其伤痛、利其康复……凡入病家，必以驱病救人为宗旨，而不怀隐晦叵测之意念。无论男女主仆，概莫除外。凡诊疗之所见闻，余将永为患者保密，决不泄露……"明确要求医务人员要知恩图报，以治病救人为天职，竭力保护患者，永不加害于人，尊重医界同行。[48]希波克拉底最伟大的贡献，则是他完全放弃了几千年以来用神灵、魔鬼等超自然因素来解释疾病的传统观念，把"治病救人"的信息和武器交给了医生和病人。他从认识疾病的发生到治疗、预后等均提倡以患者为中心，他认为人体生命是在自然环境和生活方式影响下的自然过程。当自然环境和生活方式合适、正常时，人同环境和谐一致，人便健康；人与自然环境的和谐遭到破坏，人就会生病。任何疾病的发生、演化，都有其自身（自然）存在的原因，而不是自身以外（超自然）的因素所造成的。[49]他还具体分析了季节和气候变迁与流行病的关系、水质土质对人的营养与生育的影响、人的生活方式对健康的影响、自然环境和政治制度对民族心理性格的影响关系，等等。例如，亚洲人性格温和，欧洲人好战，是由于亚洲气候比较均衡的缘故；亚细亚人的性格比较纤弱，是因为在君主统治下，人们的灵魂被奴役了。[47][50]思想家和哲人永远是启迪社会文明的灯塔、推进社会发展的动力，希波克拉底不仅用唯物主义的力量把神灵主义的幽灵驱出了医学，使之成为"以人为本"的崇高职业，真正实现了人类历史上从"神学医学"向可以感知、探索、理解的"经验医学"和"理性医学"的转变，而且对后世的医学思想方法、临床实践原理的研究方向具有启蒙式的作用，其职业道德准则更成为现代医学殿堂最为牢固的基石，其被公认为当之无愧的"西方医学之父"。[51]同时，我们也看到，这其实是希波克拉底在认识人及人与自然的过程中的人学思想，他以人学思想为基础，指引医学的发生、发展理念，使人学与医学思想观点互相交融，互相吸纳和引进，更体现了医学与人学始于基质层面，有着同源同根的联系。

（2）文艺复兴时期的人学与医学：在教会极端统治的中世纪，以神为本、拜敬上帝成为人生活的命题和内容。灿烂辉煌的古希腊文化，被基督教的教义所取代。人类所固有的情感、探索知识、追求真理的本能被冰封，医学更是绝无进步，这段长达千年的岁月被称为"黑暗时代"（The Dark Age）。[52]

将医学从长期的昏睡中唤醒，使它焕发生机的，是15世纪开始重新对古希腊思想，对人类自身价值的尊重，对自然界的大胆探索和对人体艺术、人体结构的高度重视，史称欧洲文艺复兴。"人学"

一词最早就是此时期的人本主义先驱弗朗西斯克·彼特拉克提出的，瑞士文化历史学家雅各布·布克哈特把这一时期称为"人的发现"的伟大时代。文艺复兴时代的功绩在于思想自由、言论自由，涌现出人文主义思潮。人文主义者同中世纪的反动教会统治做了积极斗争，以人的本体论反对神的本体论，以人性对抗神性，以人权拒斥神权，肯定了现世人生的幸福，否定了超自然的神灵，反映了人的主体意识的觉醒，他们的口号是"我是人，人的一切我应该了解"。同时，人文主义者主张宽容，即指容许对《圣经》做不同的解释，原谅在宗教问题上犯错误的人，容忍天主教以外的其他宗教及异端的存在，容忍一切不同意见，尊重他人人格和言论。在爱拉斯谟、莫尔、蒙台涅、布鲁诺等人的人道主义思想中，都包括宽容的思想。因此，文艺复兴时期人文主义的人学思想，给各种文化及科学，尤其是医学带来良好的契机。

在文艺复兴伊始，同毕业于帕多瓦大学医学院的尼古拉·哥白尼和安德里亚·维萨利分别从宏观和微观开始了对人及自然的探索。1543 年，哥白尼在临终前发表了彻底动摇以基督教教义为基础的托勒密地心说的力作《天体运行论》，使自然科学从此从神学中解放出来。同年，维萨利的《人体之结构》一书问世，他不仅从微观对人体进行了完整、系统的解剖、观察、分析、记录，给予人们一个全新的人体知识，更重要的是他奉献给人类医学史上的第一部最伟大的科学典籍，一阵将医学从千年昏睡中彻底惊醒的春雷，一部将盖伦推下神坛的巨著（纠正了盖伦所流传的 200 余处谬误，彻底动摇了盖伦雄踞西方医学界一千三百多年的霸主地位），一尊医学史上空前绝后的里程碑。[48]而其书中的"骨骼人"解剖图，彻底摒弃了以往那种呆板、冷漠、支离破碎的"死尸"状态，使读者感受到"虽死犹生"，呼之欲出；令人感受到人体所具有的体力与自然美，人类自身的尊严和尊重，生动地体现了文艺复兴时代人本主义精神。[48]可见，文艺复兴时理性的人及自然重新被发掘，人学与医学得到空前的发扬，医学使理性的人学更加明晰于世，人学使医学在丰富的人性化基础上获得高度发展。

（3）医学回归人学：18世纪以后，伏尔泰、康德、休谟等一大批富于人学精神的思想家、哲学家，以自己的智慧之光，点亮了人们的心灵，引导人类寻求自由。近代医学遵循笛卡尔"人是机器，疾病是机器部件失灵"的观念，凭着日益发达的医疗技术手段征服疾病，完成了对生命的敬畏到对生命的操纵的地位转变。[53] 微生物及其与传染性疾病关系的发现，实现"刀下无痛"的外科麻醉术，任何生命现象赖以存在的最根本的形态学基础结构——细胞的发现，"神奇药物"青霉素的发明等，不仅是医学的璀璨，更是人类史上跨时代的飞跃——这个时代因而被称为"生物医学"时代。与此同时，医学技术的冷峻和客观渐渐取代了原本与医学融为一体的亲情和仁爱。[54] 临床医学离人学越来越远，逐步演变成科学化的"尸体医学"。

对此，西方的医学家们已经进行了深刻的反思，他们呼吁"让活人回到医学中来"，要求现代医学多一点人性、多一点关怀，让医学回归人学。[55][56] 1977年，美国纽约州罗切斯特大学精神病学和内科学教授恩格尔提出生物－心理－社会医学模式。现代医学模式中人文精神的复归反映了医学人学本质的内在要求，这主要体现在医学对象、医学目的以及医患关系的以人为本的特性上。生物医学把医学看做是一门纯粹的自然科学，误把手段当目的，而忽略了医学的实质是以人为中心的人学，正如法国医学史学家西格里斯在《亨利·西格里斯论医学史》中所言："当我说与其说医学是一种自然科学，不如说它是一门社会科学的时候，我曾经不止一次地使医学听众感到震惊，医学的目的是社会的，它的目的不仅仅是治疗疾病，更是使人适应他的环境。"[57] 我们从《辞海》对医学的定义"研究人类生命过程以及防治疾病的科学体系。从人的整体性及其同外界环境的辩证关系出发，用实验研究、现场调查、临床观察等方法，研究人类生命活动和外界环境的相互关系，人类疾病的发生、发展及其防治的规律，以及增进健康、延长寿命和提高劳动能力的有效措施"中可以看到医学的内容及意义，不仅是防治疾病、维持生命，重要的是以整体的人为研究对象，研究人类生命活动和外界环境的关系，这和人学的研究内容相契合。[58]意大利的医学史学家卡斯蒂廖尼指出："医学随着人类痛苦的最初表达和减轻这痛苦的最初愿望而诞生，由于最初需要解释人体发生的各种现象和以人类心灵为主题进行最初的辛勤探索而成为科学。"[59]日本哲学家思想家池田大作认为："医学在本质上需要理性指导的冷静透彻的科学思维法。但同时，不，更重要的是需要温暖的人情。"[60]苏联学者 E. B. 墨斯特拉赫更明确说："就整个医学来说，它既不属于自然科学，也不属于社会科学，医学属于目前尚未假设性的'人学'。"[61]。

（二）中医学与人学

如前所述，早在先秦时期，诸子百家们便已萌生了深刻的人学思想，老子曰："吾所以有大患者，为吾有身，及吾无身，吾有何患？"反映了其"贵身"的思想。他认为人存天地之间，与道、天、地并为域中四大之一，身体是人的根本。庄子把生死看作如同春夏秋冬四时的更替一样普通，但直面生命时，庄子就明确反对人们为了名利以残生伤性，认为"伯夷死名于首阳之下，盗跖死利于东陵之上。二人者，所死不同，其于残生伤性均也，奚必伯夷之是而盗跖之非乎？天下尽殉也"（《庄子·外篇·骈拇》）。儒家也强调"身体发肤，受之父母，不敢毁伤"（《孝经·开宗明义》），体现了其对作为当下生命存在的人的关注。

植根于传统文化土壤的中医学，深受道家和儒家思想的浸染，且相互影响，古人将"黄老之学"并称，戴人秉承"惟儒者能明其理，而事亲者当知医"之思想，将其医书命曰《儒门事亲》即为明证。而从《黄帝内经》始，中医学就一直传承着人学的基因，自觉在自己职业中践行仁道。《灵枢·师传》曰："上以治民，下以治身，使百姓无病，上下和亲，德泽下流。"清代医家吴鞠通言："医，仁道也，而必智以先之，勇以副之，仁以成之。"喻嘉言亦曰："夫医者，非仁爱之士，不可托也；非聪明理达，不可任也；非廉洁淳良，不可信也。是以古之用医，必选明良，其德能仁恕博爱，其智能宣畅曲解，能知天地神祇之次，能明性命吉凶之数，处虚实之分，定顺逆之节，原疾病之轻重，而量药剂之多少，贯微洞幽，不失细少，如此乃谓良医。岂区区俗学能之哉？"（《医门法律·初学记》）儒家的仁道之心为历代医家所自觉奉行，并成为治病的价值指南。儒家强调"立德、立功、立言"，大多数医家不但治病救人，而且著书立说，将自己的经验传之于世，惠及众人。清代医家叶桂的著作《临证指南医案·华序》中有这么一段话："良医处世，不矜名，不计利，此其立德也；挽回造化，立起沉疴，此其立功也；阐发蕴奥，聿著方书，此其立言也。一艺而三善成备，医道之有关于世，岂不重且大耶！"而中医学鲜明的贵生思想，强调天地人相参，重视人的社会性，对医德始终不渝的追求，都是对中国儒学、人学思想的敬奉和践行。

1. 中医学鲜明的"贵生"思想

中医学非常重视人命，即"贵生"。《素问·宝命全形论》云："天覆地载，万物悉备，莫贵于人。"孙思邈《千金要方·大医精诚》："人命至重，贵于千金。"张仲景则"感往昔之沦丧，伤横夭之莫救"，对"当今居世之士，曾不留神医药，精究方术，上以疗君亲之疾，下以救贫贱之厄，中以保身长全，以养其生"的状况痛心疾首。而中医学"贵生"思想的具体落实，则体现在对医术精益求精的追求。《素问·征四失论》指出："受师不卒，妄作杂术，谬言为道，更名自功，妄用砭石，后遗身咎，此治之二失也。"张仲景在《伤寒论·序》中大声疾呼："观今之医，不念思求经旨，以演其所知，各承家技，始终顺旧……夫欲视死别生，实为难矣！"孙思邈则在《大医精诚》中谆谆告诫习医者"必须博极医源，精勤不倦，不得道听途说，而言医道已了，深自误哉"。李时珍出身医学世家，自幼就勤学苦读医书，他忧心于历代本草谬误较多，立志编写新的本草，历时三十年的艰辛始著成《本草纲目》："医乃活人之术，医道不精不仅不能救人，反倒会延误病情，甚则虚虚实实，戕害人命。"

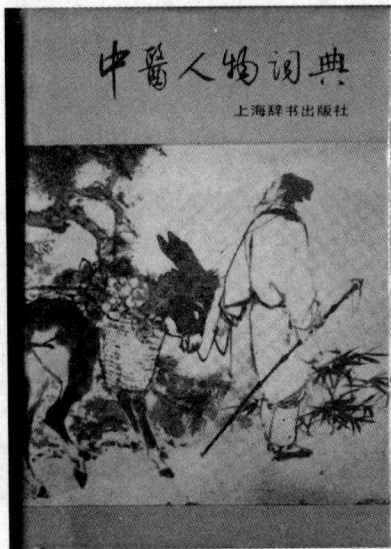

《中医人物辞典》封面

2. 中医学重视人的社会性

因为人是社会的人，马克思主义哲学认为"人是一切社会关系的总和"，因而人的疾病与其所处的社会环境有着十分密切的关系。《素问·移精变气论》："黄帝问曰：余闻古之治病，惟其移精变气，可祝由而已。今世治病，毒药治其内，针石治其外，或愈或不愈，何也？岐伯对曰：往古人居禽兽之间，动作以避寒，阴居以避暑，内无眷慕之累，外无伸宦之形，此恬憺之世，邪不能深入也。故毒药不能治其内，针石不能治其外，故可移精祝由而已。当今之世不然，忧患缘其内，苦形伤其外，又失四时之从，逆寒暑之宜，贼风数至，虚邪朝夕，内至五脏骨髓，外伤孔窍肌肤，所以小病必甚，大病必死，故祝由不能已也。"便生动地反映了社会环境的变迁、历史时期的变更对人的疾病及治病方法与疗效的影响。故《素问·气交变大论》引《上经》曰："上知天文，下知地理，中知人事，可以长久。"《灵枢·师传》："上以治民，下以治身，使百姓无病，上下和亲，德泽下流，子孙无忧，传于后世，无有终时。"而《备急千金要方·诊候》亦云："上医医国，中医医人，下医医病。"《本草纲目·序》谓："夫医之为道，君子用之以卫生，而推之以济世，故称仁术。"

3. 中医学强调人与天地相参

中医学对人与自然的关系有着深刻的认识。《素问·上古天真论》："上古有真人者，提挈天地，把握阴阳……故能寿敝天地，无有终时，此其道生。中古之时，有至人者，淳德全道，和于阴阳，调于四时……此盖益其寿命而强者也，亦归于真人。其次有圣人者，处天地之和，从八风之理……形体不敝，精神不散，亦可以百数。其次有贤人者，法则天地，象似日月，辨列星辰，逆从阴阳，分别四时，将从上古合同于道，亦可使益寿而有极时。"指出人要想养生长全，必须掌握并顺应或利用自然规律。《素问·六微旨大论》："其有至而至，有至而不至，有至而太过……至而至者和；至而不至，来气不及也；未至而至，来气有余也……应则顺，否则逆，逆则变生，变则病。"《素问·气交变大论》："岁木太过，风气流行，脾土受邪……岁火太过，炎暑流行，肺金受邪……岁土太过，雨湿流行，肾水受邪……岁金太过，燥气流行，肝木受邪……岁水太过，寒气流行，邪害心火……"说明人的发病及病情常与自然界的季节更替、气候变化失常密切相关。《素问·异法方宜论》："黄帝问曰：医之治病也，一病而治各不同，皆愈何也？岐伯对曰：地势使然也……故圣人杂合以治，各得其所宜，故治所以异而病皆愈者，得病之情，知治之大体也。"强调不同地域的人存在着体制的差异性，因而对于不同地域发生的疾病，也应采取不同的治疗手段。

4. 中医学对医德有着不懈的追求

《素问·征四失论》曰："所以不十全者，精神不专，志意不理，外内相失，故时疑殆……此治之一失矣。"将医者诊病时注意力不集中作为医者治病之"四失"提出了批评。张仲景也痛陈："省疾问病，务在口给，相对斯须，便处汤药，按寸不及尺，握手不及足，人迎、趺阳，三部不参，动数发息，不满五十，短期未知决诊，九候曾无仿佛，明堂阙庭，尽不见察，所谓窥管而已。"从反面表达了其对医德的重视。孙思邈谓："凡大医治病，必当安神定志，无欲无求，先发大慈恻隐之心，誓愿普救含灵之苦；若有疾厄来求者，不得问其贵贱贫富，长幼妍媸，怨亲善友，华夷愚智，普同一等，皆如至亲之想；亦不得瞻前顾后，自虑吉凶，护惜身命；见彼苦恼，若己有之，深心凄怆；勿避险巇，昼夜寒暑，饥渴疲劳，一心赴救。无作工夫形迹之心，如此可为苍生大医……夫为医之法，不得多语调笑，谈谑喧哗，道说是非，议论人物，炫耀声名，訾毁诸医，自矜己德。偶然治瘥一病，则昂头戴面，而有自许之貌，谓天下无双，此医人之膏肓也。"这不仅提出了医者对待病患的规范，也对訾毁同行、自矜己德的行为进行了鞭笞，从而集中而完美地体现了中国传统的伦理道德观念，成为传统中医学医德思想的重要基础，被后世的医家奉为圭臬，至今仍被人们广为称道。

以上从中医学对人（生命）、人与社会自然关系，即对整体的人的认识，做了点到即止的探微，中医学的指导思想、学术理论与临床无不渗透着人学思想，因此，我们说中医学更是人学。有学者直言[62]：如果说西医西药是西方人长期以来的哲学——科学的逻辑分析思维和实践的技术产物的话，那么中医中药则是中国人长期以来的传统人学的仿生思维和实践的技术产物。

5. 中医学——与人学共进退

儒学是中国传统文化的主流，其思想亦是中国人学思想的核心，因此可以将中国人学与儒学相提并论。中医学与人学的同源相通关系可概括为：医本出于儒，医工乃为儒者之一事，中医学与人学共进退。

孔子在继承、丰富和发展了殷周以来人学思想的基础上，以恢复弘扬"周礼"为己任，提出了以"仁"为核心的"天

仁者寿

裘老题字

命"观、"人性"论、"仁"学及"理想人格"等儒家人学思想，奠定了后来中国人学思想发展的基本格局。[63]中医学与儒家人学的认识观和方法论及伦理观保持内在一致性。[64]中医强调在积极自卫中遵守自然法则，《素问·八正神明论》"以日之寒温，月之虚盛，四时气之浮沉，参悟相合而调之"与儒家之"天人感应观"和"有为观"相一致。从医者承人性命之托，需行循循善诱之仁方，例如清代汪昂在《医方集解·序》中说道："诸艺之中，医尤为重。以其为生人之司命，而圣人之所必慎者也。"又如前文所述中医学之贵生思想。再者，孙思邈《备急千金要方》中的《大医精诚》《大医习业》要求从医者必是品性高尚、精通技艺的仁爱之士，亦源于儒学修身治学、修己以安人的思想，儒学必为医学之基础，即先儒后医，医出于儒。[65]而《原机启微》中："儒者不可不兼夫医也。"《儒门事亲》："为人子者，不可不知医也。"则源于儒学之"孝"义。[66]明代王纶有"医为儒者之一事"之说，古代习医者必经先儒后医的社会化过程。明代李梴在《医学入门·习医规格》中说："盖医出于儒。"徐大椿在《医学源流论》中亦说："凡诊治病必先徐经文，而后采取诸家之说，继而附以治法，以为得旨，然其人皆非通儒不能深通经义。"此即儒学治民，中医治身；儒为大道，医称小道矣。

《四库全书》与《古今图书集成·医部》两书提供的正史资料看，中医与儒学有一个同步的兴盛、低落发展周期。[65]每于儒学的振荡，必有中医继之于后。宋以前中国人学乃至中国文化皆以儒学为主，尤其在汉武帝"罢黜百家，独尊儒术"采纳儒学统一思想以后。宋时掀起了一场类似欧洲文艺复兴运动的"反传统"文化运动，从而获得对传统的权威思想规范的怀疑精神和创新思维的相对自由，特别是二程、朱熹、张载、周敦颐等思想大家争相发明经旨。《四库全书》总目提要医家类序说"儒之门户分于宋，医之门户分于金元"，儒学的变革使中医学也获得了一次大发展的历史机遇，中医界出现了时方与经方之对峙、攻邪与养阴等分野的学术局面。金元时期中医学术流派的争鸣发展，丰富了中医理论和方法，并播下了更多的思想种子，亦使明清时期学术名流和医著大量丰富，例如温病新说蜂起。直至清末民初，西学东渐，儒学与中医同受到强烈冲击，乃至"文革"时期批孔、"剔除中医"等，都是中国人学与中医学的共患难时期。20世纪80年代，"人学"一词被正式提出并赋予专门的概念和定义而开展系列研究，中医学在与现代医学的相持斗争中，以其独特而富于生命力的理论体系，采纳中西医结合之道而继续为人类健康服务着。纵观中国历史，中医学从其渊源至不同时期的发展，无不渗透、贯穿着中国传统文化和人学思想。[67]

综上，我们看到，医学与人学有着相同的渊源，在人类历史发展过程中各有偏重的研究内容但又密切联系、相互影响，两者始终都有着共同的终极目标，即认识自我、了解自我、把握自我，都是以人为本，满足人的需要，为了人的福祉而存在和发展。人学从整体上研究人的存在、人性、人的本质、人的活动和发展的一般规律以及人生价值、目的、道路等基本原则，为医学提供必要的背景知识和价值导向；医学在人学知识、思想背景下，便会以"人化"了的观念认识人体，更加深刻地理解医学的内涵，从而更好地为人类健康服务。反之亦然，医学在认识人身实体及精神、意识、思维活动的过程中，对于人精神层面的理解和解释，亦可为认识和研究人学提供理论依据。例如，中医学"心为君主之官"的理论，认为心藏神，能主导人的思维意识活动，对人学研究人的价值观、人生观、人治理论提供必要、可行的途径。孔子认为，成为真正的"仁"人、实现"仁"的途径只有一条，就是将主体道德修养和济世结合起来，"修己以安人""修己以安百姓"，医学是济世之学，是实现人学之学。人学讲求的道德修养、人文精神等不仅成为行医者自身必须具备的基本素养，而且是医者行业中对患有"人心之疾"等心身疾病的患者，必须行使医治其本心的责任。正如裘老所说，一个医者不能救人心上的毛病，即使医好了人生理上的疾病，在一定意义上只能是个"兽医"。如我们在文章前言所讲到的，一位合格的医者，也必须首先是一个合格的"人"。而如何能做一个"合格"的人，裴老的人学思想给了我们一个完满的答案，并给予了我们实现"合格"的人的途径和方法。

裴沛然人学思想

一代"鸿儒大医"，是学术界对裴老一生崇尚儒学、敬业医学的高度概括。儒，指春秋末期邹鲁一带初以相礼为业，后又从事文化教育的术士。[68] 史有醇儒、钜儒、宏儒、宿儒、巨儒、洪儒等名，但以刘禹锡《陋室铭》中"谈笑有鸿儒，往来无白丁"之"鸿儒"最为人尽皆知。汉代王充《论衡·本性》中有这样一段话："能说一经者为儒生，博览古今者为通人，采掇传书以上书奏记者为文人，能精思著文连结篇章者为鸿儒。故儒生过俗人，通人胜儒生，文人逾通人，鸿儒超文人。"《（新）辞源》谓鸿儒："泛指博学之士。"然，博学之士并不等于儒家，如先秦至庄周、墨翟、杨朱、孟轲、韩非等，唯有孟轲是儒家，因为其他饱学之士并未追随儒学鼻祖孔子之学。[69] 因之，唯有孔孟之道加之博学方为儒家——裴老就是这样一位"鸿儒大医"。

裴老 7 岁入私塾，11 岁就读国学专修馆，师从当地硕儒施叔范先生，背诵经史百家、历代诗赋，午夜一灯，晓窗千字，习以为常。受叔范先生博学通达，仁爱好施的品格风范和教育启迪，自立匡时经世之志。13 岁时，于念书之余跟随叔父裴汝根学习针灸，对针灸要籍、中医经典均要背诵，渐次粗通医理。但正处军阀割据时代，思潮混乱，"崇洋革新者"认为中国的传统不好了，要把中国古代文化扫地已尽，"保皇派"则主张闭关锁国，力图维护封建礼制，此皆

2008 年裘老（前排左四）获上海市医学荣誉奖

与先生经世致用之志不合，乃决心锐志于医学，"所以我不从政，从医"。[70]裘老行医 70 余年，求真务实，救死扶伤，活人无数，在海内外享有很高的声誉，成为一代"国医大师"。然而，在长期的医疗实践中裘老日渐发现，一个人的道德修养、心理健康状况较身体疾病更为严重地影响人类健康、人的发展和社会文明。因而，裘老不仅在临床中重视"医患相得"治疑难，"治神养心"调神明，"一花四叶"颐天年，更是在近九十高龄将重心放在人学研究上。这位早已功成名就、著作等身的长者，耄耋之年，殚精竭虑，精研八年，完成呕心沥血之作《人学散墨》。

裘老认为真正的儒学就是"人学"，并以"人学"立言，但其所说"人学"不完全是第一部分中所论述的人学学科所指的人学，准确地说是传统儒学的精华即孔孟儒学。《人学散墨》所述人学的涵义非常清楚，开宗明义"是专门论述如何能做一个'合格'的人而写的"，因此，这等于间接说明裘老人学的核心就是研究人之所以为人的基准底线。[71]裘老内心深处的忧患意识促使他对于现时社会的种种道德风情病，及物质文明带给人们高度享受的同时，给人类和平、和谐的生活造成严重的罪孽和威胁，有着深刻的认识和透彻的分析；在肯定"人之初，性本善"，驳斥"性恶论"的基础上，引导人们寻求放失之心，恢复人固有的善的本性；鼓励人们在"良知潜能"的主宰和引导下，依靠"灵慧潜能"之丰富创造力，发扬"感应潜能"的共鸣和感化效应；进而通过"以仁为本"的个人道德修养和全社会的道德建设，"以礼为节"的制度建设，以及"以义为衡"的利益调节，共建人类的"大同社会"——这就是裘老人学思想的核心内涵。本文即以此思想体系为框架，总结提炼裘老的人学思想，以期继承发扬裘老的人学理念，使读者从裘老的智慧之花中得到启示，从而开启人类潜能，为人民造福，为人类和谐发展产生积极影响。《人学散墨》底页有裘老诗："流光总被墨消磨，济世无方奈老何！我亦乾坤有情者，登楼四顾一蹉跎。"裘老之"人学"思想正是为我们开出的一张济世良方。

（一）裘沛然人学思想的形成

1. 拨乱反正，弘扬优秀传统文化

中国在几千年前《尚书·周书·泰誓上》已有"惟人万物之灵"之说，在西方，也早有"人是万物的尺度"之说。可是，人虽然贵为万物之灵，却"对自己的形体、心理、情感的调控和人与人之间的人际关系的处理显得异常笨拙，从历史记载到现状目睹，人群之间，总是那么难以和谐，小则尔虞我诈，明争暗斗，大则白骨千里，尸山血海"。"人作为万物之灵的'灵'和万物的'尺度'到哪里去了呢？"[72]正是这巨大的反差引发了裘老深深的思考。裘老发现中国传统文化中有许多精华，特别是先秦儒家学说，孔孟"既发现了人的可贵，又提示我们做人以和为贵的具体规范"，虽然有些具体的做法由于时代的变迁，在后世不适用了，但是孔孟"以人为本""以和为贵"等的人学原理却是超越时代的精粹，是做人应该遵循的永恒标准。但是，令人扼腕的是，孔孟儒学在后世，遭到了历代儒生的种种歪曲和利用，以至于难以识别其本来面貌。乱天下者必先

乱是非，以董仲舒为代表的汉儒在韩非君臣、父子、夫妻关系"纲常化"思想基础上正式提出"三纲"，后与五常并提；宋代程颐主张格物致知，并提出"去人欲，存天理"，宣扬"饿死事小，失节事大"，其主张由南宋的朱熹所继承，并称为"程朱之学"。后代的儒学著述，多为摇舌杂说，不是迎和朝廷需要而谄媚君王、迫害民众，就是为一己之私贪图利禄富贵，竟违反和歪曲孔孟原旨，妄发谬论，所谓"后儒多未醇"，更使孔孟思想进入了死胡同。

近代以来，西学东渐，中国备受列强侮辱，有识之士皆以救国兴邦为己任，思想界内外交争，新旧纠葛十分活跃乃至混乱，孔孟思想作为中国传统文化的核心内容之一而被批判有加。"五四"期间孔子被称为"盗丘""国愿""孔二先生"等大不敬之词，孔孟思想被视为"奴隶"的道德，旧思想旧体制的源头，而被彻底否定并欲摒弃。裴老曾对此做简要述评："……海通以还，西学东渐，国内有不少学者，竞尚新学，冀图振兴。而浮薄幸进之流，则视我国固有文化如敝屣，毋问精粗，莫辨真伪，概加批判，唯恐扫除之不力，甚至有倡言废除汉文者，直欲从根本上消灭中华文化，更何惜于民族医学。"有钱玄同在《新青年》发表文章为证："推翻孔学，改革伦理，废弃汉学""欲废孔学，不可不先废汉文。"[73]"文革"期间，与林彪相隔两千多年，风马牛不相及的孔子，因为"方便操作"，被戴上"妖孽""包办婚姻""愚忠愚孝""独裁专制"的帽子，把旧时代的糟粕全都扣在孔孟身上，遭到批判。

综上看到，"五四"打倒的，已经不是原来的孔孟，而是早已出位离窍的"孔孟"；"文革"被批判的早已不是孔子，而是被后世利用、妖魔化的孔子像。近些年，学界对于孔孟儒学的"还真去伪"工作取得了不少进展，然而，在一些人的头脑里，孔子要么仍然是那个高高在上的"大成至圣文宣王"，要么是遭人嘲弄的"孔老二"……"'薄孔非孟'的余响未绝，流弊犹存，强加于他们身上的种种污蔑之辞还蔓延在街头坊间，有的甚至顽固地保存着'亚文化'状态"。[72]还孔孟一个真面目，成为每个正直的中国人心中强烈的呼声。

裘老亲身经历两个时期的批孔思潮，让自幼崇尚孔孟儒学、践行仁学、忧国忧民的裘老先生痛心疾首。"文革"后，裘老终于可以摘去"反动学术权威"的帽子，畅读《论语》《孟子》，有感而作《读〈论语〉后作》《读〈孟子〉后作》诗两首。斥责"贱儒"乱是非，世事人情漓薄少高德，并发出"谁将忠恕义，化作五洲春"的召唤。裘老专注"人学"八年间，"人学"在他的脑海里无时或忘，或请教专家，或博览群书，或灯下沉思，或聚友商谈……无亚于幼时"午夜一灯，晓窗千字"的费心耗神。在《人学散墨》里，裘老针对千年来批斥孔孟的言论，做专章"千古奇冤"剔抉陈言，纠正强加于孔孟的谬说，以弘扬我国优秀传统文化，树立中华儿女的民族自尊、自信之心。而且这章是成书之前裘老感于当今社会传统文化被"弱化"甚至解体的时世，慨然书之，其用心良苦，又有谁会读后不紧随其后，弘扬孔孟精神呢？

2. 实践国医医人的宏愿

裘老自言："我从小爱读书，经史子集按顺序来读。《四库全书》在很小的时候就偷偷看了，但最爱读儒学经典，最推崇孔孟……孔子、孟子的学说，是中华文明最宝贵的财富，也是人类的共同遗产。"[70]又说："孔子在2500年前那个'礼崩乐坏'、急功近利的时代能够提出高瞻远瞩又'人人可行'的主张，不仅影响了中国千年的历史，还漂洋过海正获得越来越多世界性的声誉。"[72]

在"文革"之后，裘老重新阅读《论语》后作诗云："四海皆兄弟，嘉言万古新。莫拘时代论，终乱是非真。"《论语》中有"四海之内，皆兄弟也"之说，是子夏对"仁学"思想的阐发，后人所说的"四海一家"亦是由此而来。"仁"学作为中国传统文化最为精华的思想，对于当今世道人心具有重要的指导意义，其体现的博大胸怀和高尚品德的言词是历久常新的。汉代罢黜百家独尊儒术，并形成专门研究儒家经典的经学。经学经汉、宋、清代的大发展，虽然在考据学和义理方面取得许多成就，但是它围绕着儒家经典形成一个封闭的学术体系，最终必然是走向死胡同。[71]因此，如果拘泥于时代落后的说法，终致混乱是非。裘老对孔子人学思想理解至深矣。

裘老由来崇尚孔孟之学，尤其推崇孟子。他说："我最欣赏孟子的民本思想。君为轻，民为重，这与今天党和政府执政为民的思想是一致的。"裘老在诗《读"孟子"后作》序言中说道："孟子所创导的'民贵君轻''老吾老以及人之老，幼吾幼以及人之幼'与天视即民视、天听即民听的人民至上思想，反对暴君虐民'闻诛一夫纣矣'的君臣观，以及'富贵不能淫，贫贱不能移，威武不能屈''说大人则藐之'的高尚人格境界，等等，这在封建社会其言可以震烁古今，惊天地而泣鬼神，洵为千古不易之论，为中华民族精神文明奠定光辉典范。"裘老少年时读王安石的诗，有"他日若能窥孟子，终身何敢望韩公"句，一般读者皆以"何敢望"谓荆公谦词，实为不屑为之委婉语，当时还怪荆公何以如此尊孟而薄韩。中年以后细译两家之书，发现孟子实远胜韩愈，孟子的崇高思想和人格境界不说韩愈，乃至中国历史上都难能有可及之人。王安石之尊孟轻韩，意在斯乎！裘老仅从"何敢望"这三个字里的理解，能说出一番大道理，裘老的博学深思可见一斑，其学风可为我们的楷模，而其对孟子的崇敬、景仰之情更是容不得他人对孟子一点点的轻视。

裘老亦重视孟子义利之辨，其所谓"义"即指人民、国家和集体利益，当然也包括个人合理应得之利；其所指斥的"利"，乃指挥霍、浪费、贪污国家和集体利益而损公肥私者。义利之辨实为治理国家兴衰之关键，如果"上下交征利"，则对国家危害之严重性自是不言而喻，并作诗云："千秋卓荦孟夫子，粪土君王一布衣。独创以民为贵论，直呵唯利是图非。尼丘去后谁堪继，至道难明世所稀。公使乾坤留正气，七篇遗著尽珠玑。"几千年来卓越的孟夫子，以一介布衣身份视君王如粪土，独创性提出"民为贵，社稷次之，君为轻"的观点，还具"君之视臣如犬马，则臣视君如国人；君之视臣如草芥，则臣视君如寇仇"以及"闻诛一夫纣矣，未闻弑君也"等以民为本的思想。"王何必曰利，亦有仁义而已矣"（《孟子·梁惠王上》），指斥贪污、腐败、享乐、欺诈国家和集体利益而损公肥私的唯利是图者。仲尼之后有谁堪以继承儒家仁学，至道难以阐明，像孟子这样是世间少有了。孟子"塞乎天地之间"的"浩然之气"，遗存的七篇论著字字珠玑，蕴涵了深刻的思想内核，在今天仍具有重要的现实意义。

在李鼎老师看来，裘老对孔孟之道的崇奉似乎有点一意孤行，尤其是对"文革"中接受反面教训后。裘老以惊人的毅力实践国医医人的宏愿，作诗《书怀》："诸夏文明久冷清，于人弃处独孤行。神州倘有鸿儒在，愿做弘扬一小兵。"假如神州大地还存有鸿儒硕哲之士，情愿为他做个弘扬教理的部下小兵，[74]并以自己的行动回答诗句："谁将忠恕义，化作五洲春。"把孔孟人学精神推向全国、全世界。裘老曾数次对中国因有"孔孟"在，而对中国文化生发无限的自豪感。新加坡曾被称为亚洲"小龙"，他从国内外的经济、文明、文化视觉进行对比，作诗句："泱泱大国尚贫穷，百里方圆称小龙。见说此邦尊孔孟，却因吾道得繁荣。"作为亚洲四小龙之一的新加坡，因为崇尚孔孟之道而繁荣昌盛，这是何等的荣耀，而我泱泱大国，孔孟文化的发源地，却尚于贫穷中，发人深省。

3. 构建道德伦理规范的金钥匙

历史上，"欢乐盈楼"和"悲苦塞途"揭示了两种阶级不同命运的强烈对比，更深刻反映了人类裂缝的难以弥合。且不说，秦始皇踩着无数人的血污和白骨走向"至尊"，建立"虎狼之国"，修皇陵，建皇宫，"焚书坑儒"；极端地说，在中华民族生息繁衍的历史长河中，乱世、战争和屠杀才是历史的主流。裘老深刻批判历史的罪恶，亲身经历第二次世界大战，在抗战胜利之后赋诗纪念，提及八年战争给中华大地带来的惨状："极目狼烟遍九州，洗街屠郭万家愁"；"燐燐碧血照春来，八度花红野哭哀"。极为形象的描述，又怎能表达作者内心的"愁"和"哀"？裘老从日本这部"野兽机器"的野蛮残暴中看到的，是人类人性的全面退化，是对人性的极端嘲弄。这种万劫不复的黑色污斑，如果我们不寻回人性，还会重复前人的悲剧，而且悲剧只会更剧烈更惨绝人寰。

"道义"，本该充沛于天地，鼓荡于九州，但在现世却被称为"傻瓜"。2012 年 3 月 23 日 16：30，哈尔滨医科大学的硕士实习生王浩被 17 岁的患者李梦南用水果刀插进喉咙，割断大动脉，倒在血泊中，同时受伤的还有三位医护人员。就是这样一起凶杀案，使一名未满 18 岁的未成年人和一名年轻有为前途美好的医界人才，瞬间陨落。正在人们为此不幸事件扼腕、哀伤、愤怒的时候，更为震惊的事情发生了。3 月 23 日晚 8：30，腾讯网针对"哈医大一院发生的血案"调查，投票结果显示：6161 个投票人次中竟有 4018 人次选择了"高兴"，占到总投票数的 65%，"我也很高兴，就和贪官被杀了一样的高兴""杀得好，现在医生都没医德，没良心，大家都拍手叫好"之声比比皆是。看到这样充满暴戾之气，充满着仇恨、偏激的留言，我们来不及同情、悲怜，就被担心、恐惧、悲凉笼罩着。这已然不止是单纯的医患关系、医疗体制的问题了，中央电视台《新闻1＋1》主持人白岩松说："这是一群带着仇恨跟这个世界相处的人，这可能也是一种疾病，而且是一种传染病，汇聚在一起的时候可能在告诉我们，这个社会病了。回应仇恨只有一种方式，那就是用爱去回应，去沟通，去寻求理解，去改变。"

是谁让英雄和壮士在这个时代显得滑稽可笑？裘老说："当人们潮水一样地争做一个富裕的刁民和自私的顺民时，事实上，时代之心，已经红牌示警——"和平社会的人们都向往安详和温馨，但现实却充斥着自私、贪婪、欺诈、残忍与炎凉，这些琐屑的负面情感很容易就把人们生活的世界变得紧张、分裂，社会环境与人际关系日趋混乱复杂，人心浮躁不安……裘老说："这就是生活。这种现实的群体性的平庸与自私所引发的社会分裂，绝非简单地反思与学习所能抚平，而需要整个人类文明的进步，人心彻底扭转来逐渐改善。"

　　裘老的话题总会慢慢地从诗赋、历史或文坛逸事而转向孔孟儒学，转向道德风气。一说起当下社会的"坑、蒙、拐、骗"现象，老人就痛心疾首，甚至捶胸顿足，表现出极大的愤慨和忧虑。裘老曾在《寄徐子望陈卫平两兄》诗中表达深为世风日下、道德沦丧的忧心："光飞电掣送流年，巨劫沧桑万虑牵。"朋友及文学、哲学界教授都质疑：一个人能像您这样修成正果的医林巨擘，已经非常了不起了，您还想医治人的心吗？裘老坚定地回答，是的，"已是人间经济热，乾坤正气要弘扬"。和我们这个民族的、宏伟的人心工程比，医者，小道也；躯壳强健而心灵已死的国民，是国之不幸。道德风气这么差，社会要这么多健康的"病人"干什么？而拯救他们精神的良方恰恰就在他们所不屑的孔孟那里。因此裘老著《人学散墨》，呼吁大家做个"合格"的人。在书写《人学散墨》的那些日子里，裘老的书房总充溢着强烈的救世氛围，网络传播的谬论，常常让干瘦的裘老怒发冲冠，转而精神愈发矍铄，颤抖着嘴唇，指点江山，臧否人物，口授要义，孜孜讲诵，让所有的晚辈惊叹，九五老翁，一旦著书立言怎么兴奋得像个小孩？就是这样崇高的使命感，竟然使一盏衰微的生命之灯重新焕发出夺目的异彩！

　　在这种种现实生活面前，我们大多数人总是"事不关己"的观望，或无奈的"苟且"于自我小圈子里。而裘老总想起2500年前的春秋战国时期，礼崩乐坏、纲常混乱、诸侯混战、道德沦丧的时代，孔孟开创"仁"学思想，提出人伦之道，礼让为国的主张，指出人之与动物的根本不同，人与人、人与社会以及人类之间和平共处的规律，为后世构建了道德伦理规范，也为今世问题的最终解决提供了"金钥匙"。

4. 宣扬人学能够为社会和谐、世道人心起到有益的作用

经历了生活苦难和生活在现实的人们，内心都有着一个理想社会。在中国，理想社会多源自于儒家对大同社会的构想，即合乎"人情"，达乎"人义"。合乎"人情"是要符合人的喜、怒、哀、惧、爱、恶、欲的"七情"要求，达乎"人义"即要符合儒家推崇的"父慈、子孝、兄良、弟悌、夫义、妇听、长慧、幼顺、君仁、臣忠十者"，[72] 即《礼记·礼运》中描绘的"治人七情，修十义，讲信修睦，尚辞让，弃争夺"的和睦景象。儒家据此提出了后人所向往的"大同"理想。之后，陶渊明描绘了无数人向往的"芳草鲜美，落英缤纷"的"桃花源"。清末政治家、思想家康有为基于儒学"不忍人之心"的博爱观，面对民族苦难"思有以拯救之"。他依据《春秋》和《礼运》中的"小康""大同"说，表述了人类的大同极乐世界，亦如《礼记·礼远》篇所说的那样，"大道之行也，天下为公，选贤与能，讲信修睦。故人不独亲其亲，不独子其子，使老有所终，壮有所用，幼有所长，矜寡孤独废疾，皆有所养。男有分，女有归。货恶其弃于地也，不必藏于己；力恶其不出于身也，不必为己。是故谋闭而不兴，盗窃乱贼而不作。故外户而不闭，是谓大同"。西方历史上也有着"黄金种族"和柏拉图的"理想国"，还有以自由、民主、博爱为价值取向的"乌托邦"。裘老认为，并非人类追求理想社会不对或不能实现，而是选对了目标，却走乱了步伐。[72] 如果能够按捺住内心的浮躁与冲动，不急功近利，从社会实际出发，坚持科学发展的原则，一步步坚实地走下去，终有一天理想社会的大门会向人类打开。裘老举例说明"天堂"与"地狱"的不同，说"天堂"和"地狱"实际是人心的不同，两者的距离如同"咫尺天涯"般神奇而贴切，所谓"天堂"和"地狱"皆在乎人心的选择。如果我们回到人性，回到人心，人人从良知，则"人皆可以为尧舜"，社会必是人人谦和、其乐融融的理想社会。

裘老从小接受私塾教育，自发蒙起就熟读四书五经，对经史子集都有广泛涉猎，"凡四子书及唐宋名家的文章诗词均需选读，并要求熟背成诵"。[75]先生施叔范"能文章而犹擅长诗词"，裘老回忆："我今日能与经史辞章略窥门径，盖得力于先生教育启迪之功。"盖诗能遣情言志，诗外传神。作者既能借助诗委婉表达内心深处的想法，提出批评或劝谏，形式上又不激烈，诗外又能培养高尚的情操和提高学识的修养。因而，裘老学写诗常乐在其中，并自此吟哦不绝，将诗歌的写作变成终身爱好，直至2010年病卧龙华医院，还带病写下《病中杂感》（五首）。他留给人世的最后一首诗这样写道："社会和谐百事新，欢摇秃笔写天真。心光布满潜能后，行见满街尽圣人。"

在其即将决绝之时，身体虚弱不堪，精神亦是极度衰惫，却依然惦记民族和国家的未来，希望《人学散墨》所宣扬的人学思想能够为社会和谐、世道人心起到有益的作用，希望人们的"灵慧""良知"皆能被"感应潜能"所激发，所传播，所布满，"见贤思齐""仁民爱物"，让道德滑坡、人心唯危的局面能够转变为"行见满街尽圣人"的理想社会。

（二）裘沛然人学思想的主要内涵

从裘老人学思想的形成过程，我们已经看到裘老人学思想的核心就是孔孟思想。中国人的本原在孔孟，现世道德的沦丧是忘却了孔孟，甚至扭曲了孔孟思想，而能够换回"中华精神的原住民"的还是孔孟。《人学散墨》一本书，无论是对于人性的剖析、对于现世社会的反思、对于理想社会的向往，还是对于如何能做一个合格的人的框架构建，无不以孔孟思想为基础和核心，裘老阐释的人学，其实就是孔孟儒学、孔孟人学。因此，裘老人学思想其实就是回答了孟子所说的"人之所以异于禽兽者"，就是研究人之所以为人的基准底线。那么，人之所以为人的基准底线是什么？裘老概括为两大方面：人之初，性本善。人有灵慧潜能、良知潜能和感应潜能，其中以良知潜能尤为重要和突出。而以人性本善和三大潜能为基础，能够做到"以仁为本""以礼为节""以义为衡"，就能够做一名"合格"的人。从个体的道德修养和道德实践做起，就能够完成从个体向群体的感染和扩散，从而提高整个社会的道德水准，这无疑是提高全社会精神文明建设最有力的"救赎"阶梯和框架。至此，一张"决死生、处百病、调虚实"的"救世良方"就以"裘沛然人学思想"为名，开启它的济世救人之行。

1. 强调人性本善

人性善恶之争论，业已两千多年的历史，及至今日，仍在继续。纵然学者们对人性本善、性本恶、无所谓性善性恶等各抒己见，但传统的性善说和性恶说，实际上都表现了人们追求人性向善的理想。在清代以前，大致是性善论占统治地位，这也是古人崇仰孔孟儒家文化的表现之一；但在第一次世界大战以后，战争抢掠和拯民救国充斥着全国上下，主张性无善恶又占上风，例如胡适、陈独秀等人结合现实人生和历史发展阶段论述人性有善恶两方面；"文革"后，主张性恶的，又逐渐多了起来。裘老则明确指出人性本善的积极面，认为一个良好社会的实现，要靠发挥人自身的良知善性，改造人本身的柔性系统，而非靠改造制度一类的刚性系统，其人性观是对传统性善说的继承和发展。对于这个千年的哲学命题，裘老仅以人区别于动物的几点不同，即世间生物皆有生存、进化的本能，即自然属性；人之别异于动物者，在于人有"良知之心"的善性，即社会属性，深刻地诠释了人性本善而非恶或无善恶之说的理论，为当今社会人心向善和社会至善开出了一张良方。

（1）人之有性：《说文解字·心部》云："性，人之阳气性善者也。从心，生声。"可见，"性"的本义是"生"，就是人生来就有的特征、属性和能力。[76]但很明显有些动物也具有与人相同的特征、属性和能力，并不能说明此为人性。在现代新儒学者梁漱溟先生看来，所谓人性，就是人人所同有的，又不同于动物的人类特征，即人有人性，人性是与动物相区别的社会属性。[77] 首先作为生物，人有生物本能。"饥而欲饱，寒而欲暖，劳而欲休"（《荀子·性恶》），即人凭借本能必须向外界摄取营养，接受阳光、水分，进行物质交换而能生存、进化的基本条件。《礼记》中亦有"饮食男女，人之大欲存焉"，又说"吾不见好德如好色者也"；荀子说人"好利焉……疾恶焉……有耳目之欲，有好声色焉"，都是人的食色欲望之性，是和其他动物一样有新陈代谢、繁衍生息的本能属性。恩格斯说："人们首先必须吃、喝、住、穿，然后才能从事政治、科学、艺术宗教等等。"[78] 那么，基于这种自然属性，人表现出与动物不同的地方在哪里呢？那就是社会属性，即人性。从《论语》中"性相近也，习相远也"可以清楚地看出，孔子认为人性是天赋的，其本质是"仁"，而且人性是相近的，都是善良的；人性之所以后来有千差万别，应该是和"习"，也就是后天的习染、习俗、习惯等因素的不同造成的。孟子在继承孔子的人性天赋理论基础上，创造性提出人性的本质就是"善"。人之所以异于禽兽者，在于人有"四心"："由是观之，无恻隐之心，非人也；无羞恶之心，非人也；无辞让之心，非人也；无是非之心，非人也。"（《孟子·公孙丑上》）裴老肯定孟子的人性本善论，认为人性就在于有仁义道德之"先天地"，储存在每个人心中的"良知之心"，我们应该直视"人性"本原，承认人性"本善"。[72]

（2）人之性，本善：裴老坚定而且明确地赞成"性本善"说，他认为：人的天性是善良的，对于社会的问题，人性具有决定性的疗救力量。

首先，"善"是人心最本质、最重要的东西，就像矿藏一样天然地配备在那里，不需要人经常反复思量、揣度、权衡，判断其有还是没有。"善"是与生俱来，不学而能，不虑而知，不期而来，不召而至。《孟子·告子上》中曰："恻隐之心，人皆有之；羞恶之心，人皆有之；恭敬之心，人皆有之；是非之心，人皆有之。恻隐之心，仁也；羞恶之心，义也；恭敬之心，礼也；是非之心，智也。仁义礼智，非由外铄我也，我固有之也，弗思耳矣。"说明人的天性中有恻隐、羞恶、恭敬、是非之心，人皆有之，无论达官显贵还是平民百姓，高贵抑或微贱，善则是一善，并无二致。因为有恻隐之心，帮助别人（常常是弱者）成为人的本能，并不需要多么富有，多么有地位；因为善良的人，眼中总有比他们更弱者，心中总会生出关爱他人之念，援手总会伸向那些需要帮助的人。[79]《孟子·公孙丑上》又说："人之有四端也，犹其有四体也。"接着举了古今中外无不信服的例子："所以谓人皆有不忍人之心者，今人乍见孺子将入于井，皆有怵惕恻隐之心。非所以内交于孺子之父母也，非所以要誉于乡党朋友也，非恶其声而然也。"这种心中不假思索而生的怜悯，会促使人下意识地去阻止可怕结局的发生。2011 年 7 月 2 日中午 12 点，杭州某小区单元 10 楼一个小女孩挂在窗外，双手抓着窗框，双脚踏空，摇摇欲坠，女孩惊恐无助不停地哭。不幸的是只坚持了不到两分钟就突然掉落，就在大家以为惨剧就要发生的时候，正经过楼下的一位女邻居吴菊萍突然向着空中伸出了手。小女孩重重地砸在这位女士的手臂上，然后一起滚落在一旁的草坪里。小女孩肠道破裂伤势不轻，但是保住了性命。女子左臂多段粉碎性骨折："我没多想，只是想如果我能接她一下，这个孩子或许就有救。"吴菊萍凭着对同类的天然自发的关切，没有任何人欲之私的考虑，就是天性的流露。这就是孟子所说的人皆有之的"怵惕恻隐之心"，就是天然的"良知"，俗称"天良"。天良是天赋良善之性的简称，其迸发的形式往往突如其来，不假思索。

其次，裘老认为，人性并不是生而完善，"性善"只说明人的天性中有"善芽""善根"，必须经过"扩而充之"，才能成就仁义礼智"四德"。也就是说，孟子所说的恻隐之心、羞恶之心、恭敬之心、是非之心是人心之四端，但是"四端"只是性善的萌芽或者说是种子，并不就是仁、义、礼、智"四德"本身，而是需要经过后天不断培养成长才能修炼成四德。《孟子·公孙丑上》中说："凡有四端于我者，知皆扩而充之矣，若火之始然，泉之始达。苟能充之，足以保四海；苟不充之，不足以事父母。"人生来是有善性的，但在成长过程中，如不能精心修养，或忘记本性，或抵御不了社会环境的诱惑、袭击，就可能揣着善心做出罄竹难书的血腥暴行。

再者，正是因为太多的人走着走着就忘掉了本性，冷藏了善端，以至于人们开始怀疑人性本原的善恶。首当其冲的是荀子的

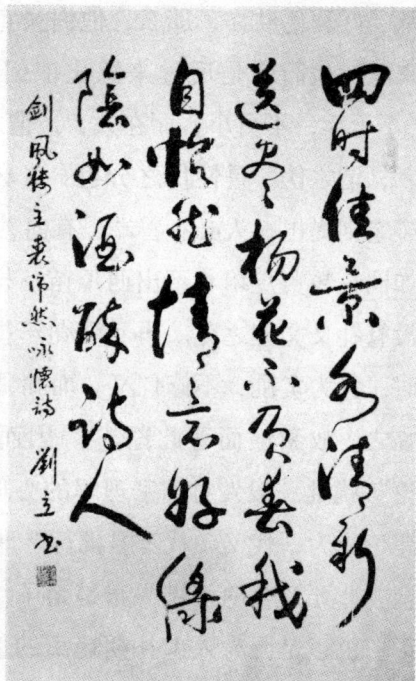

裴老怀友人诗

"性恶论"，在其《荀子·性恶》开篇即言："人之性恶，其善者伪也。"认为人性本来是恶的，种种善的言行都是人为的。裴老认为荀子的性恶论"定性错误，逻辑悖谬"。[72]被荀子定为"恶"的人性，正是我们前面说到的人的本能的自然属性，这一点是经后世学者都肯定了的。将生物本能定义为"性恶"，显然是不成立的。荀子"性恶论"的根基被悬空，之后的诸多"顺是"只是在前者定性基础上的推测，自然是空中楼阁而最终轰然倒塌。裴老从逻辑上给予了"性恶论"最为有力的反驳，反问："人性既然是恶的，那么礼义文理又是谁制作的呢？谁是善的第一次推动者？谁又是礼义文理的发明者呢？"[72]荀子说："凡人之性者，尧舜之于桀跖，其性一也。"既然圣人、君子、凡人和小人本性都是恶的，都是恶人，那他们还制作礼义文理做什么？恶人又何必改造恶人？恶人又怎么能、拿什么来改造恶人？进一步说，既然人性天生是恶，天生嗜杀、好

乱、好利色欺诈，那么，他们又宣扬礼义文理做什么用？培养善人来反对他们还是反过来感化他们呢？荀子也强调后天学习，认为"不可学，不可事，而在人者，谓之性；可学而能，可事而成之在人者，谓之伪。是性伪之分也"（《荀子·性恶》），即"化性起伪"。袁老则提出，人必有善端，有向善之心，方能接受礼义文理，否则，如同一粒黄豆培养不出西瓜苗一样，禽兽亦没有"圣禽""圣兽"，没有礼义文理之化。再看看荀子提出"性恶论"的背景："当战国时，竞为贪乱，不修仁义，而荀卿明于治道，知其可化，无势位以临之，故激愤而著此论。"[80] 因而，袁老一方面对荀子首创"性恶论"扰乱一般人对儒家理解的心理表示理解，另一方面亦痛斥其性恶论成为一代又一代暴君推行严刑峻法的重要依据，"荀卿王道肆高谈，非死斯存两不堪"正是荀子浮躁心情与功利心态导致的真实情形。也正是因为人世扑朔迷离的迷雾，使人们善恶兼有，既无法制恶于彻底，又无法扬善于臻美。但是，人心之向善，犹如水之向下，其属性是不可改变的。袁老列举南北朝时期弑父称帝、众叛亲离、天下谴之的刘劭，连杀四人、自分必死的马加爵，最后都自我忏悔，知道自己罪行滔天、无可饶恕，说明人性善端的"先天性""本原性"。

（3）君子异于人，以存其心——人何以为善：既然人性向善如水之向下不可改变，那么人能为善首先就是保持住内心所具有的善性。《孟子·离娄下》："君子所以异于人者，以其存心也。"袁老以《黄帝内经》中"心为君主之官，神明出焉"的"心君"（本心）为例，说明"存心"的重要性。目口鼻耳（本能）如同"心君"的臣仆，受其管制。"主明则下安"，只要保持"本心"，人就能控制本能、欲望，而始终向善。但是耳目之官没有思维能力，因而容易受到外物的诱惑蒙蔽，被引入迷途而丧失本心，正如"耳目之官不思，而蔽于物，物交物，则引之而已矣。心之官则思，思则得之，不思则不得也"（《孟子·告子上》）。因此，要充分发挥心之官的思维能力，符合仁义的就接受，否则就拒绝，这样才能保持住本心不丧失，即"此天之所与我者，先立乎其大者，则其小者弗能夺也。此为大人而已矣"（《孟子·告子上》）。

但不是人人都能永远保持天生的善性不变，大多数人都会有所丧失，正如我们今天看到暴力横行、物欲横流、贪污腐败昭然若揭的现世社会，就是孟子所说的"放心"现象："仁，人心也；义，人路也。舍其路而弗由，放其心而不知求，哀哉！人有鸡犬放，则知求之；有放心，而不知求。"（《孟子·告子上》）放心，指人的本心（天良）被放逐。蒙昧的世人，"存心"的正路不走，反失其心，鸡犬遗失搜寻不已，本心丢了却麻木不仁。在裴老看来，人的本能不是恶，过度放纵才是恶，所以要"求放心"，恢复人固有的善的本性。"学问之道无他，求其放心而已矣。"（《孟子·告子上》）宋代大儒程颐亦言："圣贤千言万语，只是教人将已放之心使反复入身来，自能寻向上去，下学而上达。"

"苟得其养，无物不长；苟失其养，无物不消"（《孟子·告子上》），因此，唯有保持善性，并不断护养才会使萌芽逐渐伸枝生叶繁茂起来，时时"寻求放失之心"，删除那些不好的影响因素，使人性本心逐渐完善起来，即从善如流。如，"舜之居深山之中，与木石居，与鹿豕游，其所以异于深山之野人者几希；及其闻一善言，见一善行，若决江河，沛然莫之能御也。"（《孟子·尽心上》）舜居深山，以树木山石为家，以山鹿野猪为伴，和深山的野人几乎没什么区别，但是他听到善言，见到善行，内心就会像江河决了口一样不可遏止地去追求、去学习，使内心善端不断扩充，终成万世景仰的圣王。因此，只要"服尧之服，诵尧之言，行尧之行，是尧而已矣"（《孟子·告子下》），只要能坚持善性，从善如流，践行自己的一言一行，则"人皆可以为尧舜"（《孟子·告子下》）。

裴老强调"人性本善"的命题对于危机重重的当今社会意义非凡，令人警醒且发人深省。裴老内心充满对祖国、对人民的道德精神忧患，却从不悲观。人性本善、向善，是乐观的基础，裴老"人性本善"的人学思想提供了一个"救赎"的阶梯和框架，阐述了每个人的道德修养原理，为整个社会的改革进步和先进制度建设，做好了基础性工作。

2. 天地之性，人为贵——人之三种潜能

人心向善，社会风气大变，一个幸福、和谐、美满的中华民族精神家园，我们的理想社会，就自然而然地建立起来了。当然，这个美好理想的实现不是一蹴而就的，需要一系列、长期艰苦的努力。于是，在"人性本善"的人学理论基础上，裴老受儒家"良知良能""见闻之知""德性之知"说的启发，结合长期的医疗实践，把医学心理学、医学伦理学、医学认识论、医学思想体系的观点和方法与儒家学说结合起来，突出"惟人，万物之灵"（《尚书·泰誓上》）及"天地之性，人为贵"（《孝经·圣治》），得出"三种潜能"的观点。孟子言："人之有道也。饱食、暖衣、逸居而无教，则近于禽兽。圣人有忧之。使契为司徒，教以人伦：父子有亲，君臣有义，夫妇有别，长幼有序，朋友有信。"（《孟子·滕文公上》）人之所以为人，是因为人有"仁义礼智"等伦常秩序和道德准则的引导，不像动物一样只知道食饱居安而没有道德教化。在孟子看来，只有那些经过伦常秩序教化，知道遵循人与人之间道德准则的人，才能称得上是"人"。因为"人有气、有生、有知并且有义，故为天下贵也"（《荀子·王制》），所以每个个体都有成为人的可能性，这种可能是天赋的、人所特有的本然之性，裴老称之为"潜能"。这里的"潜能"非西方人本主义心理学所用的"潜能"，而是裴老以人学的内涵定义并阐发的人之三种潜能：一为灵慧潜能，二为良知潜能，三为感应潜能。"灵慧潜能"是创造物质文明的思想动力，"良知潜能"使人明辨是非，是弃恶扬善的精神本质，"感应潜能"是导致人类世界休戚相关、亲如手足的凝聚力量。在"良知潜能"的主宰下，依靠"灵慧潜能"之创造力，发挥"感应潜能"的效应，三者统一协调，相互作用，就能正人心，扶世道，共同构筑通向人类幸福的坦途。

（1）凡以知，人之性——灵慧潜能

"凡以知，人之性"（《荀子·解蔽》）。古希腊哲学家亚里士多德《形而上学》亦说："求知是人类的本性。"这种人类的求知本性就在于人的"灵慧潜能"，这种"灵慧"主要表现在知觉，即人的意识和认识能力。

①"见闻之知"：人的"灵慧潜能"是人获得真知的途径，一方面人运用其感官系统作用于外在世界的活动，去感觉和体验世界，获得最初的印象和经验；同时，外在世界也不断地通过其活动刺激人的感官系统，激发感官功能的发挥。这样两反面相互作用，达到"见闻之知，乃物交而知"（北宋张载《正蒙·大心》）。通过感官获得的认识是人的知识最初形态，即感性知识。这些感性知识还需要通过人的心灵进行理性把握，最后才能形成人关于外界事物的知识。裘老很详细地告诉我们，对外在世界的认识和把握中，首先要剔除搅乱人心的"四假象"，即种族假象、洞穴假象、市场假象和剧场假象。[72]避免因人的天性从主观认识事物；因环境、性格、爱好、教育等产生的认识的片面性错误，因语言概念的不确定性产生的思维混乱，因迷信权威和偶像崇拜造成的认识错误。反过来，我们应该不凭空臆断，不主观武断，不拘泥固执，不唯我独是，"多闻择其善者而从之，多见而识之"（《论语·述而》）。所以，"灵慧潜能"的发挥必须遵循其发展规律，认识活动本身是从简单到复杂，从单一到多元，当人的认识不能把握呈现在他面前的事物时，各种谬误和幻说则会充斥于人的头脑，反而搅乱了思维，不利于寻找事实的真相。对于这一复杂而艰难的过程，裘老援引了孔子的话来规定，人在认识外界事物上应该遵循的基本原则即："知之为知之，不知为不知，是知也。"（《论语·为政》）重要的是，人能认识到自己的无知表明自己希望通过再学习、勤观察、善思考，不断加强对事物的了

解，从而把握真实知识。

裴老一生学医从医70余年，生平治学的宗旨即是"多闻多识"。1934年毕业之时，裴老除了学过的各门课程之外，看过不少医书，伤寒一类就数十家著作，温病沉酣于叶、薛、吴、王数家，尤推崇叶天士，历代名医名家亦诵读一过。西医重要学科书籍亦作浏览，经、史、子、集多能背诵得朗朗上口，这可能比我们现在的医学生几十年读的书都多了。且裴老自小跟随叔父看病，又侍诊于孟河丁师之门，亲炙谢利恒、夏应堂、秦伯未、程门雪海上诸名家之教诲，故而，初开业时，"读书三年，天下无不治之病"之情油然而生。然而岁月累积，病人渐多，诊疗中经常遇到很多疾病没有办法解决，曾经的理法方药、辨证论治皆不效，经方、古方、时方、验方亦不能全效，继而又有了"治病三年，天下无可读之书"的感慨。他开始怀疑中医学，怀疑古代方书、药籍和医案医话中所载内容的真实性，书中着手成春的记录是不是虚构其效，可能贪天之功，大吹法螺，内容失实，以致今日无效。于是，裴老转向看得见、摸得着、说理清楚的西方医学寻找解决办法。但经过相当长一段时间的实践观察后，发现西医诊断清楚，最后落实到治疗还是效果不显，甚至很多病也是束手无策。此时的裴老徘徊于中西医学之间，苦闷彷徨，但想起曾经程门雪等先生治好很多西医所不能治甚至谢绝不治的疾病，他猛然醒悟，其过不在中医学而在自己。于是裴老一切重新学习，"猛火煮，慢火熬"，看原著读白文，不受各家注疏的影响，否定自己过去的错误观点，终于得出自己的认识，从而对《伤寒论》中"六经"等的涵义有了重新认识。裴老就是通过这样的再学习、再思考，渐渐拨开云雾见月明，深感如果学而不精、学而不广、学而不化，就等于不学。吴鞠通在《温病条辨·自序》中云："癸丑都下瘟疫大行，其死于世俗之手者，不可胜数，生民不死病而死于医，是有医不若无医也，学医不精，不若不学医也。"裴老总是自谦到老对中医算是刚刚入门，远没有登堂入室。他曾在1996年上海中医药大学建校 40 周年作诗："是君能解灵枢意，惟我犹存石室疑。如此人天藏秘奥，晚年何敢侈言医。"言人与自然蕴藏着诸多奥祕未能阐明，到了晚年，又怎敢夸口谈医呢，也有言只有实事求是的研究态度才能逐渐阐明其"奥秘"，诗句比叶天士临殁前告诫"子孙慎勿轻言医"有着更深层次的意义。裘老还告诫我们要善于打破中医学中一些人为的"清规戒律"，要在中医学原有基础上深入发掘，有所创新突破。

多闻多识还在于有"自知无知"的精神，向智者们虚心请教，敢于论辩，在反复追问和追究下，认识真知。裘老平生治医，既信古又疑古，重实效而勤探索，既不欲为陈说或流俗积习所限，更不以一得自矜，常思寻求古贤与前辈及同道的临床确凿有效的方药，即便后生有一技一药之长，或单、验方能裨实际应用者，裘老都会学习、请益，且以"转益多师是吾师"自律。求老曾为"三折肱为良医"辩，言学问贵在勤学多问，就必须"多折肱、多折臂"。唐代孙思邈学医，"凡有一事长于己者，不远千里，服膺求教"；清代叶天士曾拜过十七位老师；李时珍编写《本草纲目》请教渔人樵夫，最后才能成为一代良医。

裘老一再强调，所谓"见闻之知"的真义就是要充分发挥人的官能感觉，广泛全面地体验和经历这个世界，掌握尽可能多的信息，拓宽视野，尽可能调动"灵慧潜能"，发挥理智判断能力，消除谬误、避免盲从，才能掌握对事物比较客观真切的认识。即孔子提倡的"多闻""多见""博学之，审问之，慎思之，明辨之，笃行之"（《中庸》）。

②"穷理尽性"："见闻之知"是"灵慧潜能"的作用过程和表现，所谓"穷理尽性"（《蔡中郎集·胡公碑》）则是基于人所固有的灵慧潜能来探索世界事物知识和客观真理，是能够将人自身从愚昧和无知中解放出来的真知识，也是能够推动人类文明进步和增进物质财富的知识。

儒家认为物质文明再发达，终归要为人所用，由人类掌控世界，"能尽人之性，则能尽物之性"（《中庸》）。人运用自己的灵慧潜能去获得知识，随着人对这个世界认识越清楚，就越能掌握自己的命运。人的"灵慧潜能"总是引领我们去理解自然，去努力认识物质世界的运行规律，揭示神秘莫测力量背后的真正原因。中国从古代哲学家对天人关系的认识到四大发明；西方从古希腊哲学家以探索万物本原为天职到文艺复兴，到工业革命；电子信息时代到现在的智能化时代，每一次的发明创造都是对人类命运的改变。随着掌握的物质世界的秘密越多，我们就越能自如地应付外在世界的挑战。

作为"灵慧潜能"核心的"穷理尽性"，其特性的发挥还表现在人的视野的拓宽。望远镜和显微镜的发明，使人类的视野远超乎我们的想象，正应了"其大无外，其内无小"（《中庸》）的境界。裴老将"穷理尽性"本性的发挥，称为"心灵的伟大洗礼"。但是，在充满知识的海洋里，仍然有着众多的崇信、礼拜和神圣的偶像，迷惑着人的心智，所以，裴老进而提出在众口咻咻、莫衷一是的时候，要保持自己理智上的清明，敢于运用自己的理智，独立思考，维护真理的尊严，这正是"穷理尽性"的特性之所在。这里强调的是，首先，人要有独立的意志、独立的人格、独立的判断，而非人云亦云的附和与跟随，即"自己的"理智。其次，哪怕是权威、是既定的金科玉律，要敢于怀疑，勇于提出自己的看法，要有为追求真理而冒天下之大不韪的勇气和精神。

我们且来看看裴老的一则医学实例：升麻一药升提阳气的功用，正是诸多名医望文生义、臆测杜撰并被后世医生遵守信奉、"失于不识药"的明显例子。金元医学名家张元素独创"升麻有升阳于至阴"之功，其高弟李东垣更昌明其义，言"升麻引甘温之药上升""人参黄芪非此引之，不能上行"，并创制补中益气和升阳益胃诸汤方，皆以升麻能升阳。《本经逢原·卷一·山草部》认为升麻升举之力特强，故设有一段危词耸听之语："为其气升，发动热毒于上，为害莫测，而麻疹尤为切禁，误投喘满立至。按：升麻属阳性升，力能扶助阳气，捍御阴邪，故于淋带、泻痢、脱肛方用之，取其升举清阳于上也。"就连伟大的药物学家李时珍在这个问题上也随俗附和，扬其波而逐其流。如其在《本草纲目》中说：升麻引阳明清气上行，此乃禀赋素弱，元气虚馁及劳役饥饱，生冷内伤，脾胃引经之要药也。时珍并对升麻命名也作了解释："其叶似麻，其性上升，故名。"（《本草纲目·草部第十三卷》）现世中医

人学思想

裴老早年手抄本

学者，无不以"升麻升阳举陷"为金科玉律。但是裴老通过查阅《神农本草经》《名医别录》《药性论》《本草图经》等宋以前的本草著作发现所载内容基本一致，都没有片字只语载述该药有升阳作用。宋以前方书，凡是用升麻的方，其配伍药一般都是与犀角、连翘、元参、黄连、大黄、龙胆草、牛蒡子等为伍，以共奏清火解毒、凉血除热之功，宋代名医朱肱就早有"无犀角以升麻代之"的记载。裴老在几十年的临床中用升麻的适应证，一般不外咽喉红肿疼痛，牙根恶臭腐烂，发斑发疹，高热头痛，谵妄，热毒下利以及疮疡肿毒等症。用量15~30g甚至更重，从来没有所谓"升提太过而致喘满"的情况发生，并且未见有发生什么副作用，从而深知张元素头头是道的论述，竟是模糊印象的臆测之词。裴老用补中益气和升阳益胃等方，取升麻降浊之用而非升清之功，以加强芩连之力，与参芪术草相配，补脾胃兼清湿热，起相反相成的作用。驳斥自张元素以来的医家以"升"为名误加推测，且没有深考古代利与痢两字相

通，遂望文生义，贻误至今，果然是"学而不思则罔，思而不学则殆"矣！裴老就是这样一位有着独立意志的大无畏者。

人的"灵慧潜能"可以实现人的解放，使人从愚昧、无知、迷信和盲从的桎梏中解放出来。英国生物学家查尔斯·罗伯特·达尔文是进化论的奠基人，他对动植物和地质结构等进行了大量的观察和采集后，著成划时代的巨著《物种起源》。书中用丰硕的资料证明了世间所有的生物都不是上帝创造的，而是在遗传和变异、物竞天择的生存斗争和自然选择中，由简单到复杂，由低等到高等，不断发展变化的。他提出的生物进化论学说，彻底摧毁了各种唯心的神造论和物种不变论。[81]19世纪以俄国化学家盖斯为先驱发现能量守恒定律，微尔啸宣告细胞是任何生物现象赖以存在的最根本的形态学结构，哥白尼的日心说、伽利略的望远镜……无不改变着人们对自然和世界的认识。这些科学家有着"穷理尽性"的科学精神，敢于蔑视陈说，敢于怀疑，勇于运用自己的理智不懈思考，最终使世界真实呈现。如美国科学家雅·布伦诺斯基所说："人类正做着自然界中唯一的试验，即创造一些理性的知识，并用这些知识来证明其本身比映象更合理。知识是我们的命运。我们至少在综合了艺术的体验和科学的解释之后，就会有自知之明。"[82]

人是智慧的生物，灵慧潜能创造了灿烂辉煌的人类文明，人能认识和改造世界，能统治整个生物界，能解开最细微的粒子结构，能揭示遥远的宇宙之谜，能穿越太空到达遥远的星球，却无法完全消除人自身中隐含的罪恶。所谓奇迹总浸透着苦难、血泪和汗水，所谓胜利皆奠基于无数无辜者、死难者的累累白骨上，辉煌的文明伴随着人类自身莫大的苦难。所以，人不能仅仅注重灵慧潜能的发掘，更要注重良知潜能、感应潜能的发展，只有在良知潜能的引导下，人类的智慧之花才能最终为人类带来幸福的曙光。

（2）所不虑而知者，其良知也——良知潜能

"良知"取之于《孟子·尽心上》："人之所不学而能者，其良

能也；所不虑而知者，其良知也。孩提之童，无不知爱其亲者；及其长也，无不知敬其兄也。亲亲，仁也；敬长，义也。无他，达之天下也。""良知潜能"就是孟子所说的人"不学而能""不虑而知"的天赋"良知""良能"，是人没有任何利益权衡、私欲考虑的天然自存和自足。

国内的心理学专家通过行为实验证实：3岁的婴幼儿表现出人之初性本善的倾向，对他人比较宽厚；3～4岁之间随着心理理论的增长，当善、恶同时出现的时候，心理理论和道德水平两者之间出现交互作用，表现出道德水平下降，掩蔽了原有的善性。5岁以后的儿童由于心理理论的逐步完善，对各种利益及其关系认识更加清楚后，显现出越来越明确的"镜子行为"，即：对我好的人，我也对他好；对我不好的人，我也以不好对他。[83] 而这样一项研究被英国自然科学期刊的一项研究报告所证实。耶鲁大学的报告显示，6～10个月大的婴儿在观察社会互动时，能根据人们彼此对待的方式评估他人，而且会比较喜欢、愿意亲近热心帮助别人的人，不喜欢甚至躲开破坏别人好事的恶棍。古人所谓的"赤子之心"，就是未经任何社会因素渲染的婴幼儿心理根据和情感根源的本然之心，经现代科学实验证实，这种天然之心就是本善之心。

每个人天生都有"良知潜能"，而要将自己的"良知潜能"发挥出来，责任不在别人，而在于个人本身。天下美好的东西人心共向往，只要符合人心之善，人们就应该得到，在道德上可以得到承认。王阳明生于明朝中期，时世政治腐败、社会动荡，他试图力挽狂澜，拯救人心，创造性提出"身心之学"，倡良知之教，修万物一体之仁。他对于良知有着精辟的定义和论述："良知只是个是非之心，是非只是个好恶，只好恶，就尽了是非，只是非，就尽了万事万变。"又言："无善无恶心之体，有善有恶意之动，知善知恶是良知，为善去恶是格物。""良知却是独知时，此知之外更无知，谁人不有良知在，知得良知却是谁。""此知"即"良知之知"。从"过则不惮改"的孔子，"克己复礼"的颜回，到"三省吾身"的曾子，"养浩然之气"的孟子，乃至宋元理学的"养心""格物致知"等修身养性的实践行为，均是为了揭开障蔽本心的层层迷雾，恢复人本然的良知潜能。

如果要说人类在灾难中重生的生命力是什么？那就是"良知"——善的力量。修身、齐家、治国、平天下，无不需要发挥"良知潜能"。在传统儒学思想中，"良知潜能"通过忠恕、孝悌、诚信、廉耻、谦敬、智勇等而实现。

①忠恕："忠恕"是良知潜能的本意，是一种本在的品质，是实现"仁"的主要方法和途径。忠恕之道，即推己及人的仁爱方法。《论语·雍也》说："夫仁者，己欲立而立人，己欲达而达人，能近取譬，可谓仁之方也已。"《论语·颜渊》又说："己所不欲，勿施于人。"《论语·里仁》道："夫子之道，忠恕而已矣。"说明了忠恕的涵义。朱熹将"忠恕"释为："尽己之心为忠，推己及人为恕"（《四书章句集注·中庸章句》）。尽己之心，即自己要反观本心，竭尽全力，始终不渝地保持本心之善，这就是对自己"良知""良心"的负责，而这种负责不止是对国家、对民族宏观的负责，还包含对朋友、对工作、对社会的负责。推己及人，即以己之心与人为善。裘老用朴素的一句话来践行"恕道"："将心比心，换位思考"；对人"不念旧恶"（《论语·公冶长》），"以直报怨，以德报德"（《论语·宪问》）。

裘老不仅为人宽厚仁爱，其忠恕之道更表现在对中西文化和中西医学的兼收并蓄。作为传统文化的饱学之士，裘老在国学式微的时代，仍然坚定不移的守护儒家文化、儒学精神，在常人困顿迷乱之际，保持着理性与清醒。而尤为难能可贵的是，裘老一生坚守传统文化，但从不孤芳自赏，也不僵化偏执，对于西方先哲的思想智慧和先进科学文化并不排斥，因而使其立论言说具有世界眼光亦能为世界人民所接受。裘老毕生置身于中医药学的研究，以其独到的见解受到学术界称誉，但裘老不仅集历代名家学术之大成，而且具有海纳百川之襟怀，广泛吸取西方医学高新科技知识和成就，用以阐发中医理论中的人体秘奥。他说，医学是关系到人身健康和生命的科学，要服膺真理，"以仁为本"，凡是有利于解决疾病的好方法，无论中医的或西医的，都应吸取，故步自封和全盘西化同样不可取。这样对中医事业的"忠"和对西医的"恕"，让那些叫嚣"中医是伪科学"，甚至要"取缔中医"的人不羞愧吗？

裘老还强调任何的德性皆以"仁"为宗旨，倘若违背了仁，则所谓忠，必是愚忠、伪忠或虚矫之忠。管仲不为一人死，志在造福万民，而方孝孺效忠于一个无恩无德于民的庸主，不惜自捐其躯，甚至十族人的性命为其陪葬，在裘老看来，这是十足残忍而又极端愚昧的腐儒！我们自当引以戒之！

②孝悌：孝悌是为仁的出发点，也是做人的基本伦理道德。《论语·学而》："孝悌也者，其为仁之本与！"《论语·泰伯》："君子笃于亲，则民兴于仁。"人与人之间的仁爱关系是以孝悌这样的亲子兄弟之爱为基础推衍出来的。"四海之内皆兄弟"，天下一家，因此，以孝悌为仁的出发点，首先要求把囿于血缘范围的亲子手足之爱升华为展开与所有人之间的普遍之爱，从"爱亲"推至"爱人"，《论语·学而》："弟子入则孝，出则悌，谨而信，泛爱众，而亲仁。"再者，作为普遍之爱的人应当像孝悌那样以内在的情感为根据，裘老提出"孝"有更高的层次要求，就是"敬养"，子女对父母的奉养要尊敬。《增广贤文》中道："鸦有反哺之义，羊有跪乳之恩，马无欺母之心。"而《论语·为政》："今之孝者，是谓能养。至于犬马，皆能有养。不敬，何以别乎？"如果孝只是做到侍奉供养父母，就和犬马一类没什么区别了；真正的孝是敬爱父母的真情，即人与人之间都应以自然的真情为基础和出发点。比"敬养"更高层次的是"谏养"，即做子女的不能盲从父母，如果父母有不对的地方应该劝其改过。如果做父母的有言行不端，子女知道不对却不劝谏，致使

他们出乖露丑，就是陷父母于不义，也是不孝的行为。最后，为人孝敬父母，尊敬兄长，就不可能犯上作乱，扰乱社会秩序，如《论语·学而》所说："其为人孝悌，而好犯上者，鲜矣；不好犯上，而好作乱者，未之有也。"

在裘老看重的德目之中，"孝"是最重要的一个，这是因为裘老对父母有着很深的感情，在裘老的居所一直悬挂着父母的照片。他从来都不想为自己过生日，因为在他看来，那天也是母难日，是应该吃斋祈祷的；在母亲去世之后，裘老再没有提起过生日，据说先生的生日与其母亲的忌日正好相合，直至九十高龄未做过生日庆贺，多方劝说不为所动，可见其对母亲的尊重敬爱之情。他有一首《悼母诗》真切地表达了对于亡母的怀念与哀悼："一恸柴门逆子来，桐棺已闭万难开。便能鼎祭复何益，偶听乌啼忽自哀。老屋霜风摧大数，殡宫夜雨长新苔。平生淡漠人生死，悲痛今尝第一回。"这首诗用词平易浅显，却感人至深。自己看淡了生死，却为母亲的离世悲痛彻心。先生对于亲情的眷顾，还表现在对引导他走上为医之路的叔父汝根先生和启蒙导师施叔范先生的怀念上，他在《怀旧》一诗中写道："我家倚竹傍慈湖，身为饥驱走道途，二叔远来求药石，几年不见长髭须。儿时课读情如昨，后日重逢事恐无。"他在《杭州谒叔范先生》诗中对导师的敬重之情溢于字里行间。也正是有了这两位引路人，裘老走上了儒医相兼的人生之途。他的朋友极多，三教九流皆有，对亦师亦友的程门雪、秦伯未等先生均有着如师父般的敬爱之情。程老晚年遭遇坎坷，裘老都形影相随，多次著文并作诗追怀程门雪先生，对程老的高超医道、淡泊名利等给予最高赞扬。裘老一生对书法、文学、医道、品德的钟爱和践行，受程老的影响至深。

③诚信："诚信"，是做人立德的根基，是为人处世的起码原则。诚信，自内而言是品质，自外而言是义务。"诚"是对自己而言，就是真实不欺，既不自欺，也不欺人，强调真正面对自己的"良知德

性"。"仰不愧于天，俯不怍于人"（《孟子·尽心上》）讲的就是反观内心能做到坦荡无欺，心无愧怍，这就是"诚"。"信"主要是对外而言，在处理与他人关系时，能够遵守诺言，言行一致，即"与朋友交，言而有信"（《论语·学而》）。

子张向孔子请教用何种行为规范可以处处受到他人的尊重和信任，孔子告诉他："言忠信，行笃敬，虽蛮貊之邦行矣。"（《论语·卫灵公》）说话真诚守信，做事认真负责，即使到一个蛮荒、没有开化的地方，同样可以走得通。如果交往中不讲诚信，既会伤害别人，也会反过来伤害自己。"人而无信，不知其可也"（《论语·为政》），孔子曰："民无信不立。"（《论语·颜渊》）缺少人民的信任，国家就要灭亡。

一位即将退位的官员欲自筹大型中药店，要裘老出山，"什么都不用管，挂个名，坐着收钱就是"。说客则开导他，"何乐而不为"。裘老一口回绝，接着狠狠地斥之曰："热昏唻！中医中药已经步履艰难，可以瞎来的吗？我能拿这种害人钱吗？"盛名如裘老，发财机会是很多的，但他或婉拒或坚拒，或嗤之以鼻。戴逸如曾写裘老"三指温情，两袖清风，活人无数"，[84] 这就是为医者对病人、对中医药事业的诚信。

④廉耻："尚廉"和"知耻"是士君子的内在品格。"廉"是面对不义之财、不义之富贵时，能"不苟取"而断然拒斥，如孟子所言："可以取，可以不取，取伤廉。"（《孟子·离娄下》）面对大利之诱惑，更要显廉："故临大利而不易其义，可谓廉矣。"（《吕氏春秋·仲冬纪·忠廉》）裘老一生胸怀天下，对和平年代的腐败、贪污尤为深恶痛绝，曾作诗《题王午鼎钟馗巡视图》云："红尘百丈隐群魔，岂止林岩伏莽多。为使乾坤扬正气，烦公倚剑巡山河。"钟馗系传说人物，擅长捕捉妖孽，唐代画家吴道子曾画有钟馗像。"红尘百丈"谓尘世喧嚣，"伏莽"指潜藏的寇盗。以"群魔""伏莽"寓腐败之风业已迭刮不息。诗题于钟馗图上，既深谙画意，更表达了

扫除贪赃枉法之徒、弘扬社会正气的美好愿望。

"耻",是孟子所言"羞恶之心",是人内心中的善恶、荣辱的标准,知耻,就是不符合人的"良知德性"时自然产生的羞耻、羞愧之情。先哲圣贤历来把明耻作为修身为人的一种境界。朱熹将知耻为作为人与禽兽之异的临界点:"耻者,吾所固有羞恶之心也。存之则进于圣贤,失之则入于禽兽。"(《四书章句集注·孟子集注·尽心章句上》)裘老认为,廉耻为立人之大节,历来为中国士人所崇尚。如若恬不知耻,必定蝇营狗苟、唯利是图,此即"故士大夫之无耻,是谓国耻"(《日知录·廉耻》)。唐代大医孙思邈《大医精诚》说:"其有患疮痍、下痢、臭秽不可瞻视,人所恶见者,但发惭愧凄怜忧恤之意,不得起一念蒂芥之心,是吾之志也。"说病人的疾病达到"不可瞻视,人所恶见"的严重程度,是没有及时治疗的结果,对于大医来说,要有惭愧的心意,这是高尚医德的一种体现。裘老在诗作中多次地表达了这一心态,如:"壮不如人今老矣,世犹多病愧称医""自觉庸医非国手,民犹多病愧衔怀。"一个"愧"字,既饱含着对病人的歉疚衷情,又反映出一扫民病的迫切愿望。为医达到如此的境界,裘老的高远德行,于此也可见一斑。而那些自命不凡,治不死便是好,于无形中杀人无数的庸医,该深深反省自己的"羞恶之心",勿使沦为"禽兽"才是。

⑤谦敬:"谦敬"是与人交往是表现出来的道德涵养。"谦"为谦虚谨慎,虚怀若谷;"敬"是对人尊重,对工作敬业的精神。王阳明曾说:"'谦'字……非但是外貌卑逊,须是中心恭敬,撙节退让,常见自己不是,真能虚己受人。"而"谦受益,满招损"说的也都是为人谦虚的道德品行。

裘老少年时师从施叔范先生,专攻经史文辞,为此后的从医治学奠定了深厚的基础,裘老曾自言:"我今日能于经史辞章略窥门径,盖得力于先生教育启迪之功。"[75]裘老赞誉先生书法、诗文皆佼佼不同凡响,尤其钦仰先生襟怀磊落,志行高洁,虚怀若谷:"当时十里洋场诱惑百端，他对于人所竞逐的富贵荣华、美名厚利，皆淡然于怀，有权贵相邀，辄婉谢，平生不干禄而以卖文为生，却有一颗炽热的忧国忧民之心。"[85]谓先生之品性可与古贤媲美，可做今人模式，可为后世垂范者，敬先生为"举目神州，殆不多觏也"。裘老一生坚持虚心好学、手不释卷的治学态度，以及仁爱好施之心，完全是秉承了恩师的品格风范。曾作诗《怀念叔范先生》："少沐春风旧草堂，沪滨重见菊花黄。僻居应是须眉朗，薄醉悬知意念伤。老去江湖艰跋涉，晓行风露湿衣裳。文章灵气归何处，好句还同日月光。"对老师的敬爱之情尤深。裘老一生诊治无数疑难杂症，频驱二竖，屡起沉疴，但是从未有"舍我其谁"之类"英雄"话，相反，在他的言谈中，每每流露出治病乏术的感慨。如："半生浪食公家粟，无补斯民亦自怜""流光总被墨消磨，济世无方奈老何。"谦敬者能勇敢正视自己的不足与无知，进而能虚心向有一技之长的人请教，这样的自谦精神正是我们现世社会所亟须的。

⑥智勇："是非之心，智之端也"。因此，"智"，最主要、最基本的内容和要求是明辨是非。而此是非的判断，就需要依靠良知潜能的作用。所谓"智者不惑"，人心没有物欲的障蔽，心思端正，神志清明，良知才能发挥它的辨别作用；相反，因为心存良知，能辨是非与善恶，因此人心不易受诱惑和迷惑。"勇者不惧"就是不为强御，勇敢无畏。勇于践行道义，不是血气方刚的"小人之勇"，不仗势凌人，不畏惧多数人的反对，坚持正义，勇往直前。朱熹言："小勇，血气所为。大勇，义理所发。"（《四书章句集注·孟子集注·梁惠王章句下》）道出"小勇"与"大勇"的本质。

裘老1971年始从事《辞海》工作，作为副总主编和中医学科主编，参与哲学和医学学科的编写工作，可以说，《辞海》工作是裘老一生的第二职业。工作中，裘老不仅从早到晚艰辛查阅编写，字斟句酌反复修改，还经常因资料不全数次跑北京多部门找相关学者征询研讨，往往为几个字花好几天工夫，难度之高我们后辈人几乎无法想象。让裘老很难忘怀的是，70年代初，"四人帮"横行，大肆"批孔""批儒"，编写人员需要实事求是编写，裘老等人坚持正义不与俗浮沉，为真理不顾利害，不计个人得失甚至生死，从而把"儒医""儒门事亲""张子和"等词条写得比较正确，也奠定了儒学和中医诸多词条的编写格局，这在当时可是冒着挨斗、被扣上"死不悔改的反动学术权威"帽子的"大勇"之为啊！1999年版《辞海》问世时，裘老再次呼吁进一步发扬"《辞海》精神"："发扬一丝不苟、字斟句酌、作风严谨的《辞海》精神，为提高中华民族的文化素质而努力。"[85]

⑦勤俭：面对全球性资源匮乏，生态环境急剧恶化，列强为争资源地频频发起战争，裘老再次重申先贤留给我们的"绿色财富"——勤俭。"勤"能创造财富，人民勤劳，在位者勤政，世界便是一幅欣欣繁荣的景象，因此，"勤"作为一种美德，为全人类共同尊奉。"俭"是勤的延续，是储存财富的重要手段。石成金的《传家宝》第五卷中"勤俭两件，犹如阴阳表里，缺一不可。勤而不俭，譬如漏卮，虽满积而亦无所存；俭而不勤，譬如石田，虽谨守而亦无所获。须知勤必要俭，俭必要勤"道出了"勤俭"的相互依存关系。俭更是一个难得的美德，俭可以节制个人的欲望，是君子进德修身的重要途径；俭还可以养廉，使为官者习惯于清廉，而避免贪赃枉法等犯罪行为。隋文帝以"成由俭，败由奢"为座右铭，勤俭执政，得到人民的衷心拥戴。无论在什么社会，耽于安逸享乐，沉浸于奢靡之中，都是削弱人意志，毁坏人德性的不归之路。"由俭入奢易，由奢入俭难"（《资治通鉴》）。因此，唯有充分发挥良知潜能，力行勤俭，方能从根本上遏制懒惰奢靡之习。

汉文帝就是少有的注意节俭而严于律己的明君，他厚民宽仁，为了减轻人民的租赋徭役负担，不仅严格控制政府开支，而且以身作则，一再减少宫里的用度，自己穿粗糙的厚帛做的衣服，连他最宠爱的夫人衣裙的下摆也不得拖到地面，皇宫的帐幕、帷子都不得刺绣花边。汉文帝在位 23 年,"宫室苑囿车骑服御无所增益",并多次下诏禁止各郡国进献奇珍异宝。有一次汉文帝想建造一座露台,预算需要花费 100 金。100 金相当于当时十户中农的全部家产,汉文帝觉得自己住先帝留下的宫室,时常都担心有辱于先帝,这样花费实在不该,于是马上放弃修筑露台。为了创造"男耕女织"的家庭生产模式,他还亲自开辟了试验田,生产一些祭祀用的粮食;皇后则亲率宫女采桑养蚕,纺纱织帛,制作一些祭祀用的祭服。汉文帝修置的皇陵在长安附近的霸水旁边,叫做霸陵,他亲自对陵墓做规定:"治霸陵皆以瓦器,不得以金银铜锡为饰,不治坟,欲为省,毋烦民。"他的陵墓霸陵全部用瓦器,不用金银铜锡做装饰,也不修高大的坟,为了节俭亦不许烦扰百姓,加重人民负担。正是汉文帝的示范作用,当时民间勤俭成风,社会经济也得以迅速发展,"海内殷富,兴于礼义",汉王朝也迎来了著名的"文景之治"(《史记·孝文帝本纪》)。

良知潜能是人生而具有的道德之性,发掘人心源源不绝之潜能,恢复天赋人心的"良知良能",才能构建和谐的社会环境,才能延续人类的幸福和希望。

(3)人同此心,心同此理——感应潜能

"灵慧潜能"与"良知潜能",已有前贤阐述,也较容易理解接受。除此之外,裴老发前人之未发,独创性提出第三种极为重要的潜能——感应潜能。

"感应潜能"并非西汉董仲舒提出的神秘主义思想体系,强调政治要顺应天志的"天人感应"学说;亦非宣扬天道奖善惩恶,劝人"诸恶莫作,众善奉行"的道教灵学。"感应潜能"与神学、灵学的内容完全不可同日而语,它是人类天然具有的本性,是有物质基础的。《周易》中有咸卦,《易传》中说:"咸,感也。"又说:"二气感应以相与。"人类"感应潜能"的存在与发展正是建立在"二气感应"的物质基础之上的,因此,人类天然具有的能感动、相感染、共回应的本性，绝非玄虚。在人际交往中，"感应潜能"是一种点燃（有"星星之火，可以燎原"之势）、一种震撼（有千里之外能"应"能"违"之响应）、一种传导（有反射弧的神经感受和效应）、一种共鸣（能震慑胸腔肺腑的共鸣）、一种相互渗透（随风潜入夜，润物细无声）而传递情绪与理念与不言之中的默契。

亚当·斯密是英国一位经济学大师。他留下了两部传世的佳作——被奉为经济学"圣经"的《国民财富的性质和原因的研究》（以下简称《国富论》）和被作为经济学"皇冠上的明珠"的《道德情操论》。《国富论》中建立了"富国裕民"的古典经济学体系，这本书使经济学成为一门独立的学科，在西方世界，甚至可以说是经济学所发行过最具影响力的著作。然而，他在《国富论》中所建立的经济理论体系，则是以他在《道德情操论》的论述为前提。《道德情操论》阐明了以"公民的幸福生活"为目标的伦理思想，他把"同情"（恻隐之心）作为判断动机的核心竭力证明：具有利己主义本性的个人（主要是追逐利润的资本家）是如何在资本主义生产关系和社会关系中控制自己的感情和行为，尤其是自私的感情和行为，从而建立一个有必要确立行为准则的社会而有规律的活动。亚当·斯密以道德情操论为基础建立的国富经济论，竟然影响了整个西方世界，他认为自由市场中"看不见的手"如同人内心天然的同情心，"看不见的手"调控市场生产出正确产品数量和种类，天然的同情心指引人判断克制私利之心。亚当还提出了著名的镜子效应：当你照镜子时，镜子里的你会随着你的喜怒哀乐而变化。同样的，在人际交往中，你对别人微笑，对方也会向你露出笑脸；你能谦和待人，对方也会自然而然的彬彬有礼；相反，当你出言不逊，对方必然也反唇相讥；你自私自利，对方必然不顾你的利益。人与人之间都是相互的，这就是镜子效应的真谛！这种镜子效应就是感应潜能在发挥作用。唐太宗李世民曾说过："以铜为镜，可以正衣冠；以人为镜，可以明得失；以史为镜，可以知兴替。"把人世当做一面镜子，时时揽镜自照、反躬自省，能反省自己的不足，亦能看到别人善行，进而受到感染而改进。一种坏的观念经过无数面镜子的折射，会一传十、十传百，进而形成一种坏的社会风气。如曾子所言："出乎尔者，反乎尔者也。"（《孟子·梁惠王下》）正是由于感应潜能的存在，才使人对于别人的内心活动能够推己及人，感同身受，对别人的痛苦与不幸有深深的共鸣，从而能在实践中互相督促、感染，形成约定俗成的观念，并且共同遵守。

感应既是一种潜能，在道德发挥作用的过程中，又能形成感应效应，如同水中的涟漪一样，由点及面，推动整个社会的良性发展。前面所讲到的恻隐之心、羞恶之心、是非之心、恭敬之心等善良之心的产生和发生作用，就是依靠精神上的传感。世人林林总总，身处环境千差万别，社会地位亦是参差不一，但是心灵都是相同的，且不可避免地存在着人所具有的共性，所谓"人同此心，心同此理"，因为有感应潜能的存在，将心比心，总能引发我们内心深处相应的情感而形成共鸣。

感应潜能具有灵敏的应答作用和巨大的感染力，但是，我们也看到，它也具有双向性。感应潜能既可以向善也可以向恶，既可以移风易俗，改善和提高人的素质，也会在恶的环境中起到助纣为虐的恶果。"蓬生麻中，不扶自直；白沙在涅，与之俱黑"（《荀子·劝学》），"近朱者赤，近墨者黑"（晋代傅玄《太子少傅箴》），这就是互相感应的过程。面对社会氛围的影响，我们希望有"德政"，以"德化"治国。例如历史上有名的"文景之治""贞观之治""开元盛世"等，君主贤明，上行下效，善相感应，就会形成良好的社会风气。

大道至简。由此看来，感应潜能是人人具有的，充盈于我们日常生活中，最普通不过的一种感应。儒家讲求实用性和可操作性，因而裴老又将感应潜能细分为"感动""感染""感化"三个层次内核。特别是"感化"，更与儒家历来所提倡的"德化"具有密切的联系，如果运用得当，将能在促进社会和谐、人类大同等方面发挥重要的作用。

"感动"是人生命中基本的情感，生活中或多或少总会被一些事件所打动，触发内心的情感。我们读《史记·赵世家》中刺客为赵盾的忠义深深感动，"临阵倒戈自戕"提醒相国谨防之，充满杀心的刺客尚有对忠义的感应潜能；看《吴越春秋》读到申包胥"七日不食，日夜哭于秦庭"，求秦哀公出兵救楚，无不为其爱国真情所打动；读杜甫诗《蜀相》"出师未捷身先死，长使英雄泪满襟"，不仅为杜甫请缨无路、报国无门的忧国忧民之心哀伤，更为诸葛亮辅助两朝，未能取得最后的胜利，却与世长辞的拳拳忠心感怀。还有20世纪最伟大的女性之一特里莎修女，一生为穷人奔波，创立慈善组织，自己却生活至简。南斯拉夫内战，联合国都束手无策，却因为特里莎修女进入了战区立刻停止了战火。她去世后，不同宗教，各种信仰的信徒，社会各层、各界都前往灵前致敬。特里莎以其人格的伟大展示了感应潜能的巨大力量，人们内心的感动，消除了社会阶层和宗教信仰的分歧。类似这样的人物事迹古今中外数不胜数，由于他们非凡的感染力，也因为我们每个人心中都有感应潜能的存在，所以每当我们闻及这些英雄事迹，内心总会被深深感动。

感应的第二个层次是"感染"。"感染"主要在于个人的感应潜能会在周围环境的带动激发下引起他人相同的情绪和行动，形成合力，从而产生巨大能力的情形。从实质来看，"感染"实际上就是情绪的传递与交流，在互动中具有很大的渗透作用。地球每一次的地震、海啸、飓风等灾难来临，世界人民在得到消息的第一时间都会伸出援手，慷慨解囊，或派救援队或精神慰问，协助灾区度过难关。因为有感应潜能的合力作用，使人类如同一家人，风雨同舟，患难与共，同享欢乐。感染不仅可以改变人的情绪，还能使人自发地产生一种与环境一致的情绪，并及时调适自己的举止行为。美国哈佛大学心理学教授丹尼尔·戈尔曼提出了"情商"（Emotional Intelligence Quotient，简称 EQ）的概念，他认为"情商"是个体的重要生存能力，是一种发掘情感潜能、运用情感能力影响生活甚至决定各个层面和人生未来的关键的品质因素。戈尔曼甚至认为，一个人的成功，智力因素只占 20%，其余 80% 是 EQ 的因素，也就是如何做人的道理。[85] 耶鲁大学的斯腾伯格继而提出"团队情商"，团队情商包括成员的个人情绪、团队自身的氛围，以及外部其他团队和个人的情绪三个层面。他认为情商是会感染的，因而，一个群体的智力不是群体成员学业意义上的平均智商，而是群体的情商。"团队情商"决定着一个团队工作能力的高低，如果团队内成员尤其是领导者情绪积极，就能借此互相感染，使团队保持和谐，并消化掉内部矛盾，从而使每个成员都可以充分发挥潜能，保持较高的工作效率；相反，如果团队中有成员消极懈怠，感染他人，必使团队矛盾重重，内耗较大，那么这个团队的工作程序必然混乱，其工作效率也必然是低下的。

太平洋战争爆发，日本普通民众为何变成战争机器？"文革"青年为何曾变得丧失理性，六亲不认？个人到群体的心理变化看似难以理解、难以置信，实则有迹可循。法国社会心理学家古斯塔夫·勒庞在其经典名著《乌合之众》中以十分简约的方式，考察了个人聚集成群体时的心理变化，对大众心理精辟剖析。他指出，个人的感应潜能一旦受到群体的"恶"的感染就会丧失理性，不再具有个人的行为，即所谓去个性化，思想情感容易受旁人的暗示和传染，而变得极端、狂热，不能容忍对立意见，因群体给了他无穷的力量感会让他恣意膨胀而失去自控，甚至变得肆无忌惮。[86] 亦有研究者列举大量群体性事件刺激暴力发生的例子说明，当成为群体性事件中的一分子时，人们就会不由自主地做出通常自己不可能做甚至所憎恶的令人惊骇的事情来。游行队伍里的人们，甚至在不清楚游行目的的情况下，因为身边的人都这么做了，自己也激愤地跟着呐喊，甚至爆发出平时难以想象的暴力事件，[87] 这个抽象的势不可当的声音和力量就是感应潜能的存在。历史上诸多大大小小的实例一次次提醒我们，感应的作用巨大，始作俑者稍有不慎便适得其反，太阿倒持，乃至陷世界于无间地狱。因而，处于现世社会的人类，要有居安思危的紧迫感和适度的警惕性，尤其要对蔓延迅速的时下"热点"和"潮流"保持清醒的头脑和是非辨别能力，绝不能以从众心理盲从强势或权威，否则又会陷人类社会于洪水猛兽般的群体性悲剧。

感应潜能的第三个层次是"感化"。"感化"是个体在榜样的影响和周围环境的渲染下，尤其是在教化者"以身作则"的示范和"晓之以理，动之以情"的教育下，通过身边的集合，如家庭、学校、单位、社会、政府的集合作用、法律规范等的隐形压力，所产生的感应潜能由量的积累到突然迸发的质的转变过程。

孔孟提出的"德化"政治理念，就是有着巨大感染力和影响力的"感化"作用。如果说德政是釜底抽薪，那么刑罚无异于扬汤止沸。用行政和刑罚可以使人畏惧而不犯罪，但不能消除人民的犯罪观念；如果用德和礼加以感化，提高人民的道德水准，就可使其自觉地消除犯罪观念。以德治国是从根本上消除犯罪，无疑是更高一层的追求。孔子为以德治国提出了具体的实现途径，那就是"德化"，用道德感化世人，实现天下大治。"德化"的政治理想正是基于人的内心存在感应潜能，只要善加引导，就能在整个社会形成感应效应，起到循循善诱、潜移默化、改善人心的效果。朱熹言："上行下效，捷于影响。"（《四书章句集注·大学章句》）就是说，每个人的言行对周围人都会产生影响，但是作为领导者或家长、老师，他的一言一行会引起更多关注，从而产生更大的感应效应。如果领导人员、家长及教育者，乃至社会名流，能够以身作则，树立好榜样和典范作用，那么自上而下，就会影响其民众、子女、学生与下属，人人仿效之，就会在全国乃至全世界形成良好的社会风气，比影之随形、响之随声还迅速。儒家所追求的"治国之道"，体现了内圣与外王的统一：以格物、致知、诚意、正心、修身为个人内心修养的阶梯，就是所谓内圣之道；以齐家、治国、平天下为个人内心修养完成后自然地开展，就是外王之道。内圣外王是儒家学者孜孜以求的目标，而这个理想实现的前提正是要激发人的感应潜能，发挥道德的力量，从而形成"德化"的过程。

裘老受祖父母和父母抚育教诲，一生孝心有加，但先人去世早，裘老念及于此，每每悲不自胜，总言，寸草有心，春晖不再，而负疚之情溢于言表。裘老将先人的教育之恩转化为对家乡人民的奉献，以祖父仰山公、父亲汝麟公名义，先后赠书十万余册予慈溪市图书馆，希望为桑梓兄弟提高文化素质，促进家乡发展。裘老的捐赠，不仅让家乡人民更多地享受精神食粮，而且开拓了良好的教育风气，教化能量远胜于书籍本身的作用了。

孔子作为一个伟大的教育家，为其弟子及后世树立了典范。他去世后，学生自发守墓三年，而子贡更是守墓六年。而且，很多学生邻墓而居，规模越来越大，乃至形成一个小有规模的城镇。一介布衣，能得到如此多的敬仰与怀念，其道德品格之崇高、感染力之强也就可想而知了。

在具体的感化过程中，"身教"的重要性明显大于"言教"，身体力行，以身作则更具有说服力，感染民众于不言之中。裘老对学生要求甚严，时常强调要做一名合格的中医师，不仅要有扎实的中医学基础，还要具备后世的中国传统文化根底和相关的自然科学知识。裘老亲自为学生制订必读书目，要求学生不但要通读，重要篇章更要能够背诵，《古文观止》等诸多书籍都是必背书目。为了不让学生懈怠，裘老指定日期向他汇报学习成果，稍有背错或含糊的地方，裘老立即就能发现并指正。弟子们言裘老有超强的记忆力，几乎过目不忘。一部《论语》一万五千九百字，他基本可以信手拈来，随口背出；《孟子》三万八千一百二十五字，也熟如家珍；"二十四史"他读过一遍半，但最熟《史记》，很多段落也能背下来，在这样的"百科"面前，学生休想蒙混过去。裘老对唐诗、宋词、诸子、百家都曾涉猎，知识极为渊博。在他的诗文中，文史交融，各类典故层出不穷，特别是怀古类的诗歌，若非熟悉古代文史知识者，是难于完全领略其妙处的。著名书画家唐云、陆俨少都曾为其诗提笔挥墨。裘老以其"身教"责严学生，学生受其"教化"，无不潜心学问，无论为师为医均以他的言行为楷模，从而亦影响了更多人。

"德化""德治"的实现"皆以修身为本"。每个人通过不断修身来影响、感化周围的人，最终在全社会形成极具感染力的风尚，从而实现"德化"。"其身正，不令而行，其身不正，虽令不从"（《论语·子路》），对那些位高权重或者名流贤达，社会往往对他们提出更高的道德要求，就是要借助他们的影响而推动社会风气，所谓"一家仁，一国兴仁；一家让，一国兴让；一人贪戾，一国作乱"（《大学》），就是这个道理。

许多有成就的杰出人士都极为重视修身之道。曾国藩平生自律甚严，他主要的修身手段是记日记，每天记日记，反思自己的一言一行。例如1842年某天，他在日记中说：昨晚，梦见一个朋友得了一笔意外之财产，自己心动了很羡慕。早上醒来，觉得自己很可耻，好利之心如此严重，居然在梦里都表现出来。中午吃饭时，席上有人说另一个人最近也发了一笔横财，心里又为之一动，真是卑鄙、下流。曾国藩从31岁开始写日记，一直到他离世没有中断过。而且，他还把自己的日记给别人看，就像现在网络上的博客一样宣扬出去，一方面起到对自己的督导作用，更重要的是，影响了周围一批人，乃至感化今日之士。

从"修己以敬"到"修己以安人"，再到"修己以安百姓"，就是孔子为一切有志于拯救天下苍生的人们指明的坦途。

天赋予人的三种潜能中，良知潜能使人辨别是非，不断提升道德境界，无疑是本质和核心；灵慧潜能使人求知释惑，博学敏思，不断创新，能够创造更多的物质财富，消除愚昧无知，为人类获得更多的幸福和自由；感应潜能具有巨大的感染力，必须在良知潜能的主宰下，善加运用。三种潜能虽然各有内涵，但又完整一体，互相依存，片面延伸、发展某种潜能，忽视其余的潜能，都会导致社会畸形发展。

3. 絜矩之道——人生三大絜矩

在前面，我们剖析了人之为人的特性，人性本善，人有三大潜能，而且对人如何行善，如何发挥潜能做了简要的梳理。但是，我们看到现世的人心被放逐、被遮蔽，甚至丧失已久，社会充斥着丑恶与罪恶，不仅要呵护我们本有的"四端"，召回"放失之心"，还要不断养护它，扩充它为"四德"（仁义礼智）。要"君子求诸己"的自我内省，要学不厌、诲不倦，不惮改过"修身"，"上学而下达"，把"四端"细细培补成为参天大树——一个完整而合格的人。人人守护本心，遵循人道，守礼知义，互助互爱，和谐共处，人类社会便真正实现了理想，而成为人间乐土了。裘老认为，要实现这一目标，必须为人们倡设一些为人处世的基本道德准则和方法，即《大学》中所说的"絜矩之道"。

（1）以仁为本："仁"是孔子创立的儒家思想体系的核心，[88][89]也是其人学思想的核心。[90]裘老"以仁为本"的人学思想不仅论述仁的本质和基本内容，而且对如何实现"仁"亦有层次清晰的系统论述。

①"仁"的基本内涵："仁"字的出现，在先秦典籍中已有记载。《尚书·金滕》："予仁若考。"《诗经·叔于田》："洵美且仁。"《左传·昭公十二年》："古也有志，克己复礼，仁也。"孔子对"仁"有深刻的认识，将"仁"的涵义加以丰富，发展为自己学说的理论核心，"吾道一以贯之"（《论语·里仁》），并将"仁"贯穿于其所有的思想学说、行为规范和礼仪准则之中，视为其最高理想和标准。裘老讲，"人心者，仁也"。以"仁"来规定人心，表明仁为人心的本质特点。"以仁为本"，是置仁爱于价值体系的核心。

《论语·颜渊》中曰："樊迟问仁。子曰：爱人。"所以，爱人是仁的基本规定，其有两方面的内涵：一是从人和物的关系而言，人较物更重要；二是从人和人的关系而言，应当互相尊重和互亲互爱。仁爱的内涵体现了普遍的人道原则，肯定和重视人的价值和尊严。

②从"以仁为本"的抽象道德理想到具体的道德品德：将仁爱的道德理想转化为主体身上具体的道德品德："子张问仁于孔子。孔子曰：能行五者于天下，为仁矣。请问之，曰：恭、宽、信、敏、惠。恭则不侮，宽则得众，信则人任焉，敏则有功，惠则足以使人。"（《论语·阳货》）显然，谦恭庄重、宽厚仁爱、诚实守信、勤劳敏捷、乐施慈惠五种品德显示了人与人之间要自尊、自爱、自信，又要互尊、互爱、互信。谦恭就不致遭受侮辱，宽厚就会得到众人的拥护，诚实就能得到他人的信任，勤敏做事才能显成效，施惠于人就能感动别人激励别人，而刚、毅、木、讷，只能称之为"近仁"。

③实行"以仁为本"的方法：在具体的品德基础上，如何实行仁爱，在前面我们已经谈到，就是忠恕和孝悌。首先，孝悌是为仁的出发点。《论语·学而》："孝悌也者，其为仁之本与!"《论语·泰伯》："君子笃于亲，则民兴于仁。"人与人之间的仁爱关系是以孝悌这样的亲子、兄弟之爱为基础推衍出来的。以孝悌为仁的出发点，要求把囿于血缘范围的亲子、手足之爱普遍到与所有人的关系中，从"爱亲"推至"爱人"，《论语·学而》："弟子入则孝，出则悌，谨而信，泛爱众，而亲仁。"再者，作为普遍之爱的人对他人应当有如孝悌般自然的真情。心存孝悌，视人如父母兄弟者，就不可能犯上作乱，扰乱社会秩序，社会亦和谐美满了。如《论语·学而》所说："其为人孝悌，而好犯上者，鲜矣；不好犯上，而好作乱者，未之有也。"其次是忠恕之道。忠恕即推己及人的仁爱方法，是孔子贯行一生的方法："吾道一以贯之。"

④实现"以仁为本"的途径：裘老认为，以仁为本的途径就是

孔子讲的"克己复礼"和"仁且智"。颜渊问孔子何为仁，孔子回答："克己复礼为仁。"又问具体怎么做呢？答曰："非礼勿视，非礼勿听，非礼勿言，非礼勿动。"（《论语·颜渊》）"克己"，就是要克制自己过分、过度的本能欲望，例如怨恨、懒惰、贪欲、好胜、自夸等过度膨胀的感情欲念。"复礼"，要用"礼"的道德规范来约束自己的言行，非礼勿视、勿听、勿言、勿动，由此塑造文质彬彬的仁人形象。

《中庸》中讲："知、仁、勇三者，天下之达德也。"作为理想人格的品格要求，必须"仁且智"，仁知统一，知是实现"以仁为本"的必要条件和手段。裴老认为"知"包括外在世界各种事物规律，主要是"知天命""知礼""知人"。"天命"主要指人的意志不可改变而可以通过"仁德"来体现的客观必然性，所以，"知天命"就是自我意识到天赋之德性的重要性。例如生死，万物皆有生必有死，这是人类的意志无法改变的客观必然性。裴老常说，时空上下数亿年，人生不过几十寒暑，朝生暮死与存活百岁，比较"天数"不都是白驹过隙，转瞬即逝。东西数万里，而人只占七尺之地，置身宇宙，如蜉蝣一只，沧海一粟。短暂人生，能为社会做些有益的事情，坦坦荡荡，心安理得，乐享人生便足矣。贪生怕死，追求健康长寿，本是人之常情，但裴老却说："养生切莫贪生。"置生死于度外，坦然自若者，尚能心宽体泰，即便生患重病亦往往能得救治。而争名夺利，钩心斗角，享荣华求富贵者，即便多活几十年，日夜心不安又何苦！耗尽心机，渴望长命延寿，恐惧怕死者，突遇事件或病患，往往精神容易崩溃，气血耗散，而预后不良。裴老说，要身体健康首先要精神健康，须树立旷达的生死观，才能心君泰然，百体从命。裴老曾作诗："养生奥指莫贪生，生死夷然意自平；千古伟人尽黄土，死生小事不须惊。"诗中蕴涵着他对生死的从容与天命的淡定。裴老素来消瘦，三十岁时身体屡弱，曾希冀能活到四十岁就心满意足，但正是这种"知天命"的天怀，让裴老寿倾百岁，这就是"知天命"给予人的力量。

"知礼",是指把握道德规范和体现这些规范的制度、礼仪。"知人"主要指认识他人的品德和人际关系。我们在前面已经讲到"感染""感化"等巨大作用,"知人"便是选择环境的基本原则。我们需择"仁"而交往,那么对方也必定是能行仁爱之人。裘老对人格品性要求非常严格,无论是结交朋友,还是培养人才,他首先看重的就是对方的德性。傅维康先生早年与裘老共事,与裘老的交往前后有五十余年。傅先生为人谦虚谨慎,温文尔雅,裘老对其优良品性给予充分肯定,曾赠诗云:"零陵四纪共交游,恭俭温良孰与俦。白鬓盈巅均老态,红尘十丈自清流。""温、良、恭、俭、让"是子贡赞美孔子待人接物的高尚品德,"红尘"喻指滚滚、浊雾弥天的"文革"岁月,已非一般的尘土飞扬。但浊者自浊,清者自清,"自清流"不仅赞誉傅先生精神之可贵,也是裘老的自我表达。裘老一生广结善友,平生认识书画家较多,如白蕉、邓散木、谢稚柳、钱君匋、顾廷龙等均所素稔,陆俨少、唐云、徐伯清、周慧珺、高式熊等也多次替裘老书写书画。但裘老与著名国画大师陆俨少为文字莫逆交,曾赞其手笔云:"祖国山河烦点缀,大师国画出精神。"裘老对陆师忧国忧民之爱国情怀感同身受,而与陆师同睥睨时流,嗜文学而耽于诗。两位先生时常议论古今,相契甚深。陆翁禀性孤傲,除唐宋大家的名句外,从不轻易采他人诗句入画,但对裘老诗句青睐有加,常为其挥洒笔墨,或书写裘老诗句,或为裘老诗句配画,其深情厚谊,志同道合,显而益彰。与陆翁并时相似的另一位画家唐云,也和裘老交情笃深。裘老敬其为人儒雅风流,对朋友颇具侠道之风,曾为施叔范先生(裘老早年的启蒙老师和终生师友)遭厄遇而远道奔赴慰藉并竭力为之伸白,是为知己。唐云生性淡泊,好义轻利,能诗文,善书法,尤以擅画花卉著称于世,曾以所绘牡丹图赠予裘老,裘老题诗:"乍看惊富贵,凝视即云烟。"盖题句正合二老的心意,又咏叹视富贵如浮云的大仁大义,而为众人所惊叹。

裘老说，一个没有道德的人，知识掌握得越多，对社会的危害就越大，尤其是关系性命的医生职业。一个为医者，首先必须是一个高尚品德的人，对师长要尊敬，对同道谦逊、真诚、宽容，对后学循循善诱，悉心教诲，对患者一视同仁。这是基本的做人之道，也是提高临床疗效必不可少的重要环节。因为一个有着高尚医德医风的医者，必然有着崇高的使命感和责任感，对患者认真负责，视病人如亲人，视病证如己所生，竭心尽力为患者解除病痛。相反，一个没有德性的医生，毫无责任感可言，平日对工作忙于应付，视病人生命如儿戏，治不好病延误病情，直接间接地伤害患者生命，贻害万千。

⑤道德认识须落实到道德实践上："以仁为本"不仅只是思想认识，更要体现在行动上，做到"知""行"合一，道德认识与道德实践相统一。西汉刘向曾言："夫仁者，必恕然后行，行一不义，杀一无罪，虽以得高官大位，仁者不为也。"（《说苑·贵德》）仁者，不会因为私欲贪得高官厚禄而行不义之事，而道德实践最基本的就是在从事的职业中贯彻人心。传统社会以农业为本，五谷是为人类生存的物质基础，而田间耕作辛苦异常，因而对德性要求更高。

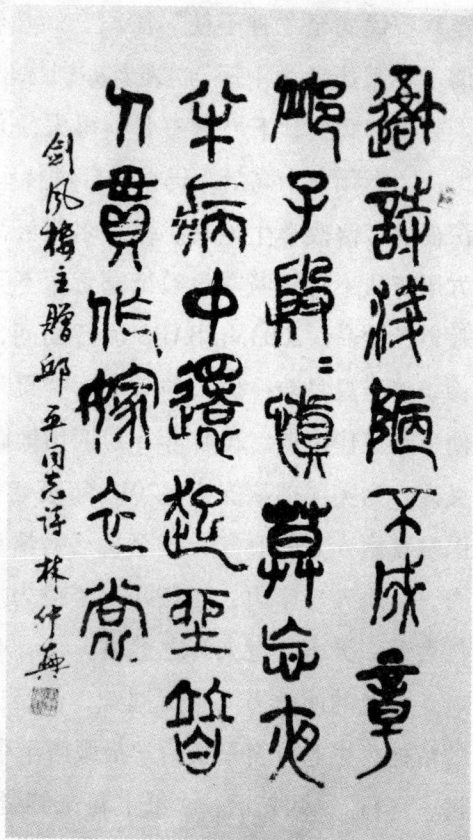

裘老赠友人诗

从古至今，医道因为是性命攸关的职业，而倍加推崇仁心仁术。孙思邈的《千金要方》卷首书"大医精诚"，不仅是强调行医要有高尚的医德，而且要有大慈恻隐之心。裴老一生奉行仁道，对病人有着强烈的人道关怀之心，处方之前必先给予患者抚慰和战胜疾病的信心，对身罹不治之症者尤然。裴老常以成竹在胸的口气对病人说："这个病不要紧，我给你想办法，病虽然困难，但也有看好的。"从心理上安慰。经裴老所治之病多数是迭经西医治疗不效或长期不愈者，除外裴老的"幸中"（裴老常以"幸中"自谦）之药方，其实也包括某些心理因素在内，裴老对患者的真诚使患者对裴老倍加信任，从而树立战胜疾病的信心，增强了抵御疾病的能力等。《内经》曾说病至"神不使"阶段，病必不治，治神比治病更重要，所谓"不服药者为中医"。裴老亦训导学生为医者必须真诚地关心病人，爱护病人，不可考虑名利得失，方为精诚大医。而且自己身体力行，不顾九十高龄，仍在讲台讲授医学知识，仍在医院亲自诊疗，深夜挑灯修改学生论文。作为名望极高的名医，仍怀赤子之心，处方用药从不轻描淡写、敷衍塞责，不分昼夜地为病人解除痛苦，拯救患者性命。2003 年 SARS 流行期间，裴老不顾个人安危，亲自出诊，甚至只身前往病人的车上为"疑似非典"的高热患者诊治，并使患者很快痊愈。2008 年 5 月四川地震，裴老以 90 岁高龄积极参加义诊，为灾区捐款支援。2010 年裴老病重，但坚持去门诊，声称去医院看病人方能心安，甚至自己病情危笃卧病在床，仍有顽强的毅力，让病人坐床边，躺在床上坚持为病人把脉处方。裴老这样的大仁大爱，无不让世人为之感动。

裴老的博学多闻众所周知，但裴老更富有勤于思考、勇于实践的精神。裴老自言平身治学最服膺十个字："博学、审问、慎思、明辨、笃行"，两句话："纸上得来终觉浅，绝知此事要躬行！"裴老强调医学是一门应用科学，无论前人的理论和经验多么经典、多么见效，必须都要躬身实践后才能成为自己的知识。裴老在七十余年的从医生涯中，深深体会只有临床疗效才是检验是非的标准。举细辛之用为例，细辛辛温，是一味散寒、化饮、止痛、通窍的良药，其使用剂量历来有"细辛不过钱"之说，《本草纲目》载："若单用末，不可过一钱，多用则气闭塞不通者死。"《证类本草》云："不可过半钱匕"（匕，勺、匙，约合今之1g余）。《本草经疏》亦言："不可过五分。"前人的戒律成为众多医者行方处药的枷锁，多只用3g，不敢越雷池半步，使一味良药转而成了"毒药"一般。裘老早年对细辛用量亦顺从时习，最多一钱，然病人反映效果多不理想。壮年以后，通过对仲景用细辛方的研究，发现其量一般在二三两之间，从其组方中与其他药味剂量的比例来推算分析，无论如何都超过了一钱之限。裘老说，中医界尊仲景为医圣，而处方用药却违反其法，这好比"叶公好龙"，必然影响疗效。先生细加寻思后，对细辛用量逐渐增加，而疗效亦逐渐提高，五十岁以后，对细辛用量即固定在6~15g，经用病例何止千百人，不仅疗效显著，且从未发现有不良副作用（若用散剂吞服，必须减其剂量）。裘老曾用细辛合麻黄、附子等治愈屡治不效的顽固风湿痛、偏头痛，以细辛与麻黄、干姜、黄芩合用治愈不少重症痰饮喘嗽，对某些癌症患者亦用大量细辛止痛消结，疗效显著，在补肝益肾药中配伍细辛还可以增强补益的功效。裘老曾感慨，深悔当年用药随波逐流，未经实践不辨是非，不仅贻误病人，且使中医学中名方良药埋没不彰，影响传统医学之发展，曾书文《论用药剂量轻重》告同道中之畏用细辛如虎者。我们常于古代医案医话书籍中，看到某医家治某病，一剂见效，三剂痊愈等效果，皆以为是夸张之语。裘老却说，中药只要用得对、用得好，是能够起到古人所说的"覆杯之效"的。裘老始终认为中医的科学性毋庸置疑，几千年中医医好的病例就是最有力的明证，因此，中医要立于世界医学之林，必须通过医疗效果来说话，提出"疗效才是硬道理"的中医药发展方针。

　　裘老以儒家的立德、立功、立言三不朽贯彻于自己的事业及行为中，不仅一生践行仁道，活人无数，而且著书立说，将自己的经验传之于世，惠及众人。裘老一生著作等身，主编或副主编四十余部医学书籍，发表诸多独创性见解，例如《伤寒温病一体论》《疑难杂症治疗八法》《对炎症的循名责实》《治医必治药》等等；对一些金科玉律的论点提出质疑，并用临床实践进行论证批驳，例如舌苔厚腻就不能用熟地吗？升麻真的能升阳吗？高血压病人能不能用附子？细辛真的不过钱吗？"医者意也""三折肱为良医"其本意是什么？诸如此类的金玉良言对后学者行医者都是极大的启发和教导。

一个有仁德之人应该任何时候、任何状况下都不放弃对"仁德"的遵守，《论语·里仁》："君子无终食之间违仁，造次必于是，颠沛必于是。"仁者应该做到"求仁而得仁"，把履行仁德作为最高的目的，而不考虑个人的利害得失。在必要的时刻，为了实践"仁"这一最高的道德要求，甚至牺牲个人的生命也在所不惜，所谓"志士仁人，无求生以害仁，有杀身以成仁"，就是这种精神的具体体现。在儒家看来，处于"仁"的境界的仁者，就可以做到"仁者不忧""仁者安仁"。以"仁"为始端，向外推衍，从而涵盖社会乃至万事万物。如朱熹概括的"仁是根，恻隐是萌芽。亲亲、仁民、爱物，便是推广到枝叶处"（《朱子语类·性理三·仁义礼智等名义》）。一个人只有具备了"仁心"，才能由近及远，推己及人，亲亲仁民，最后仁及万物。清代学者戴震说："仁者，生生之德也；'民之质矣，日用饮食'，无非人道所以生者也。一人遂生，推之而与天下共遂其生，仁也。"即说仁具有生生不已的特性，从而生发演化，泽被宇宙万物，"以仁为本"是裘老对儒家"仁学"的精妙传承发扬。

（2）以礼为节：内有"仁心"，则能行仁义，但是人的视、听、言、动等本能的欲望和行为如果没有节制，个人任其性情行事，则容易过度放纵或被引诱而泛滥，人的"欲恶"就会肆意横行，烧杀抢夺，奸淫掳掠，无所不用其极。人心悖乱，必然导致社会的无序甚至崩溃。因此，无论是个人还是社会国家，必须要有外在的礼仪、制度来规范其行为。于是，裘老在"以仁为本"的基础上提出"以礼为节"。

从远古的祭神和祭祀祖先时的仪式，到《周礼》中各阶层的礼仪制度，及至今日追求人人平等的道德社会，"礼"有着不同的定义和涵义。礼，即禮。始见于卜辞，作豊，指祭神用的器物和仪式。[91]周朝时，"为礼卒于无别，无别不可谓礼"（《左传·僖公二十二年》），将"礼"推衍为一整套完备的、适合当时贵族阶层的礼仪制度和规范体系，用以区别贵贱亲疏的行为规范和等级名分制度，乃有"礼不下庶人，刑不上大夫"（《礼记·曲礼》）之说。春秋战国时期，礼崩乐坏，世道衰微，孔子以复周礼为己任，叹曰："郁郁乎文哉！吾从周。"（《论语·八佾》）孔子以仁论礼、以仁为礼的心理和思想，认为："人而不仁，如礼何？人而不仁，如乐何？"（《论语·八佾》）试图把仁礼结合，重现礼治社会的秩序。孔子甚至将礼作为仁的内容，强调要"克己复礼，为仁"（《论语·颜渊》），要求社会中的各阶层要真正遵循礼的规范，做到"非礼勿视，非礼勿听，非礼勿言，非礼勿动"（《论语·颜渊》）。孔子还提出礼治："道之以政，齐之以刑，民免而无耻；道之以德，齐之以礼，有耻且格。"（《论语·为政》）用道德引导，以礼法来约束，可以使人有羞耻之心而遵纪守法，以此治国更合乎人之性。"立于礼"也是孔子的政治和伦理主张，《论语·泰伯》中说："子曰：兴于诗，立于礼，成于乐。"礼可以使人立足于社会。《论语·尧曰》："不知礼，无以立也。"朱熹解释为，不知礼，则耳目无所加，手脚无所措，怎能立于社会？孔子教育自己的儿子伯鱼说："不学礼，无以立。"（《论语·季氏》）亦要求伯鱼要致力于礼的学习和熟悉，否则就无法立身处世。对弟子的教诲，孔子更是谆谆于礼："君子博学于文，约之于礼，亦可以弗畔矣夫！"君子不仅要广博地学习各种知识，还必须用礼来约束其行为，这样才不会做出背祖叛宗的事来。孔子将学礼、知礼、用礼作为立身、齐家、治国的重要标准。

此后的儒家更是注重礼仪。荀子特别强调"礼"，认为礼可以维护社会等级名分，使社会各阶层各安其位，各得其利。汉代儒家学者更是将儒家的"礼"具体化至鼎盛，他们对治国理家、求学问道乃至婚丧嫁娶、衣食住行等方方面面都制定了精细规则和行为规范，即修六礼、明七教、齐八政。六礼，指冠、婚、丧、祭、乡（饮酒）、相见等社会典仪；七教，即父子、兄弟、夫妇、君臣、长幼、朋友、宾客等人伦关系；八政，指饮食、衣服、事为、异别、度、量、数、制等生活制度。"礼"将社会政治、人伦关系，以及日常生活等各方面都统摄涵括，而成为社会各阶层共同遵循的行为规范。传统社会体制下的"礼仪制度"发展到后来成为繁文缛节，虚伪矫饰，背离了《左传》对礼的阐释"礼，经国家、定社稷、序民人、利后嗣者也"而失去了实际意义。鉴于此，裴老提出，"礼"之精神当永存，但是时移势迁，礼必须随时代变革而损益。裴老所论之"以礼为节"，显然不是对中国传统社会意义上的礼仪制度简单照搬，而是传承"礼"之内在精神素质（道德、仁义），寻求合乎当今社会现状的礼仪制度。反之，失去了仁义内核的外在礼仪制度，便只是一具礼仪躯壳而已。

礼，就其含义来说，有狭义和广义之分。狭义的礼主要是指社会的道德规范、行为准则和社会习俗等，广义的礼即是制度和法规，包括社会的一切显性和隐性的制度，举凡政治、经济、社会和法律规章制度，以及文化传统仪式、道德规范、风俗习惯、个人行为举止（礼貌）的规定等。由此看来，礼既是立国经常之大法，又是揖让周旋之节文，具有社会政治制度和个体的习性修养、行为道德规范两方面的内涵。裴老说，"以礼为节"就是要建立一整套能够满足社会各阶层要求的公正合理的制度规范，并引导人们以此为标准自觉约束其行为，节制其欲望，从而使社会上下、左右各得其所，和睦相处，创造一个井然有序、和谐美满、安详康乐的社会生活环境。那么，如何实现"以礼为节"呢？裴老明确提出三个层次：齐之以礼，约之以礼，礼之用，和为贵。我们可从三方面递进来理解。

首先，"齐之以礼"阐释的是如何"制礼"，即如何制定礼仪制度。裴老讲到两个方面：一是要人与人"齐"，不是否定传统社会中的阶层，而是要制定符合不同阶层人的利益及价值需求。一个国家必需建立一套公平正义的社会制度和规则，否则，社会各阶层没有组织起来就会乱套，而陷入绝对的无政府的混乱状态中。中国历史上每次人心悖乱最为严重、社会制度崩溃的时期，必然会战火蜂起，而促使改朝换代。建设公正合理的体制首先要体现出人之为人的尊严、自由、平等、博爱和人道。制度不是有效地束缚人的自由和尊严的道德网罗，不以人的尊严和自由、平等为基础的制度，不但会束缚和制约人的自由发展，而且还会败坏人心，腐蚀人的道德品格，践踏人的尊严，因此，要摒弃一切不合理、不合乎人道的制度。古今世界上种种不义行为的发生，很大程度上是因为某些不"齐"的制度支持、维护、纵容所致。因此，制定社会规章制度必求公平正义，通过"立礼"使社会各阶层各得其所，安守本分，就能相安无事。制定合理的礼仪制度，就会对人们的社会生活产生积极的影响，如《礼运》曰："故礼义也者，人之大端也。所以讲信修睦，而固人之肌肤之会，筋骸之束也。所以养生送死，事鬼神之大端也，所以达天道、顺人情之大窦也。故惟圣人为知礼之不可以已也，故坏国丧家亡人，必先去其礼。"礼义成为人际关系最基本的出发点，由此可达到"讲信修睦"，可用于"养生送死"，也可以"达天道、顺人情"，甚至"礼"的存废都直接影响到家国的存亡。二是"礼"要与时代"齐"，礼要合乎时宜，与时俱进。今世"立礼"，就是要建立符合历史进步和社会发展阶段的正义合理的社会体制，来管理社会。社会制度不合时宜，人们的欲望被过度放纵或压抑，均会起而造反，必定导致战乱蜂起。

其次，"约之以礼"是说"节欲"是"礼"的核心。"节欲"依然包涵两层意思：公正合理的法律制度，使社会的领导和精英阶层节制欲望、遵纪守法，成为道德表率，同时如若有违礼仪法制，则以"约之以礼"对其惩治；社会所有成员应遵守法律规范、社会道德，自觉约束自己。这样，上行下效，互相影响制约，社会风气必然井然有序。我们可以从荀子对于"礼"的产生的论述中参透"约之以礼"的含义，他说："礼起于何也？曰：人生而有欲，欲而不得，则不能无求。求而无度量分界，则不能不争；争则乱，乱则穷。先王恶其乱也，故制礼义以分之，以养人之欲，给人之求。使欲必不穷乎物，物必不屈于欲。两者相持而长，是礼之所起也。"礼怎么产生的呢？荀子认为人的欲望是礼产生的肇始。人生来就有欲望本能，欲望达不到就会不断去追求，如果追求没有限度、没有抑制，就会发生争夺，互相争夺就会引起混乱、祸乱，一发而不可收。有圣王出，制定礼仪确定人们的名分，调养、满足人们的欲望和要求，从而使人们的欲望不会因为物资而得不到满足，而物资也不会因为过度的欲望而枯竭，最后使物资和欲望都能在互相制约中增长。所以，"约之以礼"就是以"礼"来约束、节制人的不合理（义）的欲望和行为，使人们的各种行为举止都能自觉依从社会的制度规范行事。反之，现代文明社会要求法律面前人人平等，而非传统的"礼不下庶人，刑不上大夫"，所以，"约之以礼"还表现在纠正社会不公、体现法律公正无私上。中国历代对贪官污吏严厉打击，尤其是愈加追求文明、体现平等的当代社会，因为权钱交易、贪污腐败等受到法律严惩的高官，以身试法，给无视礼法的人员敲响了警钟。愈来愈多的普通民众在物质丰裕的现世社会，精神却日趋空虚、疲乏，空气中日益弥漫着拜金主义、享乐主义、纵欲主义，极度挥霍、追逐奢靡、纵情声色无处不见。更有一些人违法乱纪，违背良心、良知，坑蒙拐骗、假冒伪劣、堕落无耻、冷漠自私，使本该其乐融融的社会堕落成物欲横流的炼狱。因而，裘老提出的"以仁为本""以礼为节"对现世社会人类的堕落与冷漠，起到了警示作用。

最后，"礼之用，和为贵"以人具有天然的"三大潜能"为基础，强调处理人与人、人与群体的关系的最佳途径，就是制定社会所有阶层都可以接受的制度和规范，调节人与人之间的欲望和利益冲突。无论是"齐之以礼"还是"约之以礼"，其目的都是满足人们追求平等、安定、和平的愿望，为了构建和谐、美满的社会。因为"人无礼则不生，事无礼则不成，国家无礼则不宁"（《荀子·劝学》），人没有礼义就不能生存，事情没有礼义就不能成功，国家没有礼义就不得安宁，所以我们必须学礼、知礼、用礼。而因为"礼"具有与时俱进的时代性，不同历史阶段，人类的欲望和追求也是不尽相同，所以，我们唯有把握"礼"之精神，以和为贵，建立国与国、家与家、人与人之间和平共处的美好社会。

综上所述，礼是为了体现和实现仁而制作的规章制度和行为规范，它是维系社会群体和谐共处的依据。但是，因为道德、思想观念等精神领域的规范、准则的不可控性，制度和礼仪涵盖范围的有限性，时世变迁导致的新旧制度的局限性等，使礼不可能事无巨细地对人们的言行举止进行面面俱到的规定，甚至严重滞后于人们的日常生活。在面对现有之礼不能及的问题和矛盾时，我们又当如何呢？裘老事无巨细地提出，此时的言行举止要"以义为衡"，即用仁义、道义来判断此事此人是"当为"还是"不当为"。

（3）以义为衡：人作为"能群"的物种，总是会在"自我""他人""社会"三者之间是否能达成一致而困惑，总会面对权衡、取舍和抉择。对于这种两难困境，在裘老看来，只有一种解决途径，那就是"以义为衡"。"以义为衡"一方面在"衡"，既要权衡"礼"是否合时宜，而且对礼规范之外的言行，也要由"义"权衡；另一方面在"义"，指出"义"是为了达到一个目的而采取的正当手段和途径，是人们行事的必由之路。简言之，万般行为（包括礼）的取舍和权衡，主要是看是不是符合仁义、道义的准则。这也明确了"义"包涵两方面内容，即道义和适宜。

首先，仁义之道谓之"道义"。义，代表一种崇高的理想和目标，是君子的重要德性。孔子认为人的一生应当是行义的一生，所谓"徙于义"也，"君子义以为质，礼以行之，孙以出之，信以成之。君子哉！"（《论语·卫灵公》）君子要以道义为自己的本质、本性，践行礼仪以实行它，以谦逊的言辞表达它，以忠诚的态度去实现它，这才是真君子！而孔子区别有德之人和无德之人也是以义："君子喻于义，小人喻于利"（《论语·里仁》）。喻，明白、通晓之意，就是说一事当前，君子能通晓其中的正义和道义，而小人则关注自己的私人利益；道德高尚者只需晓以大义，而小人只能动之以利害；君子于事必辨其是非，小人于事则计其利害。当然，我们也不是反对人们追求私利，而是说君子应该把道义置于私利之上，即"君子义以为上"（《论语·阳货》）。同时，在不违反道义的前提下，人们是可以，甚至应当谋求正当的私利的。但是，"见利思义"（《论语·宪问》），"见得思义"（《论语·子张》），利益当前，必须首先权衡道义，如果不违背道义礼仪，就应该接受，无需矫情；否则，若有违道义法律，则坚决不能做，哪怕因此失去财富、声誉、地位，也在所不惜。孔子"不义而富且贵，于我如浮云"的君子之行，孟子"富贵不能淫，贫贱不能移，威武不能屈"的大丈夫理想，都是代表了"仁义"是人所应当追求的道德志向。在裘老看来，践行孔孟人学，就是要"居仁由义"，达到"仁"与"义"的统一。裘老再次强调，人具有人伦之别，能按"仁义之道"行事，而异于禽兽之只能顺应禽兽的本能行事。《孟子·尽心上》："亲亲，仁也；敬长，义也。""敬长"从"从兄（悌）"衍申为尊敬长者，"义"也成为处理长幼关系的道德原则。如"君臣有义"，君臣各有应该遵循的道德要求。不行仁义且不能纳谏改正的君主，臣子可以起而诛讨之，而事君之臣应该辅助君主或劝谏君主行仁义之道，弃恶扬善。《孟子·离娄上》曰："事君无义，进退无礼，言则非先王之道者，犹沓沓也。故曰：责难于君谓之恭，陈善闭邪谓之敬，吾君不能谓之贼。"所以君王、执政者必须受到"仁义"的约束，践行仁义之道。同时，"仁义"之道根植于心，"仁"为"不忍人之心"，即恻隐之心；"义"为区别当为或不当为的"羞恶之心"和"是非之心"，"仁者爱人"，用"义"来规定"爱人"的界限，就是要求权衡别人和我的行为之应当和不应当，从而爱所当爱，恶所当恶。

其次，行而宜之谓之义。义者，宜也，主要表现在人面对不同的道德冲突时，在权衡、取舍的选择上要"恰当适宜"。唐代大学者韩愈在《原道》中言："夫所谓先王之教者，何也？博爱之谓仁，行而宜之之谓义，由是而之焉之谓道，足乎己无待于外之谓德，仁与义为定名，道与德为虚位。"宋代理学家朱熹亦强调："义者，宜也。君子见得这事合当如此，却那事合当如彼，但裁处其而为之，则无不利之有。君子只理会义，下一截利处更不理会。"（《朱子语类》卷二十七）朱熹很明确地将"义"理解为适宜，认为一个人在面对义、利等问题时，可以有不同的决定和选择不同的行为方式，但须"裁处其宜而为之"，以其适宜与否作为裁决标准。朱熹又讲："仁者，心之德、爱之理。义者，心之制、事之宜也。"（《四书集注·孟子集注·梁惠王章句上》）也就是说"仁"是德性于内心，施爱于外；"义"是内要克制心的人欲之私，外则行事无不适宜。《孟子·离娄下》中言："大人者，言不必信，行不必果，惟义所在。"作为儒家核心观念之一的"信"，也是要以"义"为准则，唯有道义、适宜才是衡量是非的终极标准。所以，孟子最终将"义"提升为一种高于生命的价值追求："鱼，我所欲也；熊掌，亦我所欲也，二者不可得兼，舍鱼而取熊掌者也。生，我所欲也；义，亦我所欲也，二者不可得兼，舍生而取义者也。"在两种不可兼得的冲突存在时，个体应该舍生取义，因为正义是值得人用生命去维护的。因而义和利不能统一时，无论是个人的私利还是他人的利益，都不及义的意义重大，故而舍利取义、重义轻利都是自然而然的了。

唯利是图、趋利避害等观念使现代社会人情淡漠。2013年5月21日，中国新闻网报道"中国进入'陌生人时代'"。"不吃陌生人的糖果""陌生的电话号码不接""陌生人搭讪轻易别理睬"……一方面对陌生人处处提防，另一方面抱怨"人性冷漠"；一方面指责他人"麻木不仁"，另一方面又提醒亲人朋友遇事少"出头"。信任危机导致各地频频出现孤寡独居老人离世日久却无人知晓的悲剧。经济、科技飞速发展，物质财富日渐充裕，世道人心却严重滞后，甚至每况愈下，人们背信弃义，只讲利、不讲义，甚至以个性解放为借口，大肆宣扬所谓的自由，行事乖谬悖理，处处以违反社会公德为能事，社会如此隔膜，裘老每念之于兹，扼腕叹息。在裘老看来，"义"和"利"是一对辩证关系，义和利是可以相互转换的，行大义，必有大利。人们所向往的美好社会就是实现了全民之利的理想社会，只要大家共行"义路"，就能形成一个尊重人权、自由和人道的道德礼仪规范体系，自觉地以社会大义为准则。当大家都遵守"社会大义"之日，其实就是全民享受"大利之时"。

从以上分析来看，人实现理想社会所遵守的三大絜矩中，仁是根本，礼是仁的外在体现，义是根据仁的原则，以衡量礼是否符合仁而进行调节改变，所谓"仁，人之安宅也；义，人之正途也"。

裘沛然人学思想的启示

裘老的人学思想浸溢于他的言论、诗文、书籍等字里行间，《人学散墨》中对孔孟思想的论述，对后世儒生"潜移"的孔孟进行匡正，乃至于对孔孟人学的发挥，不仅是裘老的人学思想，也是先生一生信仰孔孟，践行人学的写照。对如何做人，如何做一个"合格"的人的阐释，让各界人士和阅书之人，心中皆有一本"人学"，于后人的影响，又何止是读先生的几本书这么随意的事。畅游于裘老的著作里、诗文间，我们深切感受知识体系的扩展，人文素质的培养，尤其是心灵的净化，对现世浮尘的我们，是多么的难能可贵。

实则，最能体现和彰显裘老自身践行人学的则是他的诗作。在行医之余暇，他常有感而吟赋旧体诗作，自遣情性，抒发心声。裘老曾自谓医不逮字，字不如诗，对当代能作诗者，辄白眼相加。裘老诗作避用众人习用之辞，别开生面自出机杼；能写难状之景如在眼前，而表他人未达之情跃然纸上，所谓出人意外在人意中。裘老对各家之诗熟极而流，却能使之不流，使之由熟而化生，由生而得奇，以真性情体验人情物理，因怀天下苍生社稷，故而"下笔如有神"，裘老言"胸有苍生笔始奇"。先生的诗作数量并不少，前后积300余首，但多散佚，十九无存，《裘沛然选集》在下集专列"剑风楼诗集"，计有192首行于世。裘老早已是享誉深远的"杏林诗人"，其诗作堪称"中医界的一面旗帜"。[92]其诗名更是超出医界，为社会各界所推重：陆俨少先生称其为"沛然诗人"，《翰苑吟丛》收录裘老14首诗，并对诗作推许再三："先生是当世大医，在中医理论和实践两方面都卓有建树，以善治疑难杂症著称，同时又具有深厚的传统文化及诗文造诣，以良医涉世，良相胸怀，好学不倦，老而弥笃。其诗沉郁而兼旷达，晚近之作理致与诗兴交融，臻浑成老境矣。"[93]程门雪先生赞其诗作"千古文章葬罗绮，一时诗句动星辰"，秦伯未先生亦赠诗"文章评议眼高巅"，奖掖赞许之情溢于言表。

裘老的诗作中蕴涵深沉真挚的忧国忧民、兼济天下的民族精神和爱国情怀，强烈的"以仁为本"的人文精神，恪守"医乃仁术"的古训，实践大医精诚的医德准则。正如他《咏怀》一诗所言："平生未解吟风月，愿写神州万里春。"因此，裘老感怀国事民生的诗作为多。在历代诗人中，裘老尤推许杜甫、李商隐、陆游三人，也正是裘老对于他们的忧国忧民思想有着极深的共鸣。裘老曾赞誉陆放翁并表达自己强烈的爱国热情："茹恨长年陆放翁，示儿报国到临终。千家遍诵阳春句，诗外传神意未穷。"陆游《示子遹》中有"汝果欲学诗，工夫在诗外"。"诗外"的功夫即培养高尚的情操、提高学识的修养，"任他鱼鸟各飞沉，未觉飘萧白发侵"大有陆放翁之"镜里流年两鬓残，寸心自许尚如丹"的赤诚情怀。裘老固然关注社会民生，赞誉并饱含忧国忧民之情怀，但却始终伴有几分理智，以敏锐的思考与独特的视角，憧憬美好未来。"丹铅历乱长围壁，心事荒唐欲动天""终信良方堪济世，莫教满腹只藏愁"，满腔对中国传统及中医文化的热情，爱国激情迸发，几次"荒唐"地慷慨陈词想感动上天；老不颓唐志不衰，关心人民疾苦，将良方济世的热情进行到底。除夕夜，纪元更新，群情欢腾，裘老"白发如许，而忧国爱民之心今犹胜昔，情怀耿耿，夜深无寐"，乃作诗"今夜不眠待鸡唱，百年多事望河清"；"德赛先生来到未，神州风物正新鲜"，企盼国家在民主政治和科技文化等方面有更快的进步，早日实现"河清海晏"的太平愿景。"江山如此堪歌啸，唤起鲲鹏万里行"真诚地希望祖国能继往开来，如鲲鹏展翅，扶摇直上，前程万里。

正是因为有如此深切的爱国忧时、济世救民的情怀和志向，裘老一生都景仰孔孟人学，钟爱医学事业。他将人学理念贯通于国际文化交流、中西医学的结合、治学育人等各个方面。忆及中医近现代的坎坷发展历程，"当时耿耿人争识，事过烟消今莫论"，每每不胜感慨。但是看到当今社会主义市场经济大潮流中，中医院校培养出来的一批批"人才"，裘老痛心疾首，发文《中医院校办学的反思》《论中西文化及中西医学》披露中医学者不能忠于中医，不能容西方医学之精华为我所用，使民族自尊心扫地已尽。裘老指出，中医学者必须精于中而能通于西，中医学的发展必须在发掘继承基础上采用现代科技的有关方法加以整理提高，并汲取西医学之成就补我之不足，使之日臻完善。裘老以诗期望后学："杏苑当年绝可怜，如何不惜此新天。奠基谁识前人苦，续绝惟望后起贤。医道难明须砥砺，良机易逝要勤研。眼中人物吾今老，记住忧危好着鞭。"

在裘老看来，一个合格的医者首先也是一个合格的人。一个整日苟且生存于世间的人，一个一味强调工作、职称、考核、资格评定的人，如果不能培养好善根，没有仁心，甚至忘却道义，恐怕不能称之为"合格"的人。现代社会有着明确的职业分工，一个医生能把病看好，不仅是尽到了他的职责，也会为世人所称颂。妙手回春、救死扶伤、起死回生，不就是对诸多"名医"的至高赞誉吗！在众生的思维里，社会大众的道德水准，他们的人格境界，自有从事其他职业的人们来负责。但是裘老不以为然，他认为一个完整的人是由生理和心理共同构成，合格的人必须懂得人所异于禽兽之道，即为人之道。而中医的传统是把医学作为"仁术"，"仁者人也"，因此医生之"仁"，不仅仅是能够治疗人们在生理上的疾病，更重要的是要去掉人心上的毛病。如果人无善性，放矢仁义之心却不知道寻回，人心就成了兽心，那么，虽然人的生理上是健康的，也是枉有"人"之名。医生如果不能挽救沉溺于兽心之人，即使治好了这些人生理上的疾病，在一定意义上只能是个"兽医"。裘老说，中医作为"仁术"，医生就不能只是"兽医"，而必须要做"人医"。"自觉庸医非国手，民犹多病愧衔怀"。从裘老自谦的诗句中，我们窥见一代"鸿儒大医"对医学知识、未解之谜孜孜探求的执著精神和博采众长、济世天下的雄心壮志，我们深切感受到先生虚怀若谷、永不自满的宏阔胸怀。先生恪守"医乃仁术"的古训，实践大医精诚的医德准则，严谨治学，精心临诊，提携晚辈，扶持新人。他在《书怀并示王庆其》一诗中寄弟子："治学从来亦苦辛，勤求博采岂谋身。平生吾被浮名累，误己何堪更误人。""仁人之言，其利薄哉"！裘老疾呼："焰续灵兰绛帐开，神州佳气拂兰台。老夫头白豪情在，要看东南后起才。"正是裘老这样中医前辈的关爱和扶持，培养、感化了一批有志之士，使中医事业薪火相传，生生不息。

裘老为医学奉献七十余年人生，早已成为学识渊博，经验宏富的中医名家、国医大师，示范杏坛。先生为中医事业献身的精神，他的宝贵经验和医学理论造诣，闻名遐迩，医学界的人无不钦仰他医术的高超，与他交往或求治于裘老的朋友、患者，更是对他感铭肺腑。裘老的博学是众人皆知的，这源于他博览群书，兼容并包，阅历丰富，阅人无数，在中华医学宝库中孜孜探求，博采众方，博纳新知，同时借助于深厚的国学知识提纲挈领，融会贯通。用扎实的国学文化和独特的见解，引导医学理论，化解医学上的重重难题；又借助医学事业救治世人，弘扬传统文化。裘老一直认为，医学的变化也在哲学的命题之中，他常说"医学是小道，文化才是大道。大道通，小道即通"。裘老认为，医学现存主要有两种治病方法，"一种是彻底消灭病原体，或尽可能切除病理组织，以此作为治疗手段；另一种则是调动人体自身存在的抗病能力，使正气充沛，达到驱除病邪的目的"。[94] 而从中医扶正祛邪的治则治法、辨证关系理论来看，裘老积极评价第一种治疗方法的重要性的同时，则重点强调"后一种治疗方法，是调动体内一切积极因素，用自身固有的力量，以祛邪愈病或祛邪保正的方法"。在裘老的治疗方略中，"扶正"是关键，所谓"正气内存，邪不可干""精神内守，病安从来"的道理就在于此。这不是正应了裘老人学所强调的保存善端，坚持善性，从善如流，则"人皆可以为尧舜"吗！由此看来，"治病"和"治人"的道理相通。也正是出于"治人"的思想，裘老才会在耄耋高龄时撰写了《人学散墨》一书，该书也可称为是一本广义的医书。

2009 年，裘老被国家人力资源和社会保障部、卫生部、国家中医药管理局共同授予"国医大师"荣誉称号。北京大学的李零教授认为"大师是能打破专业分工格局的人，引领风气的人"。裘老可谓名副其实的大师，他不仅熟稔整个人类知识系统，学问出众，而且人格高尚。他不仅自己践行人学之道，还不断鼓励后学者精于事业，培养高尚的道德情操，甚至耗尽人生最后的心血、光阴，欲引领整个社会道德风气至"圣人时代"。由此，我们能学习能感悟的已不仅仅是通过裘老说过的言论、总结的经验，写的文、著的书，更深刻地让人铭刻于心的，是裘老的人学精神。我们能够深切感动于他的道德忧患精神，被他一生对传统文化、孔孟思想的坚持所感染，被他坚守仁心、广布道义的执著所感化。每一位被感应的人，都会对于人生观、价值观乃至人生的目标和定位都会有深刻的反思而重新认识自我，改善自我，提高自我。相信每一位真正认识裘老，理解裘老思想的人都愿意跟着裘老这位"鸿儒"，做弘扬"圣道"的一小兵。

至此，裘老的人学思想已不仅仅是为提升个人的道德素养，完成培育"善端"成长为仁、义、礼、智、信等善性，使人能行善行、施仁义，更为重要的是使人类社会进入高度文明发展进程，使地球可能再次进入最幸福而最值得尊敬的时代。[95]裘老的人学思想有着更高更远的追求，即为生产力的发展、精神文明的提高、社会的和谐、人类的健康幸福和文明。

（博士后　胡玉萍，合作导师　王庆其）

裘沛然谈中华文化与养生之道

裘老是我国著名的中医学家，他毕生勤求博采，深谙岐黄之道，寝馈于方证药法，行医七十余载，以善治疑难杂病，饮誉海内，医德广被。先生藏书万卷，好学不倦，虽身为医界翘楚，而尤热爱中华文化，于诗、文、史、哲造诣颇深，尤其精研儒学，有许多独到见解。他曾撰写《可持续发展和中国传统文化的价值》一文，文章观点鲜明地指出，儒家"天人合一"思想有契于可持续发展的原则，儒家"和而不同"思想有助于促进文化的多样性发展，儒家"以义制利"思想有益于化解人与人、人与群体间的矛盾，儒家"成人之美"思想有利于人的素质和品格的提高。文章刊出后，在社会上引起很大反响。人们感到震惊，这篇研究儒家学说的精辟之论，竟乃出自一位耄耋之年的老中医之手，无怪乎当年书法名家胡问遂先生为裘老书写了"笔为苍手始可珍"的条幅，是对其学识和社会责任心的真实写照。

先生认为，中医学植根于中华文化，两者一脉相承，要研究中国传统医学必须认真学习中国传统文化，尝言"医学是小道，文化是大道。大道通，小道易通"。一部浸透着平生心血的《裘沛然选集》，汇医道、文道、人道于一炉，立意深邃，融会贯通，俯仰古今而雄视当世，2005 年曾荣获中华中医药学会科学技术奖（学术著作奖）一等奖。

当人类跨入 21 世纪的今天，"健康与长寿"不仅仅是医学研究和卫生事业的主旋律，也是人人关心的热门话题之一。社会、经济、科学和文化的日益进步，使人们对生活得更加健康与长寿的期望也随之增长。在中国传统文化熏陶、锤炼下形成的中医养生学以其独特的理念和丰富而切实有效的养生技艺，流传千年，为中华民族的生存繁衍以及预防保健事业作出了不可泯灭的贡献，即使在今天仍然具有很大的现实意义。

裘老以其亲身实践，对中华文化与养生之道做了缜密的研究和创造性的阐述发挥。当时先生已届 92 岁高龄，依然耳聪目明，文思敏捷，步履轻健，无半点龙钟之态，耄耋之年还活跃在临床第一线，望问闻切，头脑清晰，立方遣药常以出奇而制胜，往往挽危难于水火，济羸弱以安康。先生豁达洒脱，喜文会友，会客聚首时，谈笑风生，无所不及，精神矍铄，毫无倦意。许多病家和朋友对裘老的健康甚为好奇，揣度其必有养生秘诀。先生总是笑而答道："其实，我虽从事医学七十多年，对摄生之道，不甚讲求，更谈不上什么独到心得"。"养生保健方法，诸如太极拳、健身操、气功静坐、老僧禅定，均无雅兴；什么食品营养、药物进补，也无意尝试；庄生所说的熊颈鸟伸的呼吸延寿法，从来就没有搞过"。那么，先生的养生奥秘究竟在哪里呢？

养生且莫贪生

先生说："贪生怕死、要求健康长寿，乃是人之常情。"荀子在《礼记》中说："生，人之始也；死，人之终也。始终俱善，人道毕矣。"万物有生必有死，这是不可违背的自然规律，重要的是生命的质量。孔子说"未知生，焉知死"，人应该立足于生，但死亡是人生的必然归宿，死亡就是回归自然，"生吾顺事，殁吾归焉"，所以贪生是没有必要的。裴老有诗云："养生奥指莫贪生，生死夷然意自平；千古伟人尽黄土，死生小事不须惊。"

裴老在长期临床观察到，有不少危重病人或身患绝症者，凡能坦然自若，乐观开朗地面对病情，积极配合医生诊疗的，大多心宽体泰，抗病力增强，元气逐渐恢复，病情渐入佳境，甚至完全康复。而越是忧愁恐惧怕死的患者，则精神崩溃，气血耗散，病情常加速恶化，偏多预后不良。中医学认为，病人的精神状态是本，医生的治疗措施是标，医生的治疗措施是通过病人的"神机"（抗病能力）才能发挥治疗效应，如果病人精神已经崩溃，那么再好的治疗措施也无济于事，所谓"标本不得，邪气不服"。

对待生死的态度，也即是对待人生的态度，白居易《浩歌行》云："既无长绳系白日，又无大药驻朱颜。"先生常说，人不必刻意地去追求健康长寿，重要的是珍惜生命的价值和意义，从容、淡定、坦然地面对生活，品味人生，乐天知命，以审美的眼光，打量这色彩缤纷的世界，诗意地活在真实的生命感受之中，那么健康长寿就悄然地不期而临。

养生首先养心

古往今来，养生的方法甚多。裘老认为，养生最重要的是养心。中医学把心作为"君主之官"主宰"神明"（即精神心理活动），所以养生的关键在于调节精神和心态。传说唐代医家孙思邈寿至一百四十岁，他强调养生首要养性，主张"不违情性之欢而俯仰可从，不弃耳目之好而顾眄可行"。告诫人们不要患得患失，一切听任自然。

先生提出养心要遵循"1＋4"原则。创造一张养生的精妙方剂，名为"一花四叶汤"，对健康长寿具有很好效果，是他总结古今养生学家的精粹，并通过现身实践而制定的名方。一花，即指身体健康长寿之花；四叶，即一为豁达，二为潇洒，三为宽容，四为厚道。俗话说，健康是人生的第一财富，事业、家庭、钱财等都必须以身体健康为前提。在商品经济大潮冲击下，人们的价值观念、道德观念、生活方式以及人与人的关系发生着变化，每个人都在不同程度上感受着冲击和震撼。一方面，社会竞争越来越激烈，生活节奏越来越快，使人们的心理压力不断增大。由于科学技术的迅猛发展，物质生活日益丰富，人们的贪欲也更加滋长，于是世界上举凡损人利己、尔虞我诈、争权夺利、贪污腐败、假冒伪劣、男盗女娼，甚至战祸蔓延等等层出不穷，这些由心术败坏、心态不和、行为失调造成的心身疾病日益增多，诸如高血压、冠心病、糖尿病、恶性肿瘤等发病率不断增加，严重影响了人们的身体健康与寿命。人们渴望拥有健康，向往长寿，但其心理和行为方式，常常与健康背道而驰。据此，裘老针砭时弊，根据长期的临床观察和体验，开出了要求人们服用"一花四叶"的良方。

豁达，就是胸襟开阔。《旧唐书·高祖本纪》云："倜傥豁达，任性真率。"法国作家雨果说:"比海洋还广阔的是天空,比天空还广阔的是人的心灵。"裘老说:"上下数亿年,人生不过度几十寒暑,朝生暮死与存活百岁,不都是白驹过隙!东西数万里,而我只占七尺之地,寄蜉蝣于天地,渺沧海之一粟。置于宇宙,不就是蚂蚁一只?"他又说:"荣华富贵有什么好稀罕的,即使你多活几十年,也只是一刹那间事,任其自然,何必强求。"早年他曾替名画家唐云题过一首牡丹诗"乍看惊富贵,凝视即云烟",寓有"富贵与我如浮云"之意,为唐老和人们所欣赏。人生如白驹过隙,"生存华屋处,零落归山邱",锦衣玉食能几时,只有"白云千载空悠悠"。襟怀何等坦荡!先生说"人生短暂,能为社会做些有益的事,使之心安理得,亦已足矣"。心态何其平和。心态在一定程度决定了人的健康状态,心平则气和,气和则形神康泰,病安从来?先生有诗云:"心无渐疚得安眠,我命由吾不在天;利欲百般驱客老,但看木石自延年。"

潇洒,原指清高洒脱、不同凡俗之意。裘老意为轻松、舒畅的意思,诚如李白《游水西简郑明府》诗:"凉风日潇洒,幽客时憩泊。"

裘老年轻时就"不爱风月爱风云","读万卷书,行万里路",及至老年,"浪迹书海一老翁"。读书是其一大乐事,他精熟文史,谈吐隽永,对《孟子》情有独钟,不少精彩的篇章晚年尚能一字不差地吟诵,对古诗词的造诣也相当深厚。工作之余暇,或登山临水,感悟自然,留下了不少脍炙人口的诗词。"影落清溪照眼明,云峰古木自浑成。老翁跋涉过千里,来听黄山瀑布声。云端谁把两峰安,奇景多从雾里看。天意为防浩气尽,故开磅礴倚高寒。"这是先生游黄山时所作。当代书画大家陆俨少先生读后,爱不释手,欣然为诗配画,情景交融,一时传为佳话。俟后先生为谢陆翁又作诗曰:"大好河山出手中,乾坤正气为谁雄。无端邂逅春江道,尚有高风是陆公。"高人相遇,诗往画来,其乐融融,好不潇洒。先生之善诗能文，在学术、艺术界闻名遐迩，常有佳作见诸报端，一本《剑风楼诗文钞》，索要者众，无怪乎前上海中医学院院长程门雪先生用"千古文章葬罗绮，一时诗句动星辰"的诗句亟赞裘老卓荦的文才。潇洒，就是充满生机，超越自我，活得洒脱，生活充实，身心愉悦，有利于健康。

宽容，即宽恕，能容纳他人。裘老认为，宽容待人是人生的一种美德，也是处理和改善人际关系的润滑剂。宽容就是以仁爱之心待人，这也是儒家伦理思想的体现。《论语·里仁》曰："夫子之道，忠恕而已。"朱熹注："尽己之心谓忠，推己及人谓恕，而已矣者，竭尽而无余之辞也。"宽恕不仅要求推己及人，更要"严于责己，薄于责人。"这是一种高尚的美德，使人心旷神怡。宽容需要开阔的胸怀，对功名利禄不要斤斤计较，前人有诗云："何必纷争一角墙，让他三尺也无妨；长城万里今犹在，不见当年秦始皇。"诗意是说长城到今天仍巍然高耸，这个刻薄凶残的暴君，身死而国即亡，为天下笑，几千年来一直被人们唾骂。所以，宽容不仅能使人心宽体泰，气血调和，而且对于群体的融合，社会的和谐也是很有意义的。宽容对生活的小小利害或些微过失，要善于谅解他人。气量狭小，难以容物，对人猜忌，会使神气错乱，受伤害的是自己的心与身。

厚道，就是为人处世之道要敦厚、仁厚。裘老经常强调："厚道对维护和培养人身元气有重要作用。与厚道相反的是薄德，薄德之人往往流于刻薄和凉薄，世风浇薄，人心不古，从而使人精气散漫和抵抗力减弱，就容易导致多种疾病的侵袭。"古哲有"水之积也不厚，则其浮大舟也无力"的论述与《易经》"厚德载物"之说，都是很有深意的。

人是生活在社会之中的，所谓"鸟托巢于丛，人寄命于群"，人不能脱离群体，而居心厚道，乃是群体组合的凝聚力量。在科技发达，道德沦丧的今天，虽然我们的经济在不断增长，生活也在日益改善，就更应注意厚德以保持身心健康。1948 年世界卫生协会提出关于健康的概念是"健康应是躯体、心理、社会适应、品德的良好状态"，这里就与养生首先养心的理念，可谓古今一辙。

厚道最为重要的，就是做人要求仁厚，正如孔子说的"己欲立而立人，己欲达而达人"。厚道就必须多为他人着想，要乐于助人和扶危救困，作为医者则要多为病人着想；还要常怀感恩与报恩之心，要常常想到"滴水之恩，涌泉相报"这句话，就不会去做忘恩负义的事。厚道还要不念旧恶，能多多帮助人，也是厚道的一种表现。

先生说"养生贵在全神"，就是努力使自己保持至善至美、恬淡宁静的心态。摒除邪恶和贪欲之心，不慕求浮荣，不损人利己，破除私心杂念，要有忠恕仁厚、纯一无伪的精神，这样，人体才能气血和畅，五脏安宁，精神内守，真气从之，达到应享年寿。

养生贵在识度与守度

度，是衡量一切事物轻重、长短、多少的统称，后人引申为处理事物最适当时为适度。度，包括理度、法度、制度、气度、节度等，做人的一切，都得有个度，养生也不例外。

裘老说，孙思邈提倡饮食应达到"饥中饱、饱中饥"为最合适，就是饮食之度；汉代华佗主张"人体欲得劳动，但不当使极耳"就是劳逸之度；《内经》所载，起居有常，不竭不妄，就是房事之度；《论语》曰"惟酒无量不及乱"，就是饮酒之度；另如"乐而不淫，哀而不伤"，就是悲欢之度；"君子爱财，取之有道"，就是理财之度；"亲亲而仁民，仁民而爱物"，就是精神文明之度；"仰不愧于天，俯不怍于人"，就是做人之度。

儒家所倡导的"中庸之道"，是指无过无不及，把握处理事物恰到好处，这是把握"度"的最高准则。《内经》曾提出"生病起于过用"的观点，诸如饮食过饱、情志过用、劳逸过度等均可成为致病之因。裘老提出养生贵在识度与守度，可以认为是中庸之道在养生理论中的具体应用。先生强调，"度"可以根据体质、生活习惯、地区和时代条件不同而做适当调整。如能"发而中节"，可葆身体康强寿考，精神安乐，社会和谐进步，世界和平繁荣，使人间重重戾气，化为天上朵朵祥云。

（王庆其　李孝刚）

参考文献

［1］韩庆祥，邹诗鹏．人学：人的问题的当代阐释［M］．第1版．昆明：云南人民出版社，2002，6：3－4．

［2］［俄］E. F. 安纳耶夫．人学——未来世纪的热点．北京：北京广播学院出版社，1993：13．

［3］［英］休谟．人性论，上册．北京：商务印书馆，1980．

［4］黄楠森．人学的科学之路［M］．第1版．郑州：河南人民出版社，2011：3．

［5］黄楠森，陈志尚．人学原理与历史——人学原理卷［M］．北京：北京出版社，2004：1．

［6］孙鼎国．世界人学史·第一卷［M］．第1版．石家庄：河北人民出版社，2003：导论13．

［7］孙鼎国．世界人学史·第一卷［M］．第1版．石家庄：河北人民出版社，2003：导论17－18．

［8］黄楠森，陈志尚．人学原理与历史——人学原理卷［M］．第1版．北京：北京出版社，2004：5．

［9］万俊人．关于人学研究的几个问题［J］．求索，1990，2：29－35．

［10］袁洪亮．中国近代人学思想史［M］．北京：人民出版社，2006：5．

［11］祁志祥．中国现当代人学史．前言2［M］．上海：学林出版社，2006．

［12］欧顺军．人学概论［M］．长沙：岳麓书社，2011：31－32．

［13］黄楠森，陈志尚．人学理论与历史——人学原理卷［M］．第1版．北京：北京出版社，2004：10．

［14］下中邦彦．世界大百科事典［M］．日本：平凡社，1967．

［15］黄楠森．人学的足迹［M］．南宁：广西人民出版社，1999，11：8．

［16］黄楠森，陈志尚．人学理论与历史——人学原理卷［M］．北京：北京出版社，2004：11．

［17］袁洪亮．中国近代人学思想史［M］．第1版．北京：人民出版社，2006．

［18］董武清．"人学"的对象和性质研究［J］．哲学动态，1995，4：6－8．

［19］韩庆祥．世纪之交的中国人学思潮——评当代中国的人学研究［J］．上海社会科学院学术季刊，2000，1：145－152．

［20］周文升，万光侠．我国当代人学研究综述．淄博学院学报（社会科学版），2000，2：16－20．

［21］韩庆祥，邹诗鹏．人学：人的问题的当代阐释［M］．第1版．昆明：云南人民出版社，2002：123．

［22］叶舒宪．马克思主义人学初探［J］．陕西师大学报（哲学社会科学版），1983，3：66－74．

［23］郑苏淮．宋代人学思想研究［M］．第1版．成都：巴蜀书社，2009：7．

［24］黄楠森，夏甄陶，陈志尚等．人学词典［M］，北京：中国国际广播出版社，1990：8．

［25］祁志祥．中国现当代人学史［M］．第1版．上海：学林出版社，2006：前言3－10．

［26］郑苏淮．宋代人学思想研究［M］．第1版．成都：巴蜀书社，2009：8－11．

［27］孙鼎国，李中华．人学大辞典［M］，石家庄：河北人民出版社，1995：前言2．

［28］孙鼎国．世界人学史·第一卷［M］．第1版．石家庄：河北人民出版社，2003：导论3．

［29］黄楠森，陈志尚．人学理论与历史——西方人学观念史卷［M］．第1版．北京：北京出版社，2004：前言．

［30］钱谷融．论"文学是人学"［N］．文艺月报．1957－05．

［31］陈启伟．中文词"人学"的由来及演变［J］．学习与探索，2008，4：22－24．

［32］徐长福．"人学"：专名还是摹状词——对近年来人学讨论的一个质询［J］．江海学刊，1998，2：84－89．

［33］孙鼎国，李中华．人学大辞典［M］．石家庄：河北人民出版社，1995：序2．

［34］王庆其．裘老人学思想探析［J］．中医药文化，2011，3：11－14．

［35］黄楠森．人学词典［M］．北京：中国国际广播出版社，1990：12．

［36］罗伯特·玛格塔．医学的历史（HISTORY OF MADICINE）［M］．李诚，译．太原：希望出版社，2003，6：75．

［37］周向阳，夏澍耘．论现代医学的人文理性回归［J］．湖北社会科学，2003，8：89－90．

［38］周劼人．医学是一种"人学"［N］．中国青年报，2011－10－11（09）．

［39］赵美娟．医生的理想境界——懂医学更要懂人学［N］．健康报，2005－03－28．

［40］王卫平．医学教育中的人文回归［N］．文汇报，2010－12－04．

［41］王庆其．医学的本质是人学［N］．中国中医药报，2011－06－17（008）．

［42］付小为．医学首先是人学［N］．长江日报，2011－12－07（008）．

［43］［美］罗伊·波特．剑桥医学史［M］．张大庆译．第1版．长春：吉林人民出版社，2000，导言1.10．

［44］恩格斯．自然辩证法［M］．北京：人民出版社，1984：49．

［45］程之范．文艺复兴时期的医学与哲学［J］．哲学研究，1980，12：50－57．

［46］程之范．文艺复兴时期的医学［J］．中华医史杂志，1994，24（3）：186－190．

［47］孙鼎国．世界人学史·第一卷［M］．第1版．石家庄：河北人民出版社，2003：95－96．

［48］余前春．西方医学史［M］．第1版．北京：人民卫生出版社，2009，2：15．

［49］［美］凯特·凯利．蔡和兵译．早期文明（史前—公元500）［M］．第1版．上海：上海科学技术文献出版社，2012，1：83－89．

［50］汪子嵩．希腊哲学史［M］．第1版．北京：人民出版社，1993，

5：997.

［51］黄琳，刘学文．从苏格拉底到马克思——关于人学思想的简要考察［J］．钦州师范高等专科学校学报，2002，17（4）：5-7.

［52］丁福保．西洋医学史［M］．第1版．北京：东方出版社，2007：绪言5.

［53］于泉蛟，宫福清．医学生人学素养培育问题研究［J］．辽宁医学院学报（社会科学版），2012，10（3）：21-23.

［54］王忠彦，安娜．医学人文精神的回归与重建［J］．中国医学伦理学，2008，21（4）：145-146.

［55］杨帆．论现代医学模式中人文精神的复归［J］．湖北社会科学，2004，5：101-103.

［56］何伦．让活人回到医学中来［N］．健康报．2010-01-22（006）.

［57］李剑．亨利·西格里斯与中国医学界的联系及其影响［J］．中华医史杂志，1994，24（1）：33-37.

［58］夏征农，陈至立．辞海［M］．第6版．上海：上海辞书出版社．2010，4：2241.

［59］卡斯蒂廖尼．医学史［M］．南宁：广西师范大学出版社，2003：12.

［60］崔新萍，郭玉宇．医学的人文意蕴及对医学院校人文教育的几点建议［J］．中国医学伦理学，2008，21（5）：102-103.

［61］彭庆星，赵永耀．关于人学、医学和伦理学的断想［J］．中国社会医学，1987，3：25-28.

［62］黎鸣．中医药是独具魅力的"人学"［N］．中国中医药报，2004-08-26.

［63］王杰．儒家文化的人学视野［M］．北京：中共中央党校出版社，2000，10：58.

［64］孙超．论对医学的全面理解——从中医理论对人的理解来看［J］．南京中医药大学学报（社会科学版），2002，3（6）：69-71.

［65］邱鸿钟．医学与人类文化［M］．第1版．广州：广东高等教育出版社，2004，11：186-276.

［66］黄海波．中国传统文化与中医［M］．第1版．北京：人民卫生出版社，2007，8：13-78.

［67］刘方柏．重聚医魂——论中医文化建设的根本意义［J］．中医药文化，

2013，8（1）：25－27.

[68] 张岱年，夏乃儒. 孔子百科辞典［M］. 第1版. 上海：上海辞书出版社，2010.8：354.

[69] 干祖望. 孙思邈评传［M］. 第1版. 南京：南京大学出版社，2008.12：40－41.

[70] 沈嘉禄. 医术是小道，文化是大道——中医泰斗裘沛然的道德观［J］. 中医药文化，2011.3：41.

[71] 夏乃儒. 一代儒医的"道德文章"——喜读裘老的新作《人学散墨》. 新民晚报，2009－01－17（01）.

[72] 裘沛然. 人学散墨［M］. 第1版. 上海：上海辞书出版社，2008，12：序言/139－142/96/99/87/54/44/236.

[73] 钱玄同. 中国今后之文字问题［J］. 新青年，1918，4.

[74] 李鼎. 读裘老《即兴》《书怀》《咸阳怀古》诗书后［J］. 中医药文化，2011，3：66－67.

[75] 裘沛然. 裘沛然选集［M］. 第1版. 上海：上海辞书出版社，2004，1.

[76] 张鹏伟，郭齐勇. 孟子性善论新探［J］. 齐鲁学刊，2006，4：16－20.

[77] 刘长林. 梁漱溟生命化的人性本善论述评［J］. 上海大学学报（社会科学版），1998，5（3）：36－42.

[78] 中共中央马克思恩格斯列宁斯大林著作编译局. 马克思恩格斯全集第19卷［M］. 北京：人民出版社，2008：374.

[79] 王珍. 善良塑造强者［N］. 香港文汇报，副刊文化栏，2013－05－02.

[80] 王先谦撰. 沈啸寰，王星贤整理. 荀子集解［M］. 北京：中华书局，2012，3：420.

[81] 陈文垲. 从《物种起源》看中医学发展［J］. 南京中医药大学学报，2006，6：7－10.

[82]［美］雅·希伦诺斯基. 科学进化史［M］. 李斯，译. 海口：海南出版社，2006，5：455.

[83] 冯源，苏彦捷，张莉. 从儿童道德发展初探人性本源的论题［J］. 心理科学，2006，29（3）：757－760.

[84] 戴逸如. 通天塔［J］. 中医药文化，2011，3：61－62.

[85]［美］丹尼尔·戈尔曼. 情商［M］. 杨春晓，译. 北京：中信出版社，

2010：353.

［86］［法］古斯塔夫·勒庞. 乌合之众（大众心理学）［M］. 冯克利，译. 北京：中央编译出版社，2004，1.

［87］杨先碧. 应对群体性突发危机应注重心理因素［N］. 学习时报，2010 – 05 – 31（007）.

［88］王杰. 儒家文化的人学视野［M］. 北京：中共中央党校出版社，2000，10：75.

［89］田清. 论孔子以"仁"为核心的人学体系［J］. 晋中学院学报，2011，28（5）：47 – 50.

［90］王杰. 儒家文化的人学视野［M］. 北京：中共中央党校出版社，2000，10：序.

［91］张岱年，夏乃儒. 孔子百科辞典［M］. 第 1 版. 上海：上海辞书出版社，2010. 8：62.

［92］李鼎. 杏苑诗葩——医林诗词和解［M］. 第 1 版. 上海：上海中医药大学出版社，2009：序二.

［93］上海市文史研究馆. 翰苑吟丛［M］. 上海辞书出版社，2008：275.

［94］杨玉良. 寻找中医学的结合点［J］. 中医药文化，2011，3：15 – 17.

［95］［法］伏尔泰. 哲学辞典［M］. 王燕生，译. 北京：商务印书馆，1991，10：319 – 331.

诗文赏析

裘老人学思想研究及诗歌赏析

裘老不仅是享誉杏林的"大医"，在医学领域造诣深厚，同时又有着极高的人文素养，在诗、文、史、哲等方面都有着深厚功底，素有"鸿儒"之称。二者虽然涉及的领域不同，但相辅相成，均是裘老知识体系的重要组成部分，共同构筑起了大师的精神丰碑。

作为中医人，裘老在医学方面的成就自然是研究的首要内容，但如果要全面地了解他的学术追求与人生境界，只了解"大医"的一面远远不够；还必须读其文、赏其诗，特别是悉心体会他晚年对于人学进行深入钻研的良苦用心，深入领略裘老"鸿儒"的风采与情怀，只有这样，大师的形象才是完整和立体的。

能够体现裘老"鸿儒"风范的内容非常多，兹择其大者，分别从文化观、人学研究、诗歌创作三方面进行扼要介绍。

"大道"与"小道"——裘老的文化观

按照现代学科的分类，医学属于自然科学，与人文学科之间似乎并无多少关联，但在裘老看来，学科之间并不孤立，而是有着千丝万缕的联系，他有一个很通俗的观点："文化是大道，医学是小道，大道通，小道容易通。"

裘老这里称医学为"小道"，当然并无任何贬低医学的意思，而

155

是要强调中医学与传统文化之间不可分割的联系。裘老认为，中医学是脱胎于中华文化的，"之所以被称为伟大宝库，也同样除了医学本身的长期实践知识积累之外，它还同古代高度发展的自然科学和哲学的渗透，有着不可分割的关系。"（《祖国医学形成的历史背景》）在谈到中医理论的时候，裘老也特别强调："中医的这些理论，不仅是医疗实践和生活体验的概括，它还同古代各种哲学思想，特别是道家、儒家思想在医学上的渗透分不开。"（《中医理论的光辉特色》）

因此，要想在中医学的领域里有所收获，必须有深厚的传统文化功底，这是裘老反复强调的观点。在一次接受《新民周刊》记者沈嘉禄采访时，裘老明确说过"做一个优秀的医生，首先要成为一个杂家。"结合采访情境来看，这里所谓"杂家"，就是指读书面要广泛，要跳出医学的藩篱，多读一些文史类的书籍，尽量多掌握传统文化知识。

裘老如此重视传统文化绝非偶然，而是他毕生的经验总结。他在晚年，曾写过一篇全面总结自己学术之路的文章《瘦因吟过万山归——半个世纪从事医学的教训》，在谈到自己从事医学的经验和教训时，重要的一点就是："要开拓思想，既要精研中医学，也要读西医书，懂现代医学，还要多读现代基础科学和边缘科学的书籍，古代的文史哲要有一定基础。"这既是他对自己的经验总结，自然也包含了对中医学子的殷殷期盼之意。在裘老工作室成立之后，他给工作室成员开列的书目中就包括四书五经、《古文观止》等，还要求大家背诵，他记忆力又很好，如果听到背错了，就要求重背。

裘老人文功底极为深厚，这一方面与他在年幼时受过传统的教育有关。他在幼时师从著名学者施叔范，对其督促甚严，而他自己也很爱读书，"经史子集，按照顺序来读。《四库全书》在很小的时候就偷偷看了。"（《医术是小道，文化是大道》沈嘉禄）另一方面则与他终身喜欢传统文化，读书不倦有关。他藏书很多，有四十余万卷，其中一部分是医书，大约有三分之一，其余都是各类"杂书"，古今中外皆有，甚至于当下社会中一些流行的文化类书籍也有，如易中天、于丹等的书，裘老都曾翻阅过。他不但对于传统的东西感兴趣，对于现代的、西方的也很有兴趣，看过西方的一些哲学书，像罗素的哲学书，佛教类的书他也多有涉猎。裘老对于现代科学，也很熟悉。复旦大学的校长杨玉良教授以"学贯中西"称赞裘老，在回忆和裘老的交往时就说过，他在开始的时候"对中医学虽还不至于全盘否定，却也存在不少模糊的认识。在和裘老的交谈中，我感觉到，裘老不仅对中医学了然于胸，而且对现代生物医学和现代诊疗手段也十分熟悉。与裘老的交谈，不仅使我加深了对中医的认识，也让我领略了'国医大师'的风采"。

通过这样长期、广泛的阅读，使得裘老的学术视野极为开阔，余瀛鳌先生回忆说：他曾两次听秦伯未先生提及裘老的学术具有"深邃"和"博学"两大特色。深邃来源于深入思考，而博学则得力于广泛的阅读。

关于裘老的博学，有一个典型的例子。现行《医古文》教材收录有《与薛寿鱼书》一文，据段逸山老师回忆，他在编选《医古文》第五版教材的时候，初选的篇目中并无此文，在以初选篇目咨询裘老时，裘老说，记得清代温病大家薛雪逝世后，袁枚曾写过一篇情真意切、激愤慷慨的文章，是难得的佳作。裘老还提示说此文收录在"四部"中，段老师遂按图索骥，果然在《四部备要》本《小仓山房文集》中找到此文，"读之击节赞赏"，如获至宝般地收入教材，一直沿用至今，成为传统篇目。段老师也由此受到启发，开始留意古代文人涉医文章，从茫茫书海中又查选出刘禹锡《述病》、王安石《使医》、宋濂《赠贾思诚序》、吴宽《医俗亭记》等名篇。

广博的人文知识对于裘老在中医学理论的探索上也有很大的助益，他曾多次告诫有志学习中医者："不懂传统文化，就无法真正领会中医学的真谛。"中医学理论脱胎于中华文化，与古代哲学、天文学等有着密切的关系，裘老对此有深刻的认识，他认为"中医理论是将我国民族文化，如哲学、天文学、地理学、社会学、伦理学等相结合，进行概括整理，创立了具有民族特色的医学理论体系"。由此，在探讨医学理论与观点时，裘老总会跳出单纯的医学视角，站在更高的角度来进行审视。比如对于医学理论中重要的"天人相参"理论，裘老认为该理论同古代各种哲学思想，特别是儒家、道家在医学上的渗透分不开，不论是道家的"人法地，地法天，天法道，道法自然"的万物一元的理论，还是儒家"天何言哉，四时行也，万物生也"的天人赞育思想，也都在中医学有关生命现象、生理功能、疾病远离、治疗法则的理论和方法上有充分反应。

事实上，他在医学上的诸多成就，比如伤寒与温病的融合、经络理论、养生理论等，就是在多学科知识的渗透与交叉中悟出的真知灼见。王庆其老师在整理裘老的学术经验时就曾深有感触地说过："我发现老师的独到之处，在于他的一方一药的背后蕴涵着深厚的中国传统文化功底。"

李孝刚老师曾经回忆：在上海第一条环城高架——内环线建成后，有关部门的领导曾经开车带着裘老体验了一下。裘老看完之后说了这么几句话："如果是我的话，上下口的数量不会一样多，下口的数量会比上口多一些。因为交通如同人体的血脉一样，一旦发生异常情况，必然要快速疏通，而如果上下口一样，很容易就造成堵塞。"虽然这只是一个小的事例，但是已经可以看出裘老对于传统文化的理解与掌握已经臻于化境，这些几千年来相传的人生与处世智慧，已经内融于他的生命之中。

"治人"与"治心"——裴老晚年的研究

1. 研究的缘起

众所周知，裴老在晚年将很大的精力投入到"人学"研究之中，除了必要的社会活动和应酬之外，其他时间都在研究人学。前后花费八年的时间，捧出一本《人学散墨》，2009 年 4 月在上海交通大学还举行了隆重的赠书仪式，在医界内外，引起了不小的反响。

"人学"，在人们的印象中，似乎应该是哲学家的研究领域，许多人都很好奇，为什么裴老会在功成名就之后，在耄耋之年还要去做这样一件费事又费力的事情？身为医学泰斗的裴老，倘若继续在医学领域内驾轻就熟地进行探索、培养学生，不是会有更大的贡献吗？

事实上，类似这些质疑的声音，不止来自裴老身边，哲学领域的学者也试图劝止裴老，其基本理由便是："现代社会是有明确职业分工的，医生把病看好，就尽到了他的职责。至于提高社会大众道德水准，提升他们的人格境界，是从事其他职业的人们的责任。"应该说，这位学者的劝解不是没有道理，毕竟术业有专攻，以裴老的身份，再进入一个不熟悉的领域实在是没有必要，而且也面临重重困难。

但是裴老坚持自己的理想，他力排众议，坚持要进行这样一项研究工作。根据我的理解，裴老之所以会坚持要进行这样一项工作，其原因无非就是两个字："热爱。"裴老会有这样的选择绝不是心血来潮，他对于儒学的热爱与兴趣由来已久，虽然《人学散墨》这本书是 2009 年才出版，他自己也说过，为了这本书，花费八年之功，但实际上，这只是他研究成果的最终呈现，而其思索和探究的过程则早就已经开始。

裘老是在旧时私塾接受传统的国学教育，熟读儒家经典，而在经历了多个社会变迁和时代变革之后，他对于孔孟的学说更加服膺与推崇。虽然自"五四"时期起，孔孟的学说就已经被普遍视为传统、落后的代表而并不受欢迎，甚至在"文革"期间，还不断被大肆批判，当时可谓谈孔色变。不过，即便是在如此险恶的环境下，裘老还是以种种方式表达了对儒学、孔孟的推崇之情。

比如他在 20 世纪 60 年代曾写过一首诗：

> 诸夏文明久冷清，于人弃处独孤行。
>
> 神州倘有鸿儒在，愿作弘扬一小兵。

在当时的环境下，居然说"文明久冷清"，还大力称颂"鸿儒"，显然不合时宜。自然，这首诗当时是不可能发表的，因此裘老写好之后一直只能自己欣赏而已。

在 70 年代初的时候，社会上大搞所谓"批林批孔"，裘老当时正主持《辞海》中医学科的编写工作，条目里面有"儒医""儒门事亲""张子和"等词条，倘若按照当时盛行的做法，自应该大力进行批判。但裘老却秉持实事求是的态度，对工农兵医生进行反复解释，终于得到他们的支持，从而在编写中尽量采取较为客观的态度，力争写得正确一点，少受极"左"思潮影响。

还有一件事，也可以看出裘老对于真理的坚持。同样在"批林批孔"期间，学校里先后有两位年轻老师要写"批孔"的文章，都来咨询裘老的意见。即便是在这种政治高压下，裘老依然明确表示反对，他说："我们评议人物，无论吹捧或批判，不稀罕千百人赞扬，只怕一二有识者齿冷。"考虑到当时的时代背景，这样的话不止是"谬论"，而且是大逆不道。事实上，裘老说完之后，也有点后怕，他想万一要被揭发上去，肯定要被批斗。不过，这两位教师都很讲义气，也很厚道，他们听取了裘老的劝告，都没有再写下去，更没有去揭发，和裘老保持着长久的友谊。

"岁寒，然后知松柏之后凋也！"如果说在国学热风行之时，大力倡导儒学，这是许多人都能做到的事情。但在如此艰难特殊的环境下，像裴老这样始终如一，才称得上是难能可贵！这一方面固然是由于裴老秉性刚直，具有不从俗的个性；另一方面，也足以说明他是发自内心地欣赏孔孟的学说。

2. 医学与人学

裴老研究人学乍看似乎是一项跨越学科的工作，但实际上，人学与医学之间并不对立，而是有着密切的联系。

近代医学兴起之后，很长一段时间里，人们往往将医学等同于生命科学，只注意到了生物性的人。但近些年来，已经有越来越多的学者抛弃了这种偏见，而认识到医学的特殊性，"医学不是纯科学，也不是纯艺术，医学是艺术与科学之间一门独特的中间学科……医学是人文科学中最科学的，是科学中最人道的。"复旦大学医学院王卫平教授说，"医学所研究的对象是人类本身，导致人类疾病或影响人类健康的因素不仅涉及自然科学领域，而且也紧密联系到社会和人文科学等领域，通俗地讲，医学是人学。"

与现代医学相比，传统中医学素来强调医学的人文关怀，一向认为医学是"活人之学""人命至重，贵于千金"等。裴老对此有深刻的体悟和认识，他认为中医的优良传统是把医学看作"仁术"，而"仁者，人也"，医生的"仁"不仅要治疗人们在生理上的疾病，更重要的是要使人们懂得为人之道，去掉人心上的毛病。

裴老在《人学散墨》的序言中明确指出："我从事医疗事业已七十余年，向以疗病为职。但逐渐发现，心灵疾病对人类的危害远胜于身体疾患。"为此，裴老形象地比喻说，如果人心成了兽心，虽然人的生理上是健康的，也是枉有"人"之名。如果医生不能挽救沉溺于兽心的人，即便治好了这些人生理上的疾病，在一定意义上只能是个兽医，而中医作为"仁术"，医生不能只是"兽医"，而必须要做"人医"。

裴老不仅考虑到个人身心和谐，而且也关注到作为整体的人类社会存在的固有矛盾：无论是东西方社会，都早意识到了人为万物之灵，是最聪明、最有智慧的生物，远非其他物种所能比拟。然而，人却"对自己的形体、心理、情感的调控和人与人之间的人际关系的处理显得异常笨拙，从历史记载到现状目睹，人群之间，总是那么难以和谐，小则尔虞我诈、明争暗斗，大则白骨千里、尸山血海……"这种混乱的情状恰与人类所自诩的"万物之灵"形成了鲜明的对比。

裴老在《人学散墨·序言》中开宗明义地指出，这本书"是专门论述如何能做一个'合格'的人而写的"。这里所说的"合格"的人当然既包括人的个体，也包括作为整体的人类社会而言。面对种种痼疾，裴老以毕生的经验与人生智慧开出了良方——孔孟儒学。他发现中国传统文化中有许多的精华，特别是先秦儒家学说，孔孟"既发现了人的可贵，又提示我们做人以和为贵的具体规范"，虽然有些具体的做法由于时代的变迁，在后世不适用了，但是"以人为本""以和为贵"等人学原理却是超越时代的精粹，是做人应该遵循的永恒标准，对于个人在社会上生存、进取，国家间和谐相处、人类的未来的创造都具有极大的裨益。

显然，裴老所开的方子不但治心，而且疗世，是一张"济世良方"。从某种意义上看，裴老的这种努力显然是中医学"上医医国"优良传统的延续与发展，在古代天人合一观念的影响下，自春秋时起，医国与医人就被认为是相通，对于后世的儒家学者产生了深远影响，如北宋大儒邵雍所云："一身如一国，有病当求医。"又如南宋大诗人陆游所云："胸次岂无医国策，囊中幸有活人方。"

因此，裴老所潜心钻研的人学，看似是哲学领域的工作，但实则是正是广泛意义上的医学研究，杨玉良校长就敏锐地指出："正是出于'治人'的思想，裴老才会在95岁高龄时撰写了《人学散墨》一书，该书也可称为是一本广义的医书。"

明清之际，山西有一位儒医兼通的大学者——傅山，他有一副

162

对联写得非常好：

> 以儒学为医学，物我一体。
>
> 借市居作山居，动静常贞。

我认为以此联来形容裘老的追求与人生境界是十分恰当的，他何尝不是同傅山一样，希望能将儒学作为治疗世道人心的一味良药呢？

"千古文章葬罗绮"——裘老诗作赏析

裘老是享誉已久的"杏林诗人"，其诗作堪称"中医界的一面旗帜"，同样名医兼诗人的程门雪先生曾以"千古文章葬罗绮，一时诗句动星辰"的诗句相赠，赞许之情溢于言表。裘老的诗名早已超出医界，为社会各界所推重：著名书画家陆俨少先生称其为"沛然诗人"；上海市文史研究馆为庆祝建馆五十五周年编选的《翰苑吟丛》一书收录裘老十四首诗，并对裘老的诗作推许再三；曾任上海市文史研究馆馆长的吴孟庆先生认为裘老的诗作"字里行间透出作者的生活情趣，以及在中医药和传统诗词方面的造诣"。

裘老的诗歌跨度时间长，作品数量多，不仅反映的内容丰富，而且具有很高的艺术水准。"诗为心声"，通过分析裘老的诗作，不仅能了解大师所走过的人生道路，还能更好、更深入地感受大师的内心情怀。

1. 创作概况

裘老从小接受的是私塾教育，裘老在《记爱国诗人施叔范先生》一文中回忆少年读书的情景："凡四子书及唐宋名家的文章诗词均需选读，并要求熟背成诵。"作为旧时私塾教育的重要一部分，旧体诗的写作训练自然不可少，尤其是施叔范先生"能文章而尤擅长诗词"，裘老回忆："我今日能于经史辞章略窥门径，盖得力于先生教育启迪之功。"

虽然学写诗是一件枯燥的事，但裘老却不觉其苦，反乐在其中，并自此吟哦不绝，将诗歌的写作变为终身的爱好。自少年起直到2010年初病卧于龙华医院，还带病写下《病中杂感（五首）》，之后，方辍笔停吟，时间跨度达八十余年。

裘老早年的诗歌创作并无专门收集整理，他在《剑风楼诗稿小记》中回忆到："少年时略涉经史辞章之学，后以饥驱，从事岐黄，杏橘为侣，所学遂辍。虽兴会所至，间有吟咏，自遣情性，未当大雅，故随作旋弃，奚囊检点，十九无存。"可见，他早期的诗作数量并不少，但多散佚，十九无存，这是十分可惜的。因此，裘老诗作中以后期所写居多，大多是20世纪80年代之后所作。

裘老诗作较早进行收集整理的是《剑风楼诗稿》与《剑风楼诗抄》，前者由数十位书法家、画家泼墨助兴，后者由书法家徐伯清小楷书录100首，但二书皆未正式出版，只在亲朋中少量赠送，弥足珍贵。1992年出版的《剑风楼诗文钞》中的诗作部分将《剑风楼诗抄》全部收录。2004年1月出版的《裘沛然选集》中，在下集专列"剑风楼诗集"，不仅将《剑风楼诗稿》与《剑风楼诗文抄》中收录的诗歌全部收录，而且还增加了不少新作，计有192首。

《裘沛然选集》出版之后，裘老陆续又有一些新诗问世，部分曾在各类报刊、杂志上发表。此外，裘老也有一些亲朋酬唱之作，多无专门的记录，因此颇多散佚。目前，这部分的收集工作正在陆续进行。

2. 丰富的内容

裘老诗歌所反映的内容极为丰富，生活中每有所感，都诉之于笔，正如他在《剑风楼诗稿小记》中所言："夫言为心声，歌哭非偶，纪事览胜，亦留雪爪。"要对如此丰富的内容进行分类，总有以偏概全之感。为了方便起见，兹从大体而论，试分为如下几类。

（1）感怀国事民生：裘老晚年转向人学的研究绝非偶然，而是他一贯关注社会、关注民生的人生态度的延伸与发展。裘老曾自言，他少年时就有远大抱负，对于政治、时事极为关心，但当时社会的态势与其志趣不合，遂潜心于医学之中。但他并不因此就完全不问世事，而是始终默默关注国家民族的走向与发展，因此，感怀国事民生的诗作在他的诗作中非常多。正如他自己诗中所言："平生未解吟风月，愿写神州万里春。"（《咏怀》）

在他的诗中，既有抗日战争中家国沦陷、生灵涂炭的惨状："极目狼烟遍九州，洗街屠郭万家愁"；"燐燐碧血照春来，八度花红野苦哀。"（《抗战胜利喜赋》）也有国庆十周年的喜悦之情："尘埃零落古金瓯，忽听歌声遍九州。一路欢红飘节日，东风满地不知秋。"（《国庆十周年又值校庆》）还有庆祝香港回归时的激动心情："旌旗高矗五星红，复土真成第一功。上国衣冠重睹日，港城何处不春风。"（《香港回归喜赋》）更有对大洪水泛滥，摧毁百姓家园的担忧："江涛泛滥古神州，俄起千家万户愁。"（《同政协诸友共庆抗洪胜利》），等等。

值得注意的是，裘老固然关注社会民生，但却绝非随声附和的锦上添花者，在他的诗中，始终伴有几分理智，体现出敏锐的思考与独特的视角。如抗战胜利之后所作的诗作中，在一片狂欢声中，他关注的却是"接收大员"们敛财心切的种种怪象："可怜举国狂欢夜，战骨如山尚未收""昨夜天风机上急，受降新送大官来。"

诗为心声，"笔端留得真情出"，也正是写诗的宗旨所在，他的诗不仅情景交融，言之有物，且深寓忧国忧民之情。如他极为推崇孟轲"民贵君轻"的思想，在《读孟子后作》中对孟子进行了高度评价，社会正义感溢于字里行间，对于国家、对于人类的爱心跃然纸上。

（2）抒发内心情怀：诗歌除了言志之外，还有着极强的抒情功能。熟悉裘老的人都知道，虽然裘老外表看上去望之俨然，非常严肃，但实际上是一个性情中人，内心感情极为丰富，有着独特的诗人气质。他曾在诗中自言"我亦乾坤有情者"，这里所说的"情"，自然范围极为广泛，不论是对国家、民族的热爱之情，还是人与人之间的亲情、友情等，皆在他诗中有真切的反映。

裴老诗中表露对国家和民族的热爱之情极多，如《无题》：

其 一

灯火连宵梦寐长，剑风楼外月如霜。

中华自古多豪杰，祷我炎黄一炷香。

又如他病卧龙华期间的所作的《病中杂感（五首）》中的两首：

其 四

潇潇春雨漠漠天，世事蜩螗难入眠。

老儒拟向炎黄祷，神州儿女要高贤。

其 五

社会和谐百事新，欢摇秃笔写天真。

心光布满潜能后，行见满街尽圣人。

写《病中杂感》之时，裴老已经病卧在床多日，衰疲不堪，这几首诗可说是他的绝笔之作。但他的心里，却依然惦记着民族和国家的未来，虽然裴老并不相信鬼神之事，但他依然在心中向上天祷告，渴望神州大地能够早日回春。自然，他也希望《人学散墨》所宣扬的人学思想能够为社会和谐、世道人心起到有益的作用，让道德滑坡、人心唯危的局面能够转变为"行见满街尽圣人"的理想世界。

除了对国家、民族的大爱之外，裴老对于人与人之间的情谊极为看重。他所看重的美德之中，"孝"是最重要的一个，这是因为裴老对于父母有着很深的感情。在他"茅庐"的卧室中，一直悬挂着父母的照片。他从来都不想为自己过生日，因为在他看来，那天也是母难日，是应该吃斋祈祷的。他有一首《悼母诗》真切地表达了对于亡母的怀念与哀悼：

> 一恸柴门逆子来，桐棺已闭万难开。
>
> 便能鼎祭复何益，偶听乌啼忽自哀。
>
> 老屋霜风摧大数，殡宫夜雨长新苔。
>
> 平生淡漠人生死，悲痛今尝第一回。

这首诗，用词平易浅显，却感人至深，特别是最后一句"平生淡漠人生死，悲痛今尝第一回"，更具有催人泪下的力量。

裘老的朋友极多，三教九流皆有，他的诗中，与朋友酬唱往和、怀念老友等的作品非常多，却绝无应付之作，每首作品，都蕴涵着诗人真挚的情感。像《追怀程门雪先生》《悼念唐云陆俨少二翁》等都是具有代表性的诗作。

（3）畅谈人生哲理：裘老对于哲学极有兴趣，他善于思考，思想深邃，因此，许多诗歌看似平淡无奇，细细咀嚼，却充满了人生哲理。如《论养生》五首，就堪称是此类诗的代表作，兹举其一为例：

> 养生奥指莫贪生，生死夷然意自平。
>
> 千古伟人尽黄土，死生小事不须惊。

读这首诗，时常会让人想起苏轼所作的《赤壁赋》中的名句："哀吾生之须臾，羡长江之无穷。挟飞仙以遨游，抱明月而长终。"人在天地之间其实是极为渺小的，尤其是在历史的长河中，更是芥子一般微不足道。裘老在诗中所发感慨，与《赤壁赋》中的感受是共通的，人的一切问题归根到底不出"生死"二字，贪恋是没有意义的，若能看穿这一点，生死这样的事情又哪里值得牵挂呢？裘老还有一文《养生切莫贪生》，与此诗意旨相近，其中深有感触地写道："万物有生必有死，'生，吾顺事，殁，吾归焉。'贪生是没有必要的，上下数亿年，人生不过度几十寒暑，朝生暮死与存活百岁，不都是白驹过隙！东西数万里，而我只占七尺之地。'寄蜉蝣于天地，渺沧海之一粟'，置身宇宙，不就是蚂蚁一只?"裘老的《论养生》"以诗的形式讲养生之道，将医学和人学结合，充满予人启示的哲理"。

这些观点，旷达中又寓有几分潇洒，其实也正是裘老自己的人生体会。裘老在诗作《小庐》中写道："心为形役到何年，杰阁凌云一抹烟。我自焚香还独坐，小庐尽陋足高眠。""杰阁凌云"指的是唐代的"凌烟阁"，唐太宗曾请大画家阎立本在其中描绘二十四位开国功臣的图像，皆真人大小，时常前往怀旧。裘老此处用来借指功名富贵，在他看来，这些都是"一抹烟"而已，为了这些身外之物而让"心为形役"是极不值得的，虽然自己身处"小庐"，但却有着焚香独坐的悠闲雅致，这才是自己所向往的境界。

(4) 各类生活雅趣：裘老医学之外的生活也很丰富，除了读书、吟诗之外，他还很喜欢下中国象棋、旅游等，各类雅趣在其诗文中也占有不小的比重。

以裘老极为喜爱的象棋为例，他曾与扬州名宿窦国柱手谈过，与名家胡荣华、女子特级大师单霞丽都有过切磋，留下不少趣事。如多年的全国冠军胡荣华大师和裘老下完棋后，风趣地说："裘老您也是全国冠军。"裘老不由一怔，正欲讨教时，"胡司令"又补了一句："是您这个年龄段的冠军。不仅是全国冠军，而且还是世界冠军。"闻此一言，满座皆笑。裘老酷爱下棋，诗中自然少不了有关的诗篇，他有一首诗就极为巧妙地将棋子都嵌入诗句中：

> 火明月黑战场开，又见将军跃马来。
>
> 未必知兵无败局，多因得相是英才。
>
> 西山炮药连天响，震泽雷车动地哀。
>
> 一帅功成观象舞，万千士卒尽成灰。

这首诗构思巧妙，将中国象棋上的棋子都全部收入，更难得的是，读来丝毫不觉生硬，均能抓住每一子的特点而尽情发挥，如"跃马""象舞""雷车"等。而且，由于这首诗是裘老和朋友在苏州西山下棋时所写，故此诗中的"火明""月黑""西山""震泽"（太湖）又将下棋的地点、时间等交代得一清二楚，可谓高妙，令人赞叹不已。

裘老非常喜欢旅游，他去过很多地方，每每在饱览大好河山之余，诗兴大发，佳句频出。他具有敏锐的观察力，即便是被历代无数人吟诵过的景物，也总能另辟蹊径，发现别样的风景，并形象地诉之于笔墨。如裘老曾经多次前往黄山，每次均有佳作，兹举一首为例：

> 云端谁把两峰安，奇境多从雾里看。
>
> 天意为防浩气尽，故开磅礴倚高寒。

黄山最高处为莲花、天都两峰，都高耸入云，而且黄山向来以云雾缭绕著称，裘老此诗不止抓住了这些特点，而且立意高远，大气磅礴，将大自然的鬼斧神工表现得淋漓尽致，可谓不可多得的佳作。大画家陆俨少眼光极高，据说只为李白、杜甫、毛泽东的诗配过画，但看了这首诗，却欣然为之挥墨。

3. 艺术特色

裘老常说："做人要直，做文要曲。"他虽然时常口谦自己的诗是"打油诗"，但实际上他写诗极为认真，绝不马虎。因此，他的诗作不仅数量颇丰，质量也很高，具有很高的艺术性。

（1）文史交融，善于化典：裘老喜欢读书，特别是文史类书籍，更是手不释卷，唐诗、宋词、诸子、百家都曾涉猎，知识极为渊博，体现在诗歌中，就是各类典故层出不穷，信手拈来。有些诗歌，特别是怀古类的诗歌，若非熟悉古代文史知识者，是难于完全领略其妙处的。如1978年，裘老曾经去过一次南京，睹物思情，写出了名为《金陵怀古》的七律：

> 不见当年白鹭洲，谪仙一去亦悠悠。
>
> 旧时燕子寻金粉，昨夜潮声打石头。
>
> 百劫河山烟月冷，六朝人物树云稠。

痴翁饱看湖光了，灯火微茫过莫愁。

这是一首描写景物的诗，但妙处在于融情入景，同时由于南京是历史名城，具有丰富的文化内涵，是所谓的"六朝古都"，曾经出现过无数的风流人物，留下了诸多的遗迹。这首诗中就包涵了不少这样的典故，首联两句就将人带入了历史的思绪之中，借李白曾有《登金陵凤凰台》的名作而起句；紧接着又从唐代大诗人刘禹锡《乌衣巷》"旧时王谢堂前燕，飞入寻常百姓家"与《石头城》"山围故国周遭在，潮打空城寂寞回"中引出颔联；颈联则系从杜牧《泊秦淮》中化出，"烟笼寒水月笼沙，夜泊秦淮近酒家"。由此可见，短短的一首诗里面着实意蕴无穷。

化典是文学创作，特别是旧体诗中常用的一种手法，看似容易，其实并不简单，因为它并非是简单地搬用或者引用典故，而是要在营造意境的过程中巧妙"化用"，让人乍看起来不觉有典，方为恰到好处。纵观裘老的旧体诗中，典故的运用可谓层出不穷，但读来却无生硬之感，可谓臻于"化典无形"的境界。

（2）主文谲谏，沉郁旷达：裘老的诗歌，特别是与时事相关的作品，往往会有所讽谏，这一点，可以说是继承了诗歌史上的优良传统。自古以来，"诗言志"就是心忧国事的知识分子的传统，惯于借助诗歌来委婉地表达内心深处的想法，提出批评或者劝谏，但形式上却很温和，绝不激烈，也就是《毛诗序》所谓的"主文而谲谏"。这样既能起到讽谏的作用，形式上又比较容易让人接受，"言之者无罪，闻之者足以戒"。裘老自小接受儒家传统教育，行事颇有古风，写诗也是如此，绝少"金刚怒目"式的激烈，总是点到为止，更有回味的余地。如《题王午鼎钟馗巡视图》就是一首很巧妙的诗："红尘百丈隐群魔，岂止林岩伏莽多。为使乾坤扬正气，烦公倚剑巡山河。"借助于钟馗慑服群鬼的传说，表达了渴望"乾坤扬正气"的美好愿望。

裘老虽然忧国忧民，但绝不悲观，其诗句固然多有着沉郁的特质，但读来全无沮丧、灰心之感，反充满了旷达的气息，让人心底为之一宽。如《除夕夜读唐宋诗有感》其一："一片春声万户烟，风云雨露尽新鲜。此身行付龙华火，犹贮童心似少年。"许多年纪大的人不喜欢过年，因为这似乎在提示年华老去，但这首诗写作时，作者虽已年高，但却毫无暮色，对于生死毫不挂怀，依然葆有童心，也正是因为这样，故此能抱着欣喜的心情，在岁月的更替中依然能发现新奇之处。

（3）各体兼擅，风格多样：旧体诗讲究格律，其形式主要为五言绝句、七言绝句、五言律诗、七言律诗，裘老的诗作中各体兼有，诗艺极为纯熟，其中尤其以七律居多。虽然在许多现代人看来，写旧体诗是"戴着镣铐跳舞"，思想容易受到羁绊，但裘老对于旧体诗的价值与作用给予高度肯定，认为旧体诗与时代并不脱节，关键在于诗人，而不是诗本身，若能熟练掌握，同样能够"旧瓶装新酒"，容纳新的时代内容。为了反驳某些认为旧体诗"束缚思想""颓唐萎靡"等偏见，他以事实来说话，特意写了多首诗歌来示范。

裘老的旧体诗既遵循音韵、格律的要求，又有着不拘一格的洒脱，其诗作风格多变。在裘老的诗中，既有"茫茫沧海忽桑田，醉墨琳琅写纪年"（《吴县观航空表演兼览名胜》其二）、"是处高风皆浩气，怎能无句过黄山"（《重过黄山》）这样恢弘大气之作，也有嘲弄某人讲课枯燥乏味的诗句："灯光溜碧讲筵开，老佛频频叹善哉"，幽默诙谐，令人莞尔；又有"渡口唤舟衣带水，抚碑无语忆前朝"（《江心寺谒文天祥》）这样凄迷哀伤、充满历史沧桑的感叹；还有"得酒怡然情意足，闲同邻里话桑麻"（《读陶诗后》）这样清新可人，洋溢着浓浓田园气息的妙句……这样多变的风格，而却不觉僵硬生涩，无疑需要高超的艺术表现力和技巧，同时，自也离不开诗人本身的开阔胸襟。

（4）精于炼字，语句优美：裘老素有捷才，虽不敢说七步成诗，

171

但确实可以即情吟诵。2002年11月，他前往卢沟桥纪念馆游览，参观之后，馆方突然拿出纪念册，请裘老题词留念。只见裘老略作沉吟，便挥笔如飞，写下了《过卢沟桥》一诗："丰台炮火卢沟月，碧血燐燐草色新。七十年前家国恨，神州再造伏何人。"又如他去参观陆俨少纪念馆，看着老友的遗作，睹物思人，突然主动索要笔墨，挥毫提下五绝："九州一知己，四海几先生。艺苑论高低，当属晚晴轩。"但是，更多的时候，裘老对于诗歌字斟句酌，极为讲究"炼字"的功夫，可谓"不厌百回改"。他在《论诗偶作》其二中说："功深未必人都识，句好多由血结成。"这可谓是他自己的切身体会。

正由于裘老有着这样精益求精的态度，在诗句的锤炼上下足了工夫，因此佳句频出，许多都广为传颂，如"乍看惊富贵，凝视即云烟"（《赠唐云翁并谢为予咏牡丹诗配画》）、"人从爆竹声中除，诗在梅花梦里成"（《己卯除夕》其一）、"壮不如人今老矣，世犹多病愧称医"（《偶题》）……品读其诗对于读者来说不啻为是一种享受，段逸山先生以"捧读裘老的诗文，犹如咀嚼橄榄，回味馥郁，香甜可口"来形容，可谓形象。

从古到今，许多医家不止精通医术，还以诗文名世，如薛雪、曹颖甫、秦伯未、程门雪等。裘老在《医林艺苑》一文中曾经对此进行过分析："似乎艺术对于中医学家来说，还有一种特殊的联系，因为古代的医家，多半具有很好的文学根柢，他们早年就已经博览经史百家之书，擅长诗词歌赋，书法音律，而后从事医学。"

事实上，这样的分析也完全适用于裘老自己，作为医诗兼通的大家，他不但在中医学领域建树颇丰，而且其诗文在思想内容与艺术表现力上均高度契合，是不可多得的佳作，同样是他留给后人的宝贵精神财富，值得我们研究与学习。

（章　原）

论裘老诗歌的思想意义

裘老是我国著名的中医学家，也是一位诗人。他精通文史之学，年届九旬，仍手不释卷、文思敏捷，笔耕不辍，新作迭出。长期担任《辞海》《大辞海》副主编，为我国辞书学的发展和文化积累殚精竭虑，其功厥伟。他自幼熟读经史，热爱中华优秀文化，对儒学情有独钟、钻研尤深。作为医文兼备的大家，他十分注重对"人学"的研究，谓"医学是小道，文化是大道；大道通，小道易通"。他于古文、诗词功力深厚，行医之余暇常有感而吟赋旧体诗作，积 140 余首，辑成《剑风楼诗集》行于世。书画名家陆俨少、唐云、谢稚柳、顾廷龙、钱君匋、启功、赖少其、胡问遂、周慧珺等均书录其诗稿，诗书双璧，珍为至宝。

1. 旗帜鲜明的爱国主义立场

裘老 1916 年出生于浙江慈溪的农家，少年时跟随叔父学习针灸，另有老师教授国学。严师督责下他学习刻苦，"午夜一灯，晓窗千字，是习以为常的"，医籍和国学文献大都读过，紧要的章节段落均能背诵，自述读书"不敢说破万卷，确实也读得不少了"。中华民族传统文化的熏陶和影响，使青年时代的先生秉承了中国文化阶层"士"（亦即知识分子）的忧国忧民、兼济天下的民族精神和爱国立场，在其诗作中就会十分自然地流露出来。1945 年抗战胜利是件大喜事，艰苦卓绝的浴血奋战把日本侵略者打回老家。30 岁不到的先生以敏锐的目光看到的是侵略者的暴虐和罪行，是侵略战争加在民众头上的深重苦难。他忧愤地写道："极目狼烟遍九州，洗街屠郭万家愁。可怜举国狂欢夜，战骨如山尚未收。"诗中以"狼烟遍九州""洗街屠郭""战骨如山"等战争中特有的鲜明形象揭露日本侵略者惨无人道的野蛮行径，使读者心灵受到震撼。虽然是在庆祝胜利的"狂欢夜"，但战争吞噬了多少人的生命，多少人家妻离子散。作者用了"可怜"两字来概括这种"狂欢"，表示对侵略者的抗议、愤懑和对祖国、人民的深切情感。这种鲜明的立场和民族感情，贯穿于先生的一生，在抗战胜利55年后的2000年初冬，作者到卢沟桥纪念馆参观，当年的情景浮现眼前，激愤之情难抑，写下了《过卢沟桥》七绝一首："丰台炮火卢沟月，碧血燐燐草色新。七十年前家国恨，神州再造仗何人。"炮火、碧血历历在目，国恨、家仇岂能淡忘，奋发进取、富国强民，人人有责、责无旁贷。

裘老深沉真挚的爱国情怀，是深厚的中国文化土壤中孕育出璀璨的精神果实，如同儿女对于父母的感恩和依恋，丝丝缕缕、水乳交融。著名学者季羡林教授说过一句话："每个人都有两个母亲，一个是生母，一个是自己的祖国。"裘老也是把祖国当成母亲的人，他在访问东南亚几个国家时所作的《南行纪事》中写道"行行渐去家乡远，北望神州意未休"。在小序中表述："离家旬日，去国怀乡，缅怀依依。"诵读这样情意绵长、感人肺腑的诗句、词句，怎能不为作者对祖国母亲炽烈的热爱之情所感动感染呢？在新加坡参观访问时，作者的思绪仍然联系着祖国，他写道："泱泱大国尚贫穷，百里方圆称小龙。见说此邦尊孟孔，却因吾道得繁荣。"他从文化、文明这个独特的视角进行国家间的比对，从中得出有益的结论，闪耀着睿智的光芒。

当香港被殖民侵略者霸占百年，在中华民族强大兴盛的年代回到伟大祖国的怀抱，先生的喜悦之情溢于言表，满怀激情地写下《香港回归喜赋》七绝四首，酣畅淋漓、放声高歌："旌旗高矗五星红，复土真成第一功。""百年重整旧山河，举国欢腾胜事多。"称颂党和政府、邓小平等决策者高瞻远瞩，运筹帷幄："两制同存庙算高，八方咸集息惊涛，止戈已使南畿定，树信方看北斗高。"裘老在诗作中流露的对祖国一往情深的感情，把民族利益放在至高无上的位置，为年轻一代树立了学习的榜样。

2. 弘扬以人为本的人文精神

在裘老的诗作中，我们能强烈地触摸到他关注民生，强调以人为"主体"和中心，尊重人的本质、利益、需要的人文精神的脉搏。他提倡以仁为本、以礼为节、以义为衡，树立正确的义利观、仁爱观，在提高人的道德和知识的基础上，共同构建一个和谐、富裕、繁荣、幸福的社会。先生在《读〈孟子〉后作》的诗中写道："千秋卓荦孟夫子，粪土君王一布衣，独创以民为贵论，直呵唯利是图非。"从掷地有声的诗句中我们可以感受作者对孟子民本思想的推崇和批评错误义利观的赞同。在古代的思想家中，先生服膺孟子，他认为"孟氏所倡导之民贵君轻'老吾老以及人之老、幼吾幼以及人之幼'与天视即民视、天听即民听的人民至上思想"，孟子的"反对暴君虐民'闻诛一夫纣'的君臣观，以及'富贵不能淫，贫贱不能移，威武不能屈''说大人则藐之'的高尚品格，等等"，这些言论"可以震烁古今、惊天地而动鬼神，洵为千古不易之论，为中华民族之精神文明奠定光辉典范"。先生认为："孟子的义利之辨，其所谓'义'，即指人民、国家和集体利益，当然也包括个人合理应得之利；其所指斥的利，乃指挥霍、浪费、贪污国家和集体财产而损公肥私者。此一名论，实为治理国家兴衰之关键。"先生深刻阐述孟子思想中的精粹，并指出对今天建设文明、和谐社会的借鉴作用，这是非常有意义的。他在诗中赞颂孟子"公使乾坤留正气，七篇照眼尽珠玑"。

裘老所张扬的以人为本的人文精神，还蕴涵在对民主精神的呼唤和消弭纷争、人与人之间团结友爱、施仁行义的企盼上。他在2000年跨入新世纪的"己卯除夕"，爆竹声繁、心潮难平。感慨"发白如许，而忧国爱民之心今犹昔若，情怀耿耿，夜深无眠"，写下两首七律。在讴歌"神州风物正新鲜""醉墨琳琅写纪年"的同时，也不无忧虑的提出"德赛先生到来未"的问号。他提醒人们

"记着忧危好着鞭",希望国家在民主政治和科技文化等方面有更快的进步,用"到来未"设问,含蓄里表示出不尽如人意的倾向,这也恰如其分地反映出社会现状和民众的呼声。在《读〈论语〉后作》一诗中,他意味深长地写到"四海皆兄弟,嘉言万古新""谁将忠恕义,化作五洲春",希望人类和平相处,共同分享美好幸福的生活。先生这种情深意切的人文关怀,还体现在日常生活的小事上,1981 年元旦前一日移居新宅,感受颇多,写下一首五律,尾联写道"时思居处厚,还复念苍生",其意境与杜工部的"安得广厦千万间"同样的深沉感人。

3. 实践大医精诚的医德楷模

裘老是位善治疑难杂症的中医临床学家,在他的诗作中不少是与他的医学生涯有关的。他恪守"医乃仁术"的古训,实践大医精诚的医德准则,严谨治学,精心临诊,不断学习,与时俱进。他在《书怀并示王庆其》一诗中写道:"治学从来亦苦辛,勤求博采岂谋身。平生我被浮名累,误己何堪更误人。"他在《瘦因吟过万山归》这篇总结从事医学教训的文章中谈到,开始对叶香岩所说的"医可为而不可为,必天资颖悟,读万卷书,而后可以济世,不然,鲜有不杀人者,是以药饵为刀刃也,我死,子孙慎勿以言医"并不很以为然,而到行医五十年、经过艰难困苦的挫折以后,越来越觉得香岩的话是语重心长,是毕生行医经验的总结,"仁人之言,其利薄哉"。裘老治过无数疑难杂症,屡起沉疴,活人无算,但他从来没有说过一句自满的话,常常慨叹人体和天体是两个最复杂的系统,人类对其探知甚少,需要研究和破解的问题多多,在诗作中经常有这样的诗句。在《偶题》一诗中他这样写道:"学如测海深难识,理未穷源事可疑。""壮不如人今老矣,世犹多病愧称医。"在《名医摇篮出版感赋》中写道"医道难明须砥砺,良机易逝要精研"。在《赠李鼎医师》一诗中,他更深切地抒发内心忐忑不安的心绪:"是君能解灵枢意,惟我犹存石室疑。如此人天藏奥秘,晚年何敢侈谈医。"在上海文史研究馆迎新会上他有感而发、吟诗一首，其中两句是："自觉庸医非国手，民犹多病愧衔杯。"从这些自谦的诗句中，我们窥见名医大家对医学知识和未解之谜孜孜探求的执著精神，我们看到了诗作者虚怀若谷、尊重他人、永不自满、博采众长的宏阔胸怀。

名医的成才之路就是永不知足，就是不断地读书学习、追求新知。沛然先生"青衿之岁，高尚兹典。白首之年，未尝释卷"。一辈子以读书、写书为乐。他对孙思邈形容的读书三年，天下无不治之病，而治病三年，天下无可读之书有着感同身受的体会，而在浩如烟海的典籍面前，他以"弱水三千，我只取一瓢饮"来抓住重点，他遵循治学要"猛火煮、慢火温"的古训，条分缕析、领悟精髓、举一反三、触类旁通。他在诗中常勉励自己要读书，通过读书增长知识、提升学术："开卷始惊天地大，扪心转觉见闻疏。"他谆谆告诫学生晚辈要读书、明理："要向行间辨鲁鱼，医经训古恐难除。理明合在文通后，岂有名家不读书。"他劝勉友人同事要读书、精研、博采新知："古训勤研宜致密，新知博采要精研。"

提携晚辈、扶持新人，这也是医家高尚医德的重要体现。在现实生活中，沛然先生培养了一批研究生，在临床也带教指导一批学生。他热切期望年轻一代中医迅速、健康地成长起来，把博大精深的中医药学传承下去、发扬光大。在诗作中也大声疾呼，急切之情洋溢于字里行间："焰续灵兰绛帐开，神州佳气拂兰台。老夫头白豪情在，要看东南后起才。""秘钥灵兰谁启得，老夫拭目望云天。""吾侪头白心犹在，要看中华命世才。"有裘老这样中医前辈的关爱和扶持，中医的后起之才、命世之才一定会不断涌现，中医药一定能薪火相传、生生不息。

4. 神妙瑰奇的中医养生观

裘老年届九十高龄，耄耋之年的他仍然耳聪目明、思路敏捷、步履稳健、行动自如，能写蝇头小楷，聚会交流时谈笑风生、妙语如珠。旁人羡慕他健康的体魄，皆垂询其养生经验，先生风趣地说

"我很惭愧，不会打球、游泳、跑步，如目前流行的太极拳、健身操等都懒得去练习。至于静功，如气功静坐、老僧禅定，以及道家的守祖窍、炼丹田、大小周天等等，也没有这样的雅兴；什么食品营养、药物调补等，也无意尝试；庄生所说的'熊颈鸟伸'的呼吸延寿法，从来没有搞过，还有什么秘诀可言？"

沛然先生带有调侃意味的话语，并不否定养生的重要性，并非没有养生经验可言，先生是从另一个侧面对养生的理论和实践做深层次的思考和探究。他写过一组以养生为内容的诗，也写过关于养生的文章。其中一首诗是这样写的："养生奥旨莫贪生，生死夷然意自平。千古伟人尽黄土，死生小事不须惊。"这首诗对养生理论中至关重要的精髓部分做了概括：即养生首要的是不贪生，要有旷达的思想与淡泊的胸怀，要确立正确的生死观、生命观。宋代张载说"生吾顺事、殁吾归焉"，沛然先生认为万物有生必有死，自然规律不可违逆，不可贪恋也不能回避，千古伟人最终也要成为一抔黄土。因此面对生死应"夷然""意平""不须惊"，人生如沧海一粟、过隙白驹，应当考虑多为社会做好事，做善事，济世救人、助人为乐；荣华富贵是过眼烟云，不要利欲熏心，为谋一己私利劳神费力。这样心胸坦荡、正气浩然、精神洒脱、气血调和则疴疾不染，身体自然也会健康。沛然先生在养生诗中这样写道："心无惭疚得安眠，我命由吾不在天。利欲百般驱客老，但看木石自延年。""人间万事且随缘，处处施仁寿有权。养得一身浩然气，春光布体日星悬。""终自助人为乐好，世情看淡即天书。"这种视死生为小事、心无惭疚，以身心健康服务社会，不拘一己为重点内容的养生观，既是中国具有文化和科学知识的文人、学士的传统，同时又是中医养生理论在实践中的结晶，中医经典著作《黄帝内经》中就有过精彩的描述："恬惔虚无，真气从之，精神内守，病安从来。"沛然先生是深悟其中真味的。在上述这一组诗句中，还蕴涵着先生对养生的理念"全神"的思考。"精、气、神"是中医学论述生命现象的内容之一，是生命活动所依赖的三大主持,喻为人身的"三宝"。"全神"即重视修身养性,澄心息虑,积德行善,保持宁静安乐的心态,达到至善至美的境地。沛然先生在诗中提到的"万事随缘""世情看淡""助人为乐""养得浩然气""施仁寿有权"等都是中医养生中"全神"理论的诠释,应予领会。

裘老对于养生另一个重要观点是识度和守度,过与不及都会给健康带来影响。先生的养生诗是这样写的:"饥餐渴饮七分宜,海雾龙腥不足奇。益寿金丹非药石,休教病急乱投医。"这里讲到的"七分宜""不足奇"正是对人的合理饮食的一种"度",有的人喜欢暴饮暴食,有的人偏好山珍海味、嗜食无度,这是违背养生规律的,也是同中医养生理论相悖的。唐代名医孙思邈对饮食养生提出要"饥中饱,饱中饥",意思是饮食要适度,不能过饱也不可过饥。中医典籍有"膏粱厚味,足生大疔"一说,从另一侧面说明饮食的过度和无度给人体带来的危害。先生在《识度与养生》一文中对"度"的把握做了精辟的阐述,他说:孙思邈提倡的"饱中饥,饥中饱"就是饮食之度,华佗指出"人体欲得劳动,但不当使极耳"是劳逸之度,《内经》载起居有常,不竭不妄,是房事之度,《论语》曰"惟酒无量不及乱"是饮酒之度;另如"乐而不淫,哀而不伤"是悲欢之度,"君子爱财,取之有道"是理财之度,"己欲立而立人,己欲达而达人""己所不欲,勿施于人"是精神文明之度,"仰不愧于天,俯不怍于人"是做人之度。先生平时言行均以此为准则,严格掌控,不逾规矩。如吃饭从来就是"七分饱",再好的美食,他能抵挡诱惑、浅尝辄止,余者皆然,故能益于养生。

5. 浓烈厚重的人间真感情

中国古典诗歌的一个核心内涵是感情的抒发和描写,"桃花潭水深千尺,不及汪伦送我情"是友情,"谁言寸草心,报得三春晖"是母子之情,"劝君更尽一杯酒,西出阳关无故人"是离别之情,"在天愿作比翼鸟,在地愿为连理枝"是纯真的爱情,"独在异乡为

裘沛然人学思想研究及诗文赏析

异客，每逢佳节倍思亲"是思乡之情。沛然先生的诗承继了中国诗歌艺术的传统，浸润着浓烈厚重的人间真情。他早年写过一首《悼母诗》，其感情的炽烈令人动容："一恸柴门逆子来，桐棺已闭万难开。""平生淡漠人生死，悲痛今尝第一回。"裘老对母亲感情极深，他"少年离乡，就读沪滨""身为饥驱走道途"，母亲染疾病重直至不幸去世，他都没能在慈母身边侍奉尽孝，因此常怀歉疚之心，每念及此，悲痛不已；他经常与人讲的一句话是"树欲静而风不止，子欲孝而亲不在"以排遣他对母亲的思恋之情。先生对于亲情的眷顾，还表现在对引导他走上为医之路的叔父汝根和导师施叔范的怀念上，他在《杭州谒叔范先生》中有这样的诗句："一任年华似水流，沪滨见后又杭州。""莫伤鬓影为诗老，沧海门生也白头。"对幼时的艰辛、对导师的敬重，以及在旧时代难酬壮志、任看年华逝去的无奈，流露在诗句的字里行间。先生在回忆文章中也写道："我少年在学校上学，当十三岁时即于念书之余跟叔父汝根学习针灸，吾叔为广西名医罗哲初先生弟子，他对我的学习督责很严……叔父初不以医为业，因求诊病人颇多，我有暇就经常侍诊左右。"文章还写道："家中还另请老师教授国学，不管我理解与否，总是要背得朗朗成诵。"这位老师就是姚江名师施叔范先生。有了这两位引路人，裘老走上了儒医相兼的人生之途。

　　裘老长期在上海中医学院系统从事临床和执教工作，结交了一批志同道合、情谊深厚的师长、同事与朋友，在他众多的诗作中，有不少是吟诵真诚深切的友情的。程门雪先生是上海中医学院首任院长，医文俱佳，德技双馨，是沛然先生的老师兼朋友，两人互以诗作酬唱。《追怀程门雪先生》一诗就是两人友谊的见证，诗前有一段情深意切的小序："门雪先生为近时医学名家，并以擅书法、能诗文见称于世。与予共事二十余年，备受青睐，晚年同遭坎坷，形影相随。今程老谢世已久，回首前尘，感伤何似。"诗是这样写的："风谊兼师友，医高老更成。茶烟连笑语，灯火话平生。莫问前尘事，谁知后世名。斯人难再得，何计学忘情。"师友情谊通过茶烟、灯火、笑语等生活细节，展示了两人淡然名利、忘我物外的共同志向，发出知音难觅的感慨。程门雪先生生前也曾赠诗沛然先生，其中有"一时诗句动星辰""我辈于今要此人"的赞许之句，两人相知之深于此可见一斑。杨永璇教授是针灸学方面专家，先生与他共事日久，友情深笃。在杨永璇医师不幸过世后的追悼会上，先生写下一首七绝："石火光中老泪辛，良医遽逝倍伤神。平生知己无多在，又向炎天哭故人。"短短四句深沉的诗句，把沛然先生当时悲伤的情绪、对友人不舍的情感如山泉出谷似的喷涌出来。吕炳奎是新中国中医药事业的领导人之一，20世纪80年代的一段时间内，先生与吕炳奎交往较多，识见相同而意气相投。当时吕炳奎对中医发展的方针政策与他人持些许不同见解，因而处境堪忧。先生得知这一情况后，写下两首七律，诗句悲壮激昂、使人感奋。诗前的一段序言耐人寻味："吕老长期负责中医工作，力主继承为发扬之本，反对浮夸之科学整理方式，由此屡遭讥谤，其志可钦，而其事可哀，爰赋小诗慰之"。诗写道："轩岐坠绪日滔滔，力挽狂澜不屈挠。四十余年心力瘁，可怜吕叟独贤劳。""焰续灵兰绛帐新，明堂事业费精神。杏林异日春光满，耿耿孤忠属此人。"在此作者不计个人安危、直陈己见，为朋友仗义执言，无私无畏、赤胆忠心，令人敬仰。

裘老在从事医疗诊务和文化建设的活动中，结交了许多文化界的名人，与他们结下深厚情谊和翰墨因缘，在先生的诗作中，有不少是吟诵这方面内容的。在《奉寄陆俨少翁并谢为拙句赐书作画》的诗中有这样的句子："我句犹如纸上尘，得公着墨始堪珍。""晚晴轩外春无际，何日论文与比邻。"两位学者以字画的交流评论，架起了友谊的桥梁。书画大家唐云与先生的结识有一个生动的故事，是各自渊博的学识和厚实的儒学功底，使两人互相尊重、仰慕，先生在《奉寄唐云先生》一诗中写道："公挥彩笔名天下，我愧虚声着白衣。垂老相逢或天意，同为逝者拾珠玑。"后来陆俨少、唐云先后去世，先生悲痛不已，写了《悼念唐云陆俨少二翁》和《富春江悼唐云》等悼亡诗，以哀婉凄怆的笔触抒发胸臆，"忍看侠骨火中飞，薄海同声叹式微"。"寒窗昨夜看遗稿，百丈精光自不磨"。"难忘死生知己感，富春江畔哭唐云"。从上列诗句中能够体会到先生对这两位故友真挚感情，高山流水，情深谊长。

无论是中国的传统文化，还是现代文明，都要求提倡树立正确的生死观、生命观、价值观和伦理观。我们在吟诵裘老的诗句时，可以从中汲取到这些方面的丰富而又甜美的乳汁，从而在精神食粮的哺育下提升我们的整体素养、文化层次和品位。

（上海中医药大学原党委书记　张建中）

神州再造仗何人

——读裘老新诗

2002 年 11 月 18 日，在我校（上海中医药大学）举行的"著名中医学家程门雪黄文东百年诞辰纪念大会"上，我校专家委员会主任裘沛然教授以"八八"高龄和刚扭伤腰肌的病痛之躯，亲临大会发表演说，缅怀先哲，鼓励后学，还为捐赠文物的程黄两氏后人及朋友们颁发证书，体现了一位德高望重的中医界前辈谦逊厚道，尊师重友，对中医事业发展倾注毕生精力的高尚品行和热切之情。

其时裘老与我座位相邻，不时和我"窃窃私语"，谈兴甚浓，间或还用笔在纸上即兴写上几行文字。说到程门雪先生的乐育人才，奖掖后进，他以感激的心情回忆过去程老赠他的一首诗，其中两句："华年锦瑟须珍摄，我辈于今要此人。"又说到程老在赠张镜人教授诗中还念念不忘于他："犹喜剑风残客在，瘦吟同借一枝新。"（裘老的诗集以剑风楼定名）这种殷殷的厚爱期望之情，使他终生不能忘怀，并深感惭愧。谈到程黄两老的文学修养、书画诗词，裘老感慨良多：造诣精深的大家，于当今的中医界已是寥若晨星了。兴之所至，他随手录下了一首近作：

> 丰台炮火卢沟月，碧血燐燐草色新。
>
> 七十年前家国恨，神州再造仗何人。

裘老说，这是他不久前赴京为病人诊疗后，顺道到卢沟桥观光时，当地纪念馆索句求字，即兴写下的。触景生情，联想翩跹，文思泉涌。卢沟桥是建在北京郊区永定河上的具有悠久历史和独特建筑风格的石桥，始建金大定二十九年（1189年），成于明昌三年（1192年），明正统九年（1444年）重修，后毁于洪水，清康熙三十七年（1698年）重建，是北京现存最古老的石造联拱桥。桥面两侧的石栏上有精刻石狮485个，因其多而有民谚"卢沟桥的狮子数不清"。桥东首碑亭内立有乾隆皇帝题的"卢沟晓月"汉白玉碑。桥东近宛平城，现为丰台区。1937年7月7日日本侵略者发动"卢沟桥事变"，全面进攻中国，驻卢沟桥的29军奋起抗日，第二天中国共产党通电全国，我国军民开始了长达八年的抗日战争。裘老的诗句把这段历史和眼前的景色都巧妙地概括化裁进去，末句表达了他的爱国忧民思想，以及对中国共产党领导的八路军、新四军在抗日战争中取得辉煌战果和其后解放全中国、建设中国特色的社会主义等辉煌业绩的热烈赞扬和钦佩之情。时值中国共产党十六大胜利召开，新世纪将"再造"新辉煌，欣喜期盼之情溢于言表。

裘老的律诗和绝句已臻炉火纯青，当代中医界罕有其匹。字亦铁划银钩，力透纸背，俊逸清雅，殊堪品尝。

（张建中）

岂有名家不读书

要成为中医的名医、大家，熟读中医典籍，继承数千年来历代医家积累起来的学术精粹，是其必备的条件之一。环顾当今杏林翘楚、岐黄巨将，哪一位不是满腹经纶、学富五车？裘老年届九十高龄，耄耋之年仍读书不辍、著书不断，为中医再树立了榜样。他一辈子淡泊名利，陋室高眠，嗜好即是读书、写书、买书、藏书。在他所写的诗句中，充溢着对祖国文化的热爱、对传统医学的褒扬以及对年轻一代中医人读书的热切期望，他在《为＜医古文知识＞创刊五周年作》的七绝中写道：

> 要向行间辨鲁鱼，医经训诂恐难除。
>
> 理明合在文通后，岂有名家不读书。

起句说的是中医学者要能读通古籍，要对版本源流有所了解，对错讹脱漏的情况能够掌握。"辨鲁鱼"，是指医籍线装书竖排本中的字，由于刻印粗疏会出现"鲁"字和"鱼"字的误读、误判，这需要读者的学养和学问的功底来正确地辨别。文字读通、读正确，才能正确领会其道理；文句读不通，读成破句，差之毫厘，谬以千里，所以"理明合在文通后"确是至理名言。"训诂"，也叫"训故""诂训""故训"，是指解释古书中词语的意义。用通俗的话来解释词义的叫"训"，用当代的话来解释古代词语或用普遍通行的话来解释方言的叫"诂"。"医经训诂"是中医学传承的桥梁，是年轻的学生和中医师进入中医殿堂的门径，只要中医学存在和发展，这道门槛"恐难除"是没有疑问的，"绕道走"或者"走捷径"也很难做到。唯一的出路是要多读书，读通、读懂、领会、应用医经中的义理精华。诗的结尾高屋建瓴、铿锵有力，给人以警醒和力量。

裘老在同题目下第二首绝句中进一步阐发读书、读医经典籍的重要意义。

> 宝库多藏载籍中，爬罗剔抉换新容。
>
> 医林他日高峰峙，文字应居筚路功。

"宝库"一词来自毛泽东的批示"中国医药学是一个伟大的宝库"，而它的体现形式之一是大量丰富的医经典籍，需要当代中医人去消化、吸收、发扬、创新。"爬罗剔抉，刮诟磨光"的出处是唐代散文大家韩愈的《进学解》。"爬"是"爬梳"，"罗"是"搜罗"，"剔"是"区分"，"抉"是"选择"。韩愈说的是培养人才。裘老借用在对医经典籍的研究应用非常贴切，只有这样，中医学习才能既继承传统，又能"换新容"得以创新，进而出现新的高峰，在这一发展进程中文字作为传承知识的载体，其功甚伟，不可埋没。"筚路蓝缕，以启山林"，意思是坐着柴车、穿着破旧衣服去开辟山林，形容其创业的艰辛。这里用"筚路功"来肯定中医薪传中文字典籍以及中医学者的功绩，既贴切，又传神。

（张建中）

诗文赏析

又向炎天哭故人

裘老与杨永璇医师的友情深笃，见之于一篇文章一首诗。文章收录在《裘沛然选集》中，题目是《杨永璇生平及其著述》。在文章的结尾，裘老写道："平时埋首学术之中，对笔墨应酬常感厌倦，故登门索序者虽多，苟非至好，常婉辞以谢。然而这是先生临终时的嘱托，我不可以不写。"一首诗收录在《剑风楼诗文钞》中，题目是《杨永璇医师追悼会口占》，诗是这样写的：

> 石火光中老泪辛，良医遽逝倍伤神。

平生知己无多在，又向炎天哭故人。

首句是裘老参加追悼会时心情的流露，"石火"是敲石所发的火，在这里喻指人生短暂，古人有言："人之短生，犹如石火，炯然以过，惟立德贻爱为不朽也。"面对挚友的逝去，裘老想到人生如石火之一瞬，不禁凄然、潸然，流下辛酸的泪水。尤其是像杨永璇这样的良医、名医，忽然的辞世怎不使人黯然神伤、倍加痛惜呢？

裘老在应杨永璇临终嘱托所写的文章中称："杨永璇先生为沪上针灸名家，这是人所共知的，他对于中医理论也有较深造诣，则知之者并不太多。""杨老平生为人忠厚淳朴，待人接物，出以真诚……对待病人则认真负责，虽年迈多病而犹坚持工作。"裘老评价杨永璇的著作"有其独到的心得体会，既有理论、又有验案，其中有不少内容可供医界同道参考和学习"。对于杨永璇医师的学术成就，《上海卫生志》有这样的评述：杨氏善以四诊合参，尤重脉舌，并运用穴位压痛等方法辅助诊断，形成独有的"针灸经络诊断法"，处方选穴则重视调理脾胃，扶佐正气、治病求本，对肝、心、肺、肾等脏腑疾病用不同的健脾方法治疗，疗效显著。对疑难病治疗常以针罐齐施、针药并用，内外同治、针罐结合，获得最佳疗效。积数十年经验，总结针灸疗法十二句口诀："针灸疗法，重在得气，得气方法，提插捻转，提插结合，捻转相联，指头变化，大同小异，虚实分清，补泻适宜，纯熟之后，精神合一。"因此，裘老以"良医""针灸名家""较深造诣"对老友作概括性的评价是十分恰当的，也映照出裘老知人之深，待人之诚的品格。

诗的三四两句更深一层地表达作者对逝者的怀恋之情。"平生知己"日渐凋零使生者感到悲痛，哲人云"平生得一知己足矣"，知己难得，弥足珍贵，现在又失去一位，追怀往事，忧伤落泪。作者以"又向炎天哭故人"作结，感人至深。这里的"炎天"有两种解释：一是指南方，《吕氏春秋·有始》谓"南方曰炎天"。二是指夏日。裘老的诗未署年月，裘老的文章署1981年10月，可知杨永璇去世的日期约在 1981 年的夏秋时节，故曰"炎天"。读裘老最后一句诗时，不由得想起鲁迅先生《悼杨铨》诗中的一句"又为斯民哭健儿"，异曲同工，其力透纸背的深沉、深厚、深切的情感动人心魄。

（张建中）

如何珍重此新天

——读裘老的诗有得

读裘老的《剑风楼诗钞》，有一股浓烈的情感感染着我，使人怦然心动，这就是他对中医事业、对中医教育事业、对上海中医药大学的深切感情，由此而及的是对中医人才的殷切期望。请看他写的《题〈名医摇篮〉出版》，是多么的情真意切：

杏苑当年绝可怜，如何珍重此新天。

奠基谁识前人苦，续绝唯望后起贤。

医道难明须破砺，良机易逝要勤研。

高歌青眼吾今老，记住忧危好着鞭。

首联是新中国成立前后中医境况的鲜明对比。裘老是旧中国过来的中医学者，曾在上海中医学校就读，后悬壶沪上。旧时代对中医的歧视、中医工作者行医的艰难和生活的拮据，裘老有切身的感受。旧社会中医教育的凋敝和办学的艰辛，裘老也是亲见亲历的，因此他以高度凝炼的笔墨做了概括，"绝可怜"三字足以使人情动于中。新中国对中医工作的重视，对于中医界来说犹如拨开云雾见到灿烂的艳阳，用"新天"来形容十分贴切，经受过磨难和坎坷的人自会格外珍惜来之不易的巨大变化。前人栽树后人乘凉，奠基垒土胼手胝足也是为后人从荆棘中开辟出一条道路来。这里也使我想到张江新校区建设中一批吃大苦、流大汗、忍辱负重、刻苦耐劳的奠基者们的贡献，正是有了这样一群令人崇敬的中医事业的继承者和开拓者，才能使传承了数千年的国粹——中医——续绝有望、发扬光大。裘老谆谆告诫年轻一代的中医人一定要"记住忧危"，看到危机和潜在威胁，自觉地砥砺奋发、抓住机遇、快马加鞭，丝毫不能懈怠松劲。诗中的"高歌青眼"是个典故，晋阮籍能为青白眼，常以青眼对所器重的人，后来就以"青眼"称对人喜爱或器重。杜甫有"仲宣楼头春色深，青眼高歌望吾子"，裘老的这句诗就是由此化裁而出，表达出他对中医人才的渴望、爱惜和精心培养的赤诚之心。裘老在他的诗作中，多有这种企盼之情的热切流露，《在上海文史研究馆迎新会上》一诗中，他强烈呼唤人才的脱颖而出：

> 共盼春光夺目来，兴邦须待百花开。
>
> 吾侪头白心长在，要看中华命世才。

在《示严世芸与及门诸子》一诗中，他满怀激情地写道："老夫头白豪情在，要看东南后起才"。裘老以九十高龄，仍宵衣旰食、孜孜不倦地为中医事业的繁荣发展而贡献智慧和力量，他对后继者的企盼、渴求、呼唤，是在用模范的行动对"如何珍重此新天"的最好诠释，是为中医事业后继者们树立的榜样和典范。

（张建中）

千秋卓荦孟夫子

——读裘老的诗有得

旧体诗是中华民族传统文化的重要组成部分，是中国文学中具有形声俱美和情理交融的一份精神财富，按其内容可以粗略地分为叙事、抒情、酬答、论理等几个类别。每个项下还可细分，如记叙可分记物、记事、记人、记景等，抒情则可分怀古、羁旅、怀人、闺思，酬答则有代简、答谢、留别、送别，论理这一类中则有论诗、论学、论政、论人生、论古人甚至论禅，等等。在裘老的《剑风楼诗集》中，论理的诗作不少。其《读〈孟子〉后作》是一篇论理的优秀诗作。诗是这样写的：

> 千秋卓荦孟夫子，粪土君王一布衣。
>
> 独创以民为贵论，直呵唯利是图非。
>
> 育才先辨人禽界，止战宜消杀伐机。
>
> 公使乾坤留正气，七篇照眼尽珠玑。

孟子是战国时期的思想家、政治家、教育家，他把孔子"仁"的观念发展成为"仁政"学说，提出"民贵君轻"说，阐述了儒家的重民思想，认为残暴之君是"独夫"，人民可以推翻他。他反对武力兼并，认为只有"不嗜杀人者"才能统一天下，他极力主张"法先王""行仁政"，恢复井田制度，省刑薄赋。他充分肯定人性生来是善的，都有仁义礼智等天赋道德意识，提出养心寡欲的思想，要求"反求诸己"，排除感官物累，"善养吾浩然之气"，使之气"塞之于天地之间"，以达到"仰不愧于天，俯不怍于人"的正大光明的精神境界。《孟子》一书是孟子及其弟子万章等著，现存七篇，是儒家的经典之一。裘老对孟子所提出的思想理念是非常赞同的，对孟子的为人亦钦佩之至。

诗的首联是对孟子的高度肯定和赞扬，"卓荦"两字，"卓"为高超、高远的意思，"荦"是指分明貌。孟子是几千年以来的一位识见高远、品格高尚的人，他虽只是一个未任官职的读书人，却敢于藐视统治者，把封建君主看得粪土一般。"布衣"是布制的衣服，在这里借指平民，古时亦称没有做官的读书人。领联两句概括了孟子思想中两个最具亮色的观点。"以民为贵"亦为"民贵君轻"，出自《孟子·尽心下》中，"孟子曰：'民为贵，社稷次之，君为轻'"。在君权神授、皇权至上的封建社会，能把老百姓摆在最重要的位置上，否定君权神圣不可侵犯的传统，这种崇民抑君的思想确是远见卓识，为旷古所仅有，是有"独创"性的，说这样的话也是要有胆识的，这种民本思想在今天也是具有现实意义的。接下去一句写的是孟子的"义利观"，在《孟子·梁惠王上》中，孟子劝导梁惠王"何必曰利，亦有仁义而已矣"。他认为王和大夫、士、庶人如果都想着自己的利，"上下交征利，而国危矣"。裘老也认为孟子重视义利之辨，其所谓"义"，指的是人民、国家的利益，当然也包括个人应得之利，其所指斥的"利"乃指挥霍、浪费、贪污国家资财而肥私者。此一名论实为治理国家兴衰之关键，假如"上下交征利"，则对国家危害的严重性不言而喻。裘老还在《经济全球化时代儒家思想的价值》一文中指出，儒家"以义制利"思想有益于化解人与人、人与群体间的矛盾。他在《"人学发凡"内容提要》一文提出了"以义为衡"的论点，认为"义"是处理事物至当不易的称谓（义者宜也），它随着时间、空间、世界所有事物的变化而采取合情合理、应取应舍的判断和行为，充分肯定了孟子的"义利观"在当今社会的借鉴意义。

颈联讲的是"育才"和"止战"这两个孟子所强调的重要论点。孟子认为人性生来是善的，关键是如何教育他们，所以他多次向君王提议办学校，"谨庠序之教"，提出有所谓"不虑而知"的"良知"和"不学而能"的"良能"。同时他也十分重视环境和教育对人的影响，反对"居逸而无教"。他主张尽心知性知天，并把"知天"看成是尽量扩充本心和发扬善心的过程。他提出"学问之道无他，求其放心而已"，把治学和认识归结为找回散失本心的心性修养问题。他归纳君子用来教育人的方法有五种：有像及时雨那样化育万物的，有帮助培养成全其优良品德的，有多方诱导发展特有才干使其成才的，有解答学生提出疑难问题的，有拿自身的品德学问影响他人自学获得成功的。这些育人的观点和教育方法，针对人与动物的区别，从人的本性和特点出发，是确当和有效的，对我们今天的教书育人、培养人才，仍有启迪作用。至于主张行王道仁政，反对战争杀伐，则是孟子的一贯的主张。渴望和平，消弭争战杀戮，自古以来一直是民众的愿望和期盼。在当今世界，孟子所倡导的这一点，无疑仍会得到中国乃至世界上绝大多数民众的支持和赞同。

诗的最后两句做了总括：孟子的学说在中华文明发展的长河中留下了绚丽多姿的浪花，他的"善养吾浩然之气"的坦荡，他的"富贵不能淫，贫贱不能移，威武不能屈"的坚定，他的"残贼之人谓之一夫，闻诛一夫纣矣"的痛快淋漓，他的"五亩之宅，树之以桑……老者衣帛食肉，黎民不饥不寒"的仁爱之心，他的"强恕而行，求仁莫近"的宽容，他的"亲亲而仁民，仁民而爱物"的和谐，等等，大量治国安邦、修身齐家、和睦相爱的言论和观点，是留给后人的精神财富，正气沛然，塞乎天地，资政育人，益莫大矣。"七篇"是指《孟子》一书共七篇，每篇又分上下篇。七篇文章蕴涵了深刻的思想内核，生动活泼，许多成语、典故、寓言出自该书，因而是字字珠玑，满目生辉。裘老是国学功力深厚的知识分子，他熟读经史，更善于融会贯通，高屋建瓴地从我国优秀的传统文化中采撷精粹，同当代的现实生活结合起来。他经常殷殷寄语年轻一代中医人，要多读一些经典，只有继承好，发扬和创新才有根底。

（张建中）

读裘老《即兴》《书怀》《咸阳怀古》诗书后

裘老去世，忽近周年。时翻读他的《剑风楼诗钞》，总觉得应该再为他补写些"诗解"，似乎这已是接受了裘老交代的任务。过去为他写的"诗解"，裘老不是说我写得不够好，只是嫌写得不够多，没能达到以《剑风楼诗解》专书出版的要求。此前我编写出版的《医林诗词合解》一书，是以介绍裘老的诗篇为主，对此裘老是称许的；今后如能将有关裘老的"诗解"集中起来，再扩充内容，成为《剑风楼诗解》专书提供出版，这将更能称遂裘老的心愿——希望这一工作能取得成果。

这里先选出裘老后期的几首诗做些介绍。

即　兴

春江碧水艳花枝，万虑惟消酒一卮。

看菊须从霜打后，倚栏直到日斜时。

深山大泽初来梦，骤雨飘风乱入诗。

此亦平生畅怀事，年华流逝莫沉思。

"即兴"这一诗题，初时写作"咏怀"，诗中也提到"畅怀"，表明这是表达情怀的诗作。"即兴"是指因时遣兴，表白兴趣，将深沉的情怀兴趣化，有表而出之的用意。诗写于1996年，这正是改革开放的大好年月，"文革"的阴影已经远离，诗人的心情显得非常开朗。起句"春江碧水艳花枝"，将上海的景象形容得很美好。"万虑惟消酒一卮"，一杯在手，万虑全消，这是何等愉快的心情。此句原先作"万事惟凭酒一卮"，自然不如改定句好。"看菊须从霜打后"，知人论世，有如看菊花的劲节，得在经受寒霜之后。"菊残犹有傲霜枝"，此时才显出高尚的品格。"倚栏直到日斜时"，对于时势，就像倚栏观日，不能只看如日方中，还得看到日斜时。"文革"的纷繁人事景象，正使诗人洞察历史的全过程，看透人生的怪现状，从而接续以下的警句："深山大泽初来梦，骤雨飘风乱入诗。"《左传·襄二十一年》语："深山大泽，实生龙蛇。"是以龙蛇比喻非常人物。在"深山大泽"的大环境中开展龙蛇起陆的相争，就像是经历了一场来势汹汹的噩梦。"骤雨飘风乱入诗"，《老子》有语"飘风不终朝，骤雨不终日"。现在倒过来说"骤雨飘风"，用来形容"文革"的长期乱象。十年，从历史的长河来看，仍可说成是短暂的"不终朝"或"不终日"。如说它"入诗"则已是二十年过后的事情了，到了此时，诗人才能以这样超脱达观的心态来表述："此亦平生畅怀事。"这也算是一生中畅展胸怀的经历。"年华流逝莫沉思"，大好的年华空空流失，何必再去沉思。在诗句中常可以正话反说，"莫沉思"不可说是经过沉思之后而不再沉思，而是让思想境界达到更高的层次。

书 怀

诸夏文明久冷清，于人弃处独孤行。

神州倘有鸿儒在，愿作弘扬一小兵。

此诗与上诗写于同一时期，诗题先写作"偶作"，后改成"书怀"，意指记述心志情怀，是一首偶然吟成的七绝诗。"诸夏"指中华各民族，"诸夏文明"就是指中华传统文化，近一百年来久已受到冷清了。裘老本人就是在人弃我取，对孔孟之道的崇奉似乎有点一意孤行，这也是从"文革"运动中接受反面教训的结果。那时对中华传统文化的态度岂止是"冷清"，而是直欲"彻底打倒"和"完全消灭"，其总根子就在于"批孔"。"文革"后，裘老重新诵读《论语》《孟子》诸书，写出《读〈论语〉后作》和《读〈孟子〉后作》各诗篇，旗帜鲜明地弘扬孔孟之道。这之后，裘老以惊人的毅力实践国医医人的宏愿，垂暮之年坚持完成《人学散墨》一书的撰写和出版工作，传播如何做一个"合格"的人的道理。阐发以人为本，以仁为本，用自己的行动来回答所写的诗句："谁将忠恕义，化作五洲春。"要把"人学"的精神推向全中国，推向全世界。"神州倘有鸿儒在，愿作弘扬一小兵"。假如神州大地还存有鸿儒硕哲之士的话，情愿为他做个弘扬教理的部下小兵。这既是裘老对当前社会思想文化沉沦和道德败落的感叹，又可说是表示要为弘扬儒学而写作的宣誓诗。这样一首"偶作""书怀"，其实来得并不偶然，而是经过深思熟虑的结果。此后多年，裘老就沉浸在《人学散墨》一书的思考、筹划、写作、定稿的系列工作中，至 2008 年 12 月此书出版。《书怀》一诗可说是《人学散墨》的前奏，而《人学散墨》则是《书怀》的后续。有了后者，才使我们领会到，小诗的深意并不停留在口上吟唱而已。

咸阳怀古

火落咸阳屋即墟，首功事业竟何如？

三山匪远身难到，二世未终恨有余。

焚坑烟腾旋逐鹿，义旗风卷不关书。

大王魂魄归来日，何处阿房认故居？

此诗写于 1999 年，此时裘老实际已在进行《人学散墨》一书的撰写工作，著述之外偶尔也作诗。《咸阳怀古》一诗，就是配合该书第三章批判秦始皇的暴政而写。"火落咸阳屋即墟，首功事业竟何如？"首联说的是：自楚霸王项羽带兵进入咸阳城后，点起一把火将皇城的众多宫殿都烧成了一片废墟，当年的秦国以斩首级多少来计算军功的皇朝事业，其结果又是怎样呢？"三山匪远身难到，二世未终恨有余"。次联说的是：海中的三神山不能算远，求神仙和不死药的秦始皇始终没有寻到而病死沙丘，接做第二世皇帝的胡亥更没个好结果，遗恨正难以消除。后联"焚坑烟腾旋逐鹿，义旗风卷不关书"。"焚坑"，指秦始皇焚书坑儒事，"坑"，一般读平声，在本句得读作"炕"，去声，才符合平仄韵律。或可将"焚坑"改换成"儒典"，以与"义旗"对举。"逐鹿"指秦亡后失去帝王禄位，随后各地强者起来争逐帝位，说成"秦失其鹿，天下共逐之"。本诗句说的是：焚书坑儒的烟火腾飞之后，旋即"秦失其鹿，天下共逐"，各地举起义旗造反的人与读书不读书是没有太多关系的。将"旋逐鹿"与"不关书"构成对仗句。末联作结语："大王魂魄归来日，何处阿房认故居？"设问秦始皇灵魂回归的日子，从什么地方能辨认出原来阿房宫的旧居呢？

以上诗赋，可代表裘老扬孔、批秦诗作的两个方面，应当结合《人学散墨》来阅读，从而深入理解其以人为本的儒学精神。

（上海中医药大学教授、上海市名中医　李鼎）

石皮灯火纪年华

——裘老赠何时希先生诗

诗文赏析

裘沛然先生与何时希先生为医家丁甘仁创办的上海中医学院（原为上海中医专门学校）同学，1934 年毕业后，从事中医工作已历六十余年。何老先前受聘于中国中医研究院，后期调入我校，为整理程门雪院长遗著及其先人何氏世医的著作多有贡献。何老还出其余力，在戏曲文化遗产方面也有许多建树。出版之丰，受到中医界和文化界的重视。

两老各忙于事，会晤机会不多，1995 年一次相逢后，裘老因有赠诗之作小序说：时希予少年同学，饶有才华。闻以耄耋之年，奋笔著书，蔚然可观。既欣其老而有作，又念昔年同窗凋零殆尽，抚今追昔，感而成句。

石皮灯火纪年华，乍见同惊白发加。

江浦犹存双竹马，东南如此两医家。

千行彩笔山中事，一曲清歌海上伴。

思读灵文醒倦眼，还闻恰绪写筝琶。

首联从当时学校所在地写起。"石皮"，指上海南市石皮弄。学校的灯火记载了过去的年华，一晃已经六十多年了。石皮弄的名称是俗的，经"石皮灯火"这一组合就有诗意，还给人一种击石出火星的联想，形容时间之快，如白居易诗句之"石火光中寄此身"。紧接后句"乍见同惊白发加"，把老友偶然相逢的惊异心情表达得很有层次。前句以"纪"来表示过去的事，后句以"惊"来表明现在的情，通过"灯火""白发"而有具体的形象。

次联根据起句做些铺叙，同样是将过去同现在作对比：那时学校在南市，靠近黄浦江边，记起在江边一起游玩的情景，似乎那边还留存有少年时的"竹马"。到现在老成凋谢，昔日同窗"凋零殆尽"，在东南地区有你我这样两位医家，以见友情的难得。这也是互道珍重。此联句名词的对仗较为灵活，而中间的"犹存双……"与"如此两……"相对是工整的。

三联继续次联作对仗句，变换成从现在写到过去，对得很工整："千行彩笔山中事，一曲清歌海上伴。"现在写上几千行有文采的著作，这是藏之名山、传之后世的大事。回想过去演唱出动人的戏曲，曾经引起了上海文化界和医界的欢腾。就此对何老的"饶有才华"和"奋笔著书"的事有了具体的表述。

末联接着上联写出结语：想阅读你的好文章来醒醒我疲倦的眼睛，因为妙文是能醒神的；还听说你又发挥余兴，写有关文艺、戏曲方面的著作——"思读灵文醒倦眼，还闻恰绪写筝琶"。律诗的末联一般不用对仗，这里却用上对仗句。"醒"字读平声（星），作动词用。"倦眼""筝琶"都是形象用词，用"筝琶"乐器来代表戏曲更显得生动，有如闻其声之感。句中以"思读"和"还闻"表示感情的倾注，与首联的"乍见同惊"相照映。

全诗将过去和现在的情景相互交错，句法变化有致。以此表述长期的交谊，且紧扣老友的特点，写得有色有声，富有韵味。

（李　鼎）

千里浮梁一袋茶

——裘老赠魏稼先生诗

江西中医学院魏稼教授，与裘沛然教授素有交往。1995 年曾馈赠江西浮梁县茶叶，裘老因有《谢魏稼兄赠浮梁茶》的诗作。

> 千里浮梁一袋茶，魏郎情意入琵琶。
>
> 滕王阁上前年梦，拙政园中昨夜花。
>
> 是处风烟同作客，满蹊桃李已名家。
>
> 云步闻有西行事，先约春江看晚霞。

第一段以"千里浮梁一袋茶"起句，明白自然，紧接下句"魏郎情意入琵琶"。前后呼应，把俗语"千里送鹅毛，礼轻情意重"的用词化入里面，而又脱离俗气，增添了诗意。"一袋"是轻的，由于来自"千里"就显得重了，使在一句中有了起伏。浮梁是江西景德镇附近一县名，山区产茶，在唐代就有名。水路通洛阳，达九江。白居易《琵琶行》中"商人重利轻别离，前月浮梁买茶去"，即指此。将赠茶的"情意"说成"入琵琶"也就把情意诗化了。称之为"魏郎"，则是保留早年的印象，以见其交谊之久，且年龄较轻。在诗题中称"兄"那是客气称法。

第二联作了交往过程的回顾："滕王阁上前年梦"，说的是 1990 年初夏的事。那时新建滕王阁初成，裘老赴南昌会后，与万友生、魏稼诸老师同登新阁，曾赋"滕王高阁又摩天"的诗句。转眼又隔了数年，已成梦寐中的回忆，故说"前年梦"。对句"拙政园中昨夜花"，说的是 1981 年五六月间的事。那时裘老因为《针灸学辞典》的编审事会聚苏州，故以"拙政园"为代表，"昨夜花"自然是过去的景色。夜色迷茫，在记忆中显得不怎么清晰了。通过对仗句，

诗文赏析

用具体的地点、时间来叙旧，为后联的铺展提供依据。

第三联接叙：这些地方的风光，我们一起作客游览；到现在满门桃李，后辈门生不少都已成名成家了——"是处风烟同作客，满蹊桃李已名家"。是处，是此处、到处的意思，概括上述地方。"桃李无言，下自成蹊"。原意是指桃李虽然没有说话，由于观赏人多，在其下边自然走出一条小路来。这里活用成"满蹊（小路）桃李"，以指门生之多，还和有"名师出高徒"之意。本联"同作客"（一起作客人）与"已名家"（已经称专家）的对仗也显得灵活自然，属流水对法。

第四联作为结句：听说你还有出访西方国家的事，先邀请你经过春申江看看这里的晚霞——"云步闻有西行事，先约春江看晚霞"。魏老于这年内将出访美国，故诗中提及请到上海作逗留。"莫道桑榆晚，为霞尚满天"，晚霞作为美好的晚景，总是为老年人所称道的。借景遣情，使全诗充满绚丽的形象。

（李　鼎）

谒武侯祠及文天祥祠

——裘沛然先生七律二首

成都武侯祠是蜀汉丞相诸葛亮祠堂，温州江心屿则有文公祠，是南宋丞相文天祥祠堂。两人尽忠报国，前后辉映，其遗迹历来受到人们的爱护和纪念。裘沛然先生先后去过成都和温州，专门晋谒了武侯祠和文天祥祠，并写成七律诗各一首，现一起加以介绍。

谒武侯祠

古柏依然照眼明，祠堂无复锦官城。

至今伐魏风犹劲，遗恨吞吴意未平。

忠义岂能论得失，英雄上策合躬耕。

审时度势良图尽，守亦难全始远征。

武侯祠现在位于成都市西部，原来这里已属城外。杜甫的诗说：
"丞相祠堂何处寻？锦官城外柏森森……"锦官城即指成都城，后来
城墙被拆除，祠堂和古柏照样保留，故诗的开头写道："古柏依然照
眼明，祠堂无复锦官城。"表示历史的变迁。

次联对诸葛武侯的生平事业进行评述：到现在对他的六出祁山
的伐魏战役还感到作风的强劲，遗憾的事是与吴国未能并合，意有
不平。诸葛亮在《后出师表》中称此时情况为"吴更违盟，关羽毁
败，秭归蹉跌，曹丕称帝"。蜀汉在这种情况下，处境是艰难的。

第三联发为议论：一个人的忠义品德岂能凭成败、得失来衡量，
如从私利看，"英雄上策"也许只有"躬耕于南阳"的隐居生活才
是最好的。关于那时的天下大势，他在《隆中对》时已经作了分析。

末联作为结句指出："审时度势良图尽，守亦难全始远征。"在
敌强我弱的形势下，与其坐而待亡，何如采取以进为守，终于履行
"鞠躬尽瘁，死而后已"的话。杜甫诗："运移汉祚终难复，志决身
歼军务劳。"同是作此感叹。

谒文天祥祠

神伤柴市天如醉，目击金瓯意未消。

双塔崚空盘日月，几人独立看江潮。

寻思往哲精灵在，忍说当年索虏骄。

渡口唤舟衣带水，抚碑无语忆前朝。

文天祥，号文山，南宋时官至江西安抚使。元兵至，受命出使
与元军谈判，被扣留。后脱险返回真州（扬州仪征），从高邮泛海至
温州。时益王在福州即帝位，被召见，拜为右丞相，封信国公。接
着四处募兵抗战，力图恢复，兵败被俘，不屈，作《正气歌》等以
见志。因于燕京（北京）四年，至元十九年（1282 年）十二月就义

于柴市。

温州江心屿在瓯江中，谢灵运诗称为"孤屿"。其中建江心寺，唐宋时又建东、西双塔。后于寺西建浩然楼和文公祠，是因其歌文浩然正气而名。清梁章钜《浪迹丛谈》中载述，说此即文公流寓旧址。

北京东城区府学胡同也有文天祥祠，是原拘禁处，内有文公手植枣树，枝斜向南，象征他对南宋的一片忠心。柴市，即北京菜市口，原为刑场所在。文公就义于柴市，史书多持此说。其街坊后改名为"教忠坊"，石刻坊名，现移存于祠堂之西墙。

诗的首联，指文公就义于柴市让人悲伤，好像老天都醉昏了，眼看国家的破损怨恨未能消除。"神伤柴市天如醉，目击金瓯意未消"。用的对仗句。金瓯，借喻国家，又温州古称"瓯"。温州文公祠内有对联："杜宇声寒，柴市一腔留热血；梅花梦断，瓯江千载泣忠魂。"指意类似。

诗的第二联结合江心屿的景象表达观感：东西双塔耸立，日月似乎围着它转动，有几人站立在这里看江湖起落怀古思今呢？"双塔峙空盘日月，几人独立看江潮"，用双塔的形象颂扬文公的爱国精神，并将自己放在"独立看江潮"的意境之中，这可说是有我之境。

第三联思想深化：思考以往民族英雄的精神所在，不忍心说那时的外敌是多么的骄横跋扈："寻思往哲精灵在，忍说当年索虏骄。"索虏，原意指拖着辫子的胡人，这里指元军。

中间二联对仗灵活而含意深刻。末联结句又回到具体的所在地，江心屿是在瓯江之中，须通过渡船往来。"渡口唤舟衣带水，抚碑无语忆前朝"。渡过这一水之隔的地方，抚摸碑刻上的图文默念前朝人物的英雄事迹，从而激发爱国主义的情怀。

（李 鼎）

灯火微茫过莫愁

——裘老《金陵怀古》诗浅析

1978 年，裘老去了一次久违的南京。这一六朝古都，刚经历过"文革"，重游故地，感慨良多，因写出一首题名《金陵怀古》的七律：

> 不见当年白鹭洲，请仙一去亦悠悠。
>
> 旧时燕子寻全扮，昨夜潮声打石头。
>
> 百劫河山烟月冷，六朝人物树云稠。
>
> 痴翁饱看湖光了，灯火微茫过莫愁。

唐代李白游南京时写过一首《登金陵凤凰台》："凤凰台上凤凰游，凤去台空江自流。吴宫花草埋幽径，晋代衣冠成古丘。三山半落青天外，二水中分白鹭洲。总为浮云能蔽日，长安不见使人愁。"裘老本诗的首联即因此而发：见不到李白当年的白鹭洲，他离开这里已经是很悠久了。原来秦淮河流到南京时分成两支，一支入城，一支绕城外，中间隔着沙洲，多白鹭，因名白鹭洲。后来城外的地方没入长江中，当年的白鹭洲自然就不见了。通过这一起句，将历代变迁的概念趋向具体化，既有地点，又有李谪仙这一代表人物，从而引出下联。

唐代刘禹锡写的《乌衣巷》七绝："朱雀桥边野草花，乌衣巷口夕阳斜。旧时王谢堂前燕，飞入寻常百姓家。"又《题石头城》诗句"潮打空城寂寞回"。其后王实甫《西厢记》则有"香消了六朝金粉，清灭了三楚精神"的句子。裘老诗的次联即化入了这些语词：过去的名门王家谢家的燕子已寻不到"六朝金粉"，昨夜的江涛声正冲击着石头城。"潮声"出自"昨夜"，可见时间并不算遥远，

诗文赏析

由此紧接下面带有总结意义的一联："百劫河山烟月冷，六朝人物树云稠。"历遭劫难的国土用"百劫河山"来形容，劫后的景象似乎烟和月都是冷的，杜牧的《泊秦淮》诗句"烟笼寒水月笼沙，夜泊秦淮近酒家"，就是这种情况。对句"六朝人物树云稠"，则从正面把这里的人才辈出给以肯定，像树云一样稠密，使冷落的心情转为热切的赞叹。

末联结句自称为"痴翁"，这也反映时间在懵懂中老去，游览把玄武湖的光景看饱了，也可说是把世上的各种现象都看遍了。在灯火微茫的暮色中又经过了莫愁湖，"莫愁"这一美好的名字自然会联想到望能真的过上不用愁的安详晚景。全诗由今怀古，借景遣怀，在冷淡中嫩点起理念之光，这是切合那时的情景的。

（李　鼎）

滕王高阁又摩天

——读裘老《登滕王阁诗》

1990 年初夏，裘老赴会南昌，后与江西中医学院（现江西中医药大学）万友生、魏稼教授等同登新近重建的滕王阁，当时写成七律一首：

> 兴废几经重拔地，滕王高阁又摩天。
> 楼台盘曲添新貌，词赋光芒照古贤。
> 秋水未生春水逝，落霞争似早霞妍？
> 江涛依旧闻歌舞，应是升平大有年。

这是一首仄起式而首句不押韵的七言律诗，使其着重点落到第二句上。平仄韵调是：仄仄平平平仄仄，平平仄仄仄平平。"兴废几经重拔地，滕王高阁又摩天"，语句显得特别挺拔。而且"重拔地"

与"又摩天"成为先后呼应，构成对仗。这是一种灵活的流水对法，且不落俗套，概括了滕王阁的几度兴衰，又突出了今胜于昔之感。假如写成一般的首句入韵的句式（仄仄平平仄仄平，平平仄仄仄平平），就不会有这种挺拔的气势。滕王阁始建于唐朝高宗显庆四年（659年），这年正是孙思邈被高宗召至京师长安；时王室李元婴封为滕王，派做洪州都督，在南昌长洲上始建阁，人称滕王阁。过了一百多年后，咸亨二年（671年），接做洪州都督为阎公，重阳节在阁上开饯别宴会，王勃因去南方探望父亲路过此地，得参加宴会，当场写出了著名的《秋日登洪府滕王阁饯别序》，简称《滕王阁序》，从此阁以文名，在时间上居黄鹤楼、岳阳楼之先，成为江南三大名楼之首。后阁废记，明景泰三年（1452年），改建于章江门外，成化年间重修；至清代康熙年间又重建，后又毁于火。近年选址重修，规模大胜于前，故诗中以"重拔地""又摩天"来显示其高大雄伟。

第二联"楼台盘曲添新貌，词赋光芒照古贤"，是接上句对高阁做进一步的描写，简括地从"楼台盘曲"点出其主楼和配阁各部分的范围宽广，紧接即把注意落到王勃的文词上。"词赋光芒"，该文骈骊铿锵，实际也是一篇词赋，既有"序"，又有"诗"，炫耀着唐初才子的极高文采，用一个"照"字显示其光芒四射。

第三联"秋水未生春水逝，落霞争似早霞妍"，却从"词赋"的内容展开新的联想。"落霞与孤鹜齐飞，秋水共长天一色"，原是序文中的警句，当时写文章时就为阎都督所赞叹。但这二句的写作技巧则是套用了六朝庾信赋中的"落花与芝盖同飞，杨柳共春旗一色"的句式，现在裴老却从时间上做联系，这时正是初夏的早晨，秋水还没有上涨，而春水已经过去，傍晚的落霞又怎能比朝霞鲜艳呢？《庄子》说："秋水时至，百川灌河"。古人说的水生于春，壮于秋，在这春秋之间正可以比较水流从小到大的发展过程，而水流之大则莫过于大海，"观于大海"这也是《庄子》所望达到的宽广境界，此联正是从时令上拓宽了王勃的原句的意思。

末联"江涛依旧闻歌舞，应是升平大有年"，紧接上联，仍从江水写开去。《滕王阁序》最后的诗句："滕王高阁临江渚，佩玉鸣鸾罢歌舞……"那时的滕王阁上载歌载舞，现在的赣江依旧听到了这儿的歌舞。"歌舞"是与"升平"相联系的，因而从听歌舞联想到应该是"升平大有"的年景，这是对前景的赞颂，也是良好的祝愿。

（李 鼎）

袠老《读陶诗后》七律二首

前些年，袠老写了两首《读陶诗后》的七言律诗。陶潜（365—427 年），字渊明，又字元亮，晋朝得阳人。后做过彭泽县令，因不愿"为五斗米折腰"，乃解印缓弃官归田，以诗酒自娱。卒于南朝宋元嘉四年，世称靖节先生。所作五言诗，多咏其田园生活，文有《五柳先生传》《桃花源记》和《归去来辞》，均广被传诵。袠老两诗虽以读"陶诗"为名，实亦兼及其文，特作介绍。

其 一

千秋佳士陶彭泽，解经只因官作嗯。

心高北斗怀三径，得酒怡然情意足。

富贵神仙未足夸，思归为念菊空花。

人与南山共一家，闲同邻里话桑麻。

首联以"千秋佳士"称许陶渊明，这是平起首句不人韵的句式：平平仄仄平平仄，仄仄平平仄仄平。使语气有顿有扬，突出了第二句的韵味：富贵和神仙是不值得夸耀的！"陶彭泽"正适合平平仄的声调要求，因他是以辞去彭泽令而著名，用此来称呼他更能显出特点。陶渊明在《归去来辞》中有"富贵非吾愿，帝乡不可期"的话。即既不求富贵，也不望神仙，正是由于这两点，他所以能成为高士。世人有只求富贵，以富贵相竞；或期望神仙，唯仙佛是证，当然这都是不值得称赞的。

次联做进一步的铺叙：他之所以解除系官印的丝带，是因为眼看官场的腐败，令人心头作噁；所以要回归田园过隐居生活，是想念着篱边的黄菊独自开着花。

第三联用"心高北斗"来称颂陶氏的高风亮节，"怀三径"来概括他《归去来辞》中"三径就荒，松菊犹存"的表述，对以"人与南山共一家"，则显示他"采菊东篱下，悠然见南山"的意境（"见南山"原先作"望南山"，苏东坡论诗，认为"见"是偶然见山，初不用意；如用"望"字则着意，后人多从此说）。既高且远，以见心胸的宽广。

末联就上句做结语，表述《五柳先生传》中的"便欣然忘食，性嗜酒……"及"怡然自乐"的意味，以"话桑麻"概括陶诗"相见无杂言，但道桑麻长"等。全诗是对田园诗人陶渊明高尚品格的表彰，也是对世俗竞逐豪奢之辈的鄙薄。将自身处在与邻里话桑麻的环境中而怡然自乐，是我国自陶渊明以来历代诗人的好风尚。

其 二

采采东篱菊似金，市灯红照华楼影。

怒我疏狂多谬误，书生还抱丹诚愿。

清诗读罢复长吟，秋月凉生士庶心。

任他鱼鸟各飞沉，未觉飘萧白发侵。

第二首扩大其范围而引发感想。首联由"采菊东篱下"化为"采采东篱……"是参照《诗经》"采采卷耳"的用法；"菊似金"，是因其色黄而比拟为金。雅士喜菊而俗人贵金，以菊为金，足见其情趣不同流俗。

次句说的市场上的灯光照耀繁华楼宇的歌舞，秋天的月亮带着凉意浸透民众的心。陶诗有"佳人美清夜，达曙酣且歌""叩枻新秋月，临流别友生；凉风起将夕，夜景湛虚明"。此诗句加以融化，以示灯红酒绿的生活使民众感到心凉。杜甫诗"新诗改罢自长吟"，这里改动为"清诗读罢复长吟"，是指对陶诗的反复吟哦，有一唱三叹之意。

最后一联所述，则是从陶诗"我言多谬误，君当恕醉人"和"望云惭高鸟，临水愧游鱼"变化而来。陆放翁诗："世间鱼鸟各飞沉……"也是表达这种意境。末联表明，归隐的诗人对国家还是抱有一片赤诚的愿望，尽管那飘萧的白发已经侵上了巅顶，如陆放翁诗"镜里流年两鬓残，寸心自许尚如丹"情况相似。

（李　鼎）

湖波一碧万山苍

——裘老《杭游州玉皇观》诗

裘老，原籍浙江宁波，时过往杭州，且见之于吟咏。《游杭州玉皇观》一律，代表其早年作品，记有小序说："早年游杭州玉皇观，见室中安置笔砚，供客挥毫。予当时年少兴高，遂赋一律。老道见后，修容而出，款礼甚恭，似亦能文者。往事回首近五十年，今社会气功盛行，其源本出道家，附志以俟识者。"律诗如下：

> 湖波一碧万山苍，中有楼台坐玉皇。
>
> 富贵纵荣如雾露，神仙虽好亦寻常。
>
> 玄机密语凭谁说，大化群生任尔忙。
>
> 我与老聃同入梦，欲言道妙已相忘。

玉皇观在杭州西湖之南玉皇山中，高踞群峰，纵目湖山，清新之气人人怀抱。起句"湖波一碧万山苍",即从环境感受引出主题;"中有楼台坐玉皇",上承起句,点明玉皇在道观中的崇高地位。玉皇可说是神仙兼富贵的总代表,次联由此发为议论:"富贵纵荣如雾露,神仙虽好亦寻常。"这里不颂扬富贵和神仙,而是把它说成"如雾露""亦寻常",境界自见高超。神仙既被说成亦寻常,即可于平常生活中求神仙,也许这才是真正的神仙品格,如医家中的陶弘景、孙思邈等就是如此。陶渊明的"富贵非吾愿,帝乡不可期",也是抱这种不同流俗的态度。

下联"玄机密语凭谁说,大化群生任尔忙"。道家讲"玄机密语""大化群生",医家而涉及道家思想的也常讲"玄机",如针灸书中有《玄机秘要》《针经密语》等。这方面内容靠谁去说清楚,要"大化群生"就够你忙的了。可见道家思想重在调神养气,以求清静无为,而不专求有为的忙忙碌碌。末联提出"我与老聃同入梦,欲言道妙已相忘"。忘,读平声。这一结句,用老庄的基本思想入诗。与道家的祖师一同入梦,也可说是对老子哲理的赞赏。黄帝梦入华青之国是梦,庄周梦为蝴蝶是梦,梦可超出现实的境界,以致达到物我两忘。"坐忘"也是气功所望达到的境界。枚乘《七发》说的:"今太子之病,可无药石、针刺、灸疗而已,可以要言妙道说而去也。""要言妙道"是指道家的说理,"道"就含气之道。道的重要在于行,不在于言。《庄子》说:"言者所以在意,得意而忘言。"即所谓达到意会,则可不必注重言传。陶渊明诗"此中有真意,欲辩已忘言",也是同一意思。因为裘老诗中讲道而达到高超的境界,故能得到老道的敬重,此诗对于当前讲究气功养生者也是有启发意义的。

(李 鼎)

春风吹泪梦生烟

——裘老《八十述怀》诗二首

　　裘老近作《八十述怀》七律二首，已发表在新出版的《剑风楼诗文钞》中，《诗文钞》载诗一百首，选文十五篇。诗由著名书法家徐伯清先生作工整小楷，对此，裘老有谢诗一首：

　　　　笔蘸春云海上飞，徐翁细字足精微。

　　　　为怜拙句无文采，手竿珠现赠布衣。

　　小楷影印的"诗钞"和繁体直排的"文钞"，珠联璧合，医文并精，诗书皆绝，赏心悦目，成为全书一大特色。这是裘老八十年来诗文创作的选集，《八十述怀》代表其最新的诗作，是他的"自寿"，现在此介绍此诗，也可算是向裘老祝寿。

其　一

　　　　春风吹泪梦生烟，已掷浮生八十年。

　　　　岂有千灵喧筐内，漫携一病卧江边。

　　　　丹铅历乱长围壁，心事荒唐欲动天。

　　　　自是男儿少奇骨，肝肠落落未应怜。

　　第一联点出主题，起句"春风吹泪梦生烟"很有新意。春风吹拂感动的泪花，往日的情景如云烟起伏。泪有伤感之泪，也有欣慰之泪，有了春风的吹拂就充满生气。浮生若梦，往事如烟，化成"梦生烟"就扫去陈旧的感觉，落实到下句"已掷浮生八十年"，简洁明快地道出：已经抛掉浮沉曲折的人生历程八十年了。一个"吹"字是轻柔的，一个"掷"字是郑重的，前后呼应，特别感受到后句的分量。

第二联转入正题，表述老年学者的情怀："岂有千灵喧箧内，漫携一病卧江边。"难道真的有各种神灵喧闹在书箱里面？好文章是通神的。所谓"惊天地，泣鬼神"，引起社会的震动。我岂有这种情况，这是诗人对自己满箱著述的谦虚，只轻淡地说成自己权且带着病弱的身体息卧在黄浦江边，由此反衬出对"箧内"之物的关注。

第三联紧接上联，仍从书籍着眼："丹铅历乱长围壁，心事荒唐欲动天。"经过朱圈墨点的古今图书遭受动乱之后还是长期围绕着墙壁陈列，想起满腔对中国医学文化事业的热情，几次荒唐地慷慨陈词想感动上天，这里对自己的治学经历、事业活动做了生动的概括。"丹铅"历经变乱是事实，而心事有似"荒唐"却是最不荒唐的爱国激情的迸发。

末联作为结语："自是男儿少奇骨，肝肠落落未应怜。"自然是作为男子汉虽缺少奇骨，但肝肠磊落不愿受人怜，表示老不颓唐志不衰的心态。全诗用语新奇，立意挺拔，且句法多变，读之自饶有韵味。

其 二

偶涉红尘作小游，匆匆速白旧时头。
老犹不死谁能料，天或假年未许休。
终信良方堪济世，莫教满腹只藏愁。
炉香飘屋梅花笑，今是洪荒第几秋？

第二首诗接上首之后，扩开其意境。前诗只写书斋之内，后者写出书斋之外。第一联："偶涉红尘作小游，匆匆速白旧时头。"似乎自己是天外来客，偶然到世界上做次小游，匆匆忙忙地突然把原先的黑头发变白了，说得很超脱。诗中用"偶""速""匆匆""旧时"来说明时间之快，用"红尘"和"白头"来增添用词的色彩，都加强了诗的感染力。

第二联："老犹不死谁能料，天或假年未许休。""老犹不死"

209

这话用于他人是鄙薄性的，用于自己则成为旷达性的。"谁能料"到向来瘦弱的人能达到长寿，上天或许还会借给时间不允许休息。此联对应灵活，不拘泥于逐字对仗，用意则积极乐观，无消沉味。

第三联申述自己的信念和希望："终信良方堪济世，莫教满腹只藏愁。"终究相信良方可以济世，不要让人们满腹只藏着忧愁。"良方"可以指治国之方，也可以指治病之方。国人不用愁，自然过上安康的生活；病人不用愁，自然保有健康的身体。由此表达诗人的广阔胸襟，关心的是人民的疾苦。

末联结语："炉香飘屋梅花笑，今是洪荒第几秋？"驰骋的思想又回到书斋之内，炉香满屋，梅花欢笑，显示温馨的气氛。自问：自洪荒以来这是第几个年头啊？将个人放在历史的长河中来衡量是很短的一段，与首句的"小游"相呼应。全诗既超乎物外，又深入民心，可见"述怀"之"怀"十分宽广，读之有"心事浩茫连广宇"之感，因而此诗之作不能只看成是"自寿"而已。

（李　鼎）

医高老更成

——裘老《追怀程门雪先生》诗

程门雪先生是上海中医药大学（原上海中医学院）的首任院长，中医界耆宿，为人们所敬重。他带领一批老一代医家兴办中医教育，诊课之余，还有展出书画艺术和作诗填词之举。裘老后于程老，而甚受器重，谈医论诗，视为知友。晚年值"文革"，二人曾同处于沪郊东湾，交谊日深。程老病故时，境况萧然。几年后斗转星移，裘老回首往事，因有《追怀程门雪先生》之作，小序说：门雪先生为近时医学名家，并以知书法、能诗文见称于世，与予共事二十余年，备蒙青睐。晚年同遭坎坷，形影相随，相知益深。今程老谢世已久，回首前尘，感伤何似。

> 风谊兼师友，医高老更成。
>
> 茶烟连笑语，灯火话平生。
>
> 莫问前尘事，谁知后世名。
>
> 斯人难再得，何计学忘情。

　　两人的风怀和情谊既是师生，又成朋友，可见其关系的亲切，第一联"风谊兼师友，医高老更成"，点出了这一主题。此时程老已是暮年，医道更为高超成熟了。因那时两人同处乡间，为农民治病，故有此语。第二联"茶烟连笑语，灯火话平生"，就是接叙诊病之外的情况。喝茶和抽烟是他们的共同嗜好，而那时的"笑语"很可能带有苦涩味，不会是朗朗然。在农村的"灯火"下谈论平生琐事，却是十分真实贴切的。第三联来个转折，过去的事不要去多追究了，谁管得了后人是怎么评议的，"莫问前尘事，谁知后世名"，这既表示老人对名利的淡薄，也反映在那批判浪潮中的迷惘心情。末联作为结语：这样的人难以再得到了，有什么办法能像道家所提倡的"忘情"呢？"斯人难再得，何计学忘情"，这是对程老品格的最高赞扬，又表达不能忘怀的深厚情谊。

　　程老对年轻时裘老的赏识则见于他的赠诗中，录之如下：

> 春爱梅花秋爱菊，先生忧道不忧贫。
>
> 惯将双眼向人白，肯信狂言如我真。
>
> 千古文章葬罗绮，一时诗句动星辰。
>
> 华年锦瑟须珍惜，我辈于今要此人。

　　诗中对裘老的思想风貌做了生动的表述。"春爱梅花秋爱菊，先生忧道不忧贫"，梅、菊向来同诗人有特别的缘分，这是品格上的联系，与"忧道不忧贫"的思想是两相结合的。所忧的"道"当是治病之道和为人之道，对中国传统文化和医学的钟情，正是他们忧之所在。安于清贫，是儒生和诗人的本色。作为国家和民族的气节，

211

清高思想也许是不应当受批判的。

在过去，能够不是"同乎流俗，合乎污世"，就会发表一些高论，裘老在说话带劲时眼睛总是张得大大的，这就是第二联所写的"惯将双眼向人白，肯信狂言如我真"，这话很能表示个性。但"白眼"并不能说是傲气，而所谓"狂言"却多数是值得肯定和相信的。

第三联则从诗文的才气作称赞："千古文章葬罗绮，一时诗句动星辰。"诗文都是穷而后工，"文章千古事"，似乎并不属于富贵者的创造，一身绮罗者最终只处在埋没的地位，而穷工的诗句则能惊动星辰。裘老对此句说："程老颂扬过分……思之不胜愧憾。"的确，这是对裘老诗才的最高赞赏。

末联结句："华年锦瑟须珍惜，我辈于今要此人。"那时的裘老还处于锦瑟年华，作为长者的程老说些奖掖的话，特别点出"于今要此人"，足见其多年前的赏识正是看准了。

三四十年过去了，前后对比，可以体会到，裘老的"追怀"之作，是有其"相知益深"的经历，因而是无法得以"忘情"。

（李　鼎）

港城何处不春风

——裘老为香港回归赋诗

其　一

旌旗高竖五星红，复土真成第一功。

上国衣冠重睹日，港城何处不春风。

万里封疆任割裁，前尘回首足深哀。

中华儿女吞声记，不竟多由自侮来。

旌旗，指旗帜。这里指的是五星红旗，高高树立在香港的上空，表明国家恢复了行使主权。收复故土，这真可算是一百多年来的第一功。有第一，就会有第二、第三功，望能逐步归于统一。"上国衣冠"原先是指中原文化，这里可作为主权国家的风貌来看，香港的同胞重新看到首都北京作为大国的风貌。回归祖国，一片欢腾景象，自然是各处如沐春风。香港作为中国的一部分，重睹中国文化，作为祖国大家庭中的一员，其喜悦心情是可想而知的。

第三句从历史教训来写。中华民族几万里的土地听凭外国侵略者裁割，这百年前的旧事，回顾起来是足够深切哀痛的。1840 年开始的鸦片战争使中国人民陷入了百年苦难的境地，清政府割让土地就是从香港开始，接连的外侮使中国沦为半封建、半殖民地社会。后联特别向年轻的一代人提出：中华儿女应当饮恨吞声地吸取教训，外侮首先是由于内侮，"人必自侮，而后人侮之"。内部自相欺侮，才使外人以可乘之机，历史上的外侮不就是先由内部的自侮造成的吗？中华民族不能闹自侮，而是要团结一致，奋发图强，自强不息，才是我们民族所崇尚的意志。一个国家自强了，也就可以抗御外侮了。

其　二

> 两制同存庙算劳，八方咸集息惊涛。
> 止戈已使南徽定，树信方看北斗高。
> 百年重整旧山河，举国欢腾胜事多。
> 今日万邦同瞩目，终教玉帛换金戈。

庙堂之上的筹算称"庙算"，解决香港问题可说是"庙算"，不用武力而使南方香港以中英会谈的方式解决。古人说的"止戈为武"，止戈是指放着武器不去用，表明实力还是必要的。"邦徽千里"，南方的边地可说是"南徽"。此联用的是对仗句："止戈已使南徽定，树信方看北斗高。"先后呼应，对得很工整：不用武力已使南边安定了，树立信用才看出北斗的高明。北斗是指方向的，好比中央政权。灿如星斗，示信于民，国家自然就有崇高的威望。

香港的回归是举国欢腾的许多盛事中的重大"胜事"，盛事只是表示盛大，而胜事更表明胜利的豪情。约一百年前，英殖民主义者是以炮舰进攻胁迫了清政府割让，而现在能在和平形式下交还，以"玉帛"改变了金戈铁马。这里的"玉帛"有新的含义：玉，象征信义；帛，作为文字载录。只有强盛了的国家才能使原来的"列强"接受这种形式交还"租地"。"终教"的"教"读平声，意指终于让……这是个很有分量的字眼。经过了近一百年，最后终于达到了。"玉帛换金戈"也是人民的最高愿望，历尽外国侵略灾难的中国人民始终是热爱和平的。

（李　鼎）

神州风物正新鲜

——龙年前夜，裘老赋诗

兔年除夕，也是龙年春节的前夜，裘沛然老先生在守岁迎新之时，写了两首七律，小序说："岁除之夜，又值纪元更新，户外爆竹声繁，群情欢腾。予鬓白如许，而忧国爱民之心，今犹昔若。夜深无寐，因成两律。"

其　一

白发来朝添几茎，青灯偏向岁除明。

人从爆竹声中老，诗在梅花梦里成。

今夜不眠待鸡唱，百年多难望河清。

江山如此堪歌啸，唤起鲲鹏万里行。

旧历每年最后的一天称"岁除"，是除旧布新之意。纪元更新，指新千年的来临。裘老年届八五，忧国爱民之心仍如既往，诗情起伏，不逊当年。两诗由近及远，第一首起句即从自身写起：头上的白发到来年又将增添几根，室内的灯光在年终的夜里显得格外亮明。诗中用"来朝"一词指明天的早晨，也是指农历的新年。年初一这天可以称"岁朝"，意指一年第一天的清早。除夕要明灯高照，守岁迎新，诗的第二、第三联，以对仗句接叙这一情景：人在喧闹的爆竹声中又老了一岁，迎着寒梅开放的境况把诗句写成。深夜不眠，要等待雄鸡唱晓；一百多年来国家历经劫难，人民所期望的是"河清海晏"，天下太平。现在国家已有很大的发展和变化，但放眼世界，还有更高的期望。故最后提出：全国的建设能像现在这样是值得歌唱的，希望由此唤醒由鱼变化而成的大鹏鸟展开双翅，开始几万里的更为高远的飞行。

其 二

> 茫茫沧海忽桑田，醉墨琳琅写纪年。
> 古国文明崇玉帛，中华瑰宝属高贤。
> 春临天地花如笑，日浴江河水更妍。
> 德赛先生来到未，神州风物正新鲜。

第二首从千年的变化来写。几千年来，世界的地理变化主要是由沧海变为桑田，沿海的陆地扩展了，故起句提出"茫茫沧海忽桑田"。从千万年的历程来看，其变化是很快的，诗中特别用上个"忽"字。2000年的来临，标示历史将进入新世纪，辞旧迎新，用上一句"醉墨琳琅写纪年"。除夕夜喝过些酒，用起笔墨写诗，要写的内容可说是琳琅满目。第二、三联的对仗句，从古写到今：中华古老的文明是崇尚礼义，"化干戈为玉帛"，中华民族的瑰宝应属于高士、贤才，这是对几千年古代文明的颂扬。现在春光及早照临天地（年前立春），花朵开得好像在欢笑；阳光照耀江河的水，更显得灿烂、妍艳——这是对祖国大地的赞美。最后的结句："德赛先生来

215

到未，神州风物正新鲜。"这是全诗的总结和点题，自"五四"运动以来，把民主和科学称作"德先生"和"赛先生"，要把它们请进来，已经历九十周年德赛先生是否完全到位了呢？夕诗中作为一个问题来提出，这说明还须继续努力。当前提倡的科教兴国精神，也正是着眼于此。诗中注重的"高贤"也是与此相呼应。前诗所提的"百年多难望河清"显得比较虚，"德赛先生"这一句就比较实。末句"神州风物正新鲜"是对当前建设的最恰当的称颂，在这"风物正新鲜"的大好时期，各路贤才必然是大有作为的，德赛先生必然是会完全到达的。

（李　鼎）

裘老《读〈论语〉〈孟子〉后作》诗两首

《论语》《孟子》分别记录孔子和孟子的言论，是儒家的主要典籍。近代对之批判有加，从"打倒孔家店"到"批孔"，似乎只有彻底批倒了，国家才有前途。对这一段历史，裘沛然老先生在他所写的《中国医学大成·序》中有简要的评述："……海通以还，西学东渐，国内不少学者，竞尚新学，冀图振兴。而浮薄幸进之流，则视我国固有文化如敝屣，毋问精粗，周辨真伪，概加批判，唯恐扫除之不力，甚至有倡言废除汉文者，直欲从根本上消灭中华文化，更何惜于民族医学。"指出那时从我国固有文化到民族医学都归入"打倒"之列，矛头所向更直指孔子和孟子。"文革"之后，裘老反复思考，并重新阅读《论语》《孟子》诸书，结合历史的教训，有了更深的体会，因而写出《读〈论语〉后作》五律、《读〈孟子〉后作》七律诗两首。

读《论语》后作

四海皆兄弟，嘉言万古新。
莫构时代论，终乱是非真。
薄俗少高德，后儒多未醇。
谁将忠恕义，化作五洲春。

《论语》中有说："四海之内，皆兄弟也。"这可看成是子夏对"仁学"思想的阐发，后人所说的"四海一家"也是由此而来。唐代韩愈对孔孟所提倡的"仁""义"有过简要的解释："博爱之谓仁，行而宜之之谓义。"表明这种博大的胸怀和高尚品德的言词是历久常新的，如果拘泥于时代落后的说法，终致会混乱是非的。由于后世人情的漓薄，少有高尚的品德，后来的儒家有好多是思想驳杂而不够醇正。现在又有谁能把孔子"忠恕"的道理推行到五大洲，使人间成为和平美好的春天呢？诗中特别提出"忠恕"，是因为曾子说过："夫子之道，忠恕而已矣。"把这看成是孔子的中心思想和一贯思想。忠恕思想，主要是"己所不欲，勿施于人"，或说成"推己及人"。诗中没有提其他理论，而是从其学生辈语言中抓住孔子思想的要点，并结合时代，成为有感而发的诗篇。

读《孟子》后作

此诗裘老原写有小序，后又加以扩充，全文如下：予少年时读荆公诗，有"他日若能窥孟子，终身何敢望韩公"句。诗中"何敢望"三字即不屑为的委婉之词，当时颇怪荆公何以如此尊崇孟轲而藐视"文起八代之衰"的韩愈。中年以后，细绎两家之书，始觉孟韩两人无论在学问、操守、哲理、经世等方面，孟实胜韩远甚。尤其是孟氏所创导之"民贵君轻""老吾老以及人之老，幼吾幼以及人之幼"与天视即民视、天听即民听的人民至上思想，再如反对暴君虐民"闻诛一夫纣矣"的君臣观，以及"富贵不能淫，贫贱不能移，威武不能

217

屈""说大人则藐之"的高尚人格境界，等等。这在封建社会中其言可以惊天地而泣鬼神，洵为千古不易之论，为中华民族精神文明奠定光辉典范。孟子更重视义利之辨，其所谓"义"即指人民、国家和集体利益，当然也包括个人合理应得之利；其所指斥的"利"，乃指挥霍、浪费、贪污国家和集体利益而损公肥私者。此一名论，实为治理国家兴衰之关键，如果"上下交征利"，则对国家危害之严重性自是不言而喻。凡此皆远非韩愈所能及。王安石之尊孟轻韩，意在斯乎！予既读孟氏书，又深钦荆公之见，乃系之以句：

> 千秋卓荦孟夫子，粪土君王一布衣。
>
> 独创以民为贵论，直呵唯利是图非。
>
> 尼丘去后谁堪继，至道难明世所稀。
>
> 公使乾坤留正气，七篇遗著尽珠现。

诗序从王安石的诗句引出，将孟子与韩愈做比较，着重表彰孟子的思想言论。孟、韩都是以继承孔子之学自居，孟子处于战国时期，对发扬儒家传统尤多创见，序文已做扼要的介绍。诗的开头对孟子做极高的推崇：几千年来最为突出的孟夫子，以一介布衣的身份，藐视当时的君王，独创性地提出"民为贵，社稷次之，君为轻"的理论，还说"君之视臣如犬马，则臣视君如国人；君之视臣如草芥，则臣视君如寇仇"以及"闻诛一夫纣矣，未闻弑君也"等以民为本的思想，曾使刚做上皇帝的朱元璋看了大为恼火，下令把孟子从与孔子"配祀"的地位开除，正因其触及了封建统治者的痛处。"王何必曰利，亦有仁义而已矣"，这是用仁义来统率"利"，因"利"有义与不义之分，不能唯利是图。诗句"独创以民为贵论，直呵唯利是图非"，用"2—4—1"的七字句法，特显词意挺拔有力。后联转换成灵活的对句：自仲尼去世之后有谁能够继续，至道难以阐明，像孟子这样是世界上少有的。末联结句：正是孟子使天地间留有正气，遗存的七篇论著可说是字字珠玑。"正气"用孟子的话说就是"浩然之气"，后来宋代程颐说孟子有"英气"，意指有锋芒显露的锐气。历来中华民族的气节都可说是这种浩然正气的发扬，文天祥的《正气歌》："天地有正气，杂然赋流形……"对此做了最光辉的阐述。"于人曰浩然，沛乎塞苍冥"，直接与孟子"浩然之气"相联系，民族英雄的言行是对《孟子》最好的解释。

（李　鼎）

沛然先生《论养生》诗五首

诗文赏析

裘老以瘦弱之躯而年届花甲，且耳聪目明，思维敏捷。见者或以"千钱难买老来瘦"相赞，裘老笑答：我不是老来瘦，向来就是瘦。"瘦因吟过万山归"，黄仲则这一诗句，为裘老所欣赏，似乎还为他所实行，用以勉励治学，还可以参照养生。有人以养生之道求教者，裘老以诗作答。写诗不一定是苦吟，对于老先生说来，吟诗也是一种养生之道。诗写得明白易解，略加说明如次。

其 一

养生奥旨莫贪生，生死夷然意自平。

千古伟人尽黄土，死生小事不须惊。

养生当然希望延年益寿，这里说的"莫贪生"是指不要贪生怕死。为怕死而养生，心境就不会太平，应当把生死看成自然而然的事；养生在于适应自然，不违反自然，心平气和，最为要紧。以往被称为"千古一帝"的秦始皇极力寻求不死之药，最终还不是同普通人一样化为一抔黄土。把死生看成平常之事，才能处变不惊。"死生小事不须惊"，是对王羲之"死生亦大矣"一语的反用，这才是达观的态度。

其 二

> 从来得失有乘除，穷达区区莫问渠。
>
> 终是助人为乐好，世情看淡即天书。

计较得失、患得患失，是一个最难以摆平的问题。有所得必有所失，有所失则有所得，所以说"得失有乘除"。自孟子说过"穷则独善其身，达则兼善天下"，把个人的"穷""达"，即不得志或得志联系到国家社会事业，表示知识分子抱负和作用之大。这里说成"穷达区区莫问渠"，则把"穷""达"看成是区区小事，不要过分计较它，自然显得超脱。但又强调终究是助人为乐好，打破了"独善其身"的狭隘性，在"得失"和"穷达"等方面把世情看淡了，这才算读懂养生的"天书"。

其 三

> 饥餐渴饮七分宜，海雾龙腥未足奇。
>
> 益寿金丹非药石，休教病急乱投医。

节饮食是养生的一个重要方面。节，一是指时节、时间，一是指有所调节和节制，大吃大喝的过量过度自非所宜。饮食注重在营养，而不在于奇味，"海雾龙腥"的山珍海味是不足为奇的。裘老平时食量少，做到饮食有节；极少饮酒而多饮茶，这有益于养生。日常饮食放在主要地位，不要过分依赖药物，故说"益寿金丹非药石"；"病急乱投医"是常人的通病，要注意避免。

其 四

> 心无渐疚得安眠，我命由吾不在天。
>
> 利欲百般驱客老，但看木石自延年。

这里说的养心，对人对事做到问心无愧，无怨无悔，"天君泰然"，自然会避免寝不安席、食不甘味。"听天由命"是古人的说法，这里说成"由吾"是由自身去把握命运，强调自我调摄，既不自矜，又不自伐，顺养天和，这才是养生之道。"利欲驱人万火牛"，利欲熏心，怎能不催人衰老，故诗中说成"驱客老"。这"客"泛指人，因为人也可说是"宇宙之过客"。用做客的心态对待人生，自然把各方面都看得淡了。人是有情欲的，木石无情，故能长寿，道家说的"忘情"也是这个道理。

其　五

人间万事且随缘，处处施仁寿有权。

养得一身浩然气，春光布体日星恩。

"随缘"是佛教的说法。人间万事各有因缘，由随缘行善引发出"处处施仁"，结合了儒家"仁者寿"的意旨。一般仁者的心态能适合长寿的境界，但又不能说长寿的全是"仁者"。

"寿有权"似乎也表示这中间的权衡关系。孟子说的"普养吾浩然之气"，这既是指品德修养，用到养生方面，又可与"恬澹虚无，真气从之"的道理相通。葆养自身的"真气"达到遍体舒和，有似春光灿烂、日星照悬大地的熙和景象。诗中融会佛道说法而归之于儒理，论养生兼及为人，可说是其高妙之处。

（李　鼎）

零陵四十载交期

——裘老赠诗

前年，裘老赠诗一首，题称"赠李鼎老弟"，七律如下：

零陵四十载交期，老至都怜笔墨疲。

夜半论文谁与可，兴来作句子多奇。

是君能解灵枢意，惟我犹存石室疑。

如此人天藏秘奥，晚年何敢侈言医。

今年正当上海中医药大学建校四十周年，将这诗放在此时发表，也是为了庆祝校庆。学校初时暂设在苏州河边的河滨大楼，后在零陵路建校。原诗"零陵四十载交期"，是说零陵路记载了四十年的交往时间，年载的"载"作为记载意义用，由地名引出主题，诗的语言就显得形象。"老至都怜笔墨疲"，四十年过去，自然都是老了。原先写作快捷的人，老了就不免感到疲乏、迟钝。用"笔墨疲"来形容老境，对于书生尤其感到贴切。就是在这种情况下，"笔墨"的债务却特别多，这也是"疲"之所在。因其有相似的感受，所以会"都怜"，由此表达相"交"的深度。

第二联就"笔墨"做了扩展："夜半论文谁与可，兴来作句子多奇。"我因与裘老家近，时相过往。白天各忙于事，裘老喜夜谈，纵论古今，常过半夜。内容主要有关中国传统文化，"夜半论文"之"文"可说是广义性的。因周围没有什么人，只有我在附和一下，故说"谁与可"有谁来表示可否，呼应下句"兴来作句子多奇"。我在有兴趣时偶然写些诗词，说"多奇"则不冤得，夸奖而已。写文章多数是硬任务，非写不可；做诗填词则须有感而发，为了遣兴可以写一些，不能无兴而乱发。况且兴高不一定句奇，这就要看才气和功力的深浅了。

第三联进一步从医学专业来谈："是君能解灵枢意，惟我犹存石室疑。"《灵枢》又称"针经"，与《素问》合称《内经》。就内容作分析，《灵枢》早于《素问》，故称《灵枢》是经，而《素问》是论、是传。诗中特提出《灵枢》，以见此书的重要地位。能"解其意"，就要求溯本求源，融会古今，联系实际，做到这点并非易事。对我只能说是勉力而为。诗由上句的"是君……"写给对方，到下句的"惟我……"转向自己。

"犹存石室疑"，以"石室"概指医书，与实指的《灵枢》相

222

对。说：但是我对医书所论的还存在疑问。由信到疑，才能使治学达到更高的境界。旧的疑解决了，新的疑又会产生，小的疑解决了，大的疑还是存在。存疑既表示老年学者的谦虚，也是反映人们认识客观事物现象的实际情况，这与一些吹嘘、浮夸的习气是完全不同的。

末联就从"存疑"引申出结句："如此人天藏秘奥，晚年何敢侈言医。"此结句，裘老曾在有关文章中作为标题使用，意指医学中有待解决的问题多得很，像这样人与自然蕴藏着的许多奥秘都没有阐明，虽然到了晚年，怎么就敢夸口谈医呢？所说"人天藏秘奥"是根据，"不敢侈言医"是结果，只有将自己的行动符合客观实际才是正确的态度。"何敢侈言医"的着重点是"侈"字，那就是虚夸、说大话、高谈阔论，将这些排除了，实事求是的"言医"当然是必需的，只有实事求是的研究态度才能逐步阐明其"秘奥"。这诗句比叶天士所说的"子孙慎勿轻言医"有更深一层的意义。

全诗既叙情又说理，就实论虚，有似与人对谈，语句流畅而意思深沉，给人以启发。

（李　鼎）

焰续灵兰绛帐新

——裘老"奉赠吕炳奎老"诗

吕老炳奎是中央卫生部中医司的老司长，先前为江苏省卫生厅厅长，早年以中医参加革命，其后为中医事业的继承发扬工作大声疾呼，倡导不遗余力，离休后仍为中医事业操劳。1993 年为吕老从医六十年，裘老因有"奉赠吕炳奎老"之作。小序说：

吕老长期负责中医工作，力主继承为发扬之本，反对浮夸之科学整理方式，由此屡遭讥谤。其志可钦，而其事可哀。爰赋小诗慰之。

其 一

轩岐坠绪日滔滔，力挽狂澜不屈挠。

四十余年心力瘁，可怜吕叟独贤劳。

在近代史上，由于中医事业的屡遭摧残，作为轩辕、岐伯的遗绪已是将坠于地，故说它"轩岐坠绪"。在那滔滔日下的现状中，要挽回这将倒的狂澜，没有像吕老这样的人物为之作持续的奋斗、呼吁，中医怎能有今天的地位？四十多年心力为之交瘁，对反对者要作不屈不挠的斗争。"吕叟独贤劳"，并不是说只有他一人，但他是最为有力的代表人物，也是负责中医工作时间最长的领导者，包括他在位和离休之后都是在为中医而工作。奉赠的诗正是表明，吕老是不会孤独的。小序中钦敬其志而哀叹其事，这里怜惜其贤劳，都是表述了中医界对他的深厚感情。

其 二

焰续灵兰绛帐新，明堂事业费精神。

杏林异日春光满，耿耿孤忠属此人。

作为"灵兰秘典"的中医学在新的时代能重新延续火种，而且建立起中医高等学府，规模空前，这种对中医事业的开拓是很费精神的。后头日子能见到春满杏林的景象，应归功于为党的中医事业作出最大奉献的人，吕老可说是为此而"耿耿孤忠"。耿耿，既是指为此而忧心，又是指为此而光明磊落、率直陈辞。孤忠，表示这样忠诚的人不多，甚至是缺少人支持，更有为某些人所歪曲，也许这就是"其志可钦，而其事可哀"的所在。这样对中医事业"孤忠"而"贤劳"的人，杏林的春光应归属于他，这是对吕老的最大推崇。

少沐春风旧草堂

——裘老怀念施叔范老师诗

裘老少年时，曾师事浙东名士施叔范（1904—1979 年）先生，专攻经史文辞，为此后的从医治学建立深厚的基础。施公乡间余姚，客处杭州，常往来杭沪间，与当时文化人士多有交谊，曹聚仁在《万里行记》中说他是位"诗酒又兼短胡的怪人"。有一时期，在一处旅行社（上海友声旅行团）工作，跋涉名山大川，胜景佳迹，发之于诗文，可诵亦可传。施氏写的《听潮夜话》，谈论杭州各地景物，颇为曹氏所赞赏，以为"先得我心"。西湖外围，最喜九溪十八涧的山色和北边西溪一路的风光，由此记述了《西溪道中》这一短文。

《裘沛然选集》所载的《记爱国诗人施叔范先生》专文，对施先生的人品和诗品已有全面的介绍；在《剑风楼随笔》中，又分述白蕉、唐云、陆俨少诸书画家与施叔范先生的交往，知人论诗，大有利于我们对裘老诗作的理解。

《白蕉论诗贵生奇》的片段：

"白蕉先生……与施师叔范为文字至交，二公皆嗜酒成癖，过从甚密；当其酒酣耳热，意兴陶然之际，辄品评人物，议论纵横。曾记有次我邀施、白两公饮于虹口凯福饭店，族兄家风亦同席作陪，席上开怀畅饮，妙语连珠，逸趣横生。施公海量胜于蕉翁，而蕉翁亦不甘示弱，虽醉犹吞杯不休。直至深夜，樽盘狼藉，蕉翁言语模糊，始烂醉而归。"

白蕉是当代著名书法家，亦工于诗，裘老曾登门请益，白谓作诗贵在"生奇"二字。评议近人诸多诗作少有当意者，独对施公之

诗文赏析

诗倍加赞赏，曾赠施公一律，起句即称"矮鬐短律擅生奇……"以"擅生奇"来称许，即见其评价之高。说"矮鬐"则与曹氏所称"短胡"相合；其所称"怪人"者当是指其醉心诗酒和不合时流的风格。后来裘老在《悼白蕉翁》一诗中还述及此事：

> 饮酒不辞连夜醉，论诗独许矮鬐工。
>
> 江南名士生花笔，都付潇潇暮雨中。

悼白蕉翁，又是追悼施叔范师，表明施公在老一辈书画家中都有深厚的情谊和极高的品位。裘老在《记陆俨少与艺苑诸君》一文就记述了画家唐云对施叔范先生的一次侠义之举：

"……画家唐云，其为人也儒雅风流，与陆很相似，且笃于友情，能急朋友之难。早年施叔范先生因小故遭厄遇而僻居乡间，唐远道奔赴慰藉，并为之竭力伸白，颇具古侠者之风。"

初时，裘老与唐翁从未交往，"文革"后，一次路过愚园路唐家，裘老决意登门造访，说要请为自己的诗作题字。唐翁接过诗稿阅后，一改怠慢态度，热情款待有如故交。后来裘老在《奉寄唐云先生》一诗中即咏此事：

> 施公至好诗文友，昔日裘郎一叩扉。
>
> 只觉高人多侠义，忍言往事各嘘唏。
>
> 公挥彩笔名天下，我愧虚声着白衣。
>
> 垂老相逢或天意，同为逝者拾珠玑。

《奉寄唐云先生》一诗，实际也是裘老怀念施师之作。因为唐云是"施公至好诗文友"，所以"昔日裘郎"——以往的小裘竟然会登上门来"一叩扉"。说是要求为诗作题字，这只能算是借个因头，主要的还是为了施公，望能继续师门旧友的情谊。

总觉得您这高人那时远道为施公声援做得多有侠义，到现在我们还不忍心再谈论施公遭厄的往事，只是各表唏嘘。"只觉高人多侠义，忍言往事各嘘唏"，这一对仗句显得呼应灵活自然。下联"公挥彩笔名天下，我愧虚声着白衣"，则是倒叙式交叉对仗句。按字面意义应当排列成"公名天下挥彩笔，我愧虚声着白衣"，这才显出上下句之间巧妙的对仗关系。交叉成"公挥彩笔名天下，我愧虚声着白衣"，就达到了白蕉翁所倡导的"生"和"奇"。"挥彩笔"作为唐云画家的特色，"着白衣"作为裘老医家的特色，交叉对仗，富有新意。

"白衣"又有新、旧二义：新义指白大衣，为医者所服；旧义白衣则指平民所服，与官服不同，诗句中意可兼之。末联作为结语，说两人在垂老之年能够会晤或许是天意使然，共同可为逝去的施公诸人拾掇散落的珠玑——仍然是回归到出于施公师友之情的招引。

裘老直接写给施公的诗，是在施从沪返杭之后，一次裘老从上海回乡经过杭州时，专门探望叔范先生，写成一首《杭州谒叔范先生》诗：

> 一任年华逝水流，沪滨见后又杭州。
> 文章竟有穷工事，师弟都非肉食谋。
> 桂桨微摇潭月夜，芦花朗照圣湖秋。
> 莫伤鬓影为诗老，沧海门生也白头。

诗意说的是：听凭时光像流水一样过去，自上海滩见过面之后又来到了杭州。次联接叙：诗文写作的事总是"穷而后工"的，我们师生都是安于清贫，不是谋求"肉食"之辈。"文章竟有穷工事，师弟都非肉食谋"，对仗灵活而境界高尚。后联说西湖的景色：船桨轻摇在三潭印月的夜晚岸边，芦花照拂着西湖的秋光。"桂桨微摇潭月夜，芦花朗照圣湖秋"，这里既有桨声、月色，还有在秋风中摆动的岸边芦花，苍白的花蓬似乎在照察秋天景色的变化。"朗照圣湖秋"，"朗照"一词原该是明察的意思，这里把芦花的形态扩展了，由此引出末联的结句：从苍白、蓬松的芦花，联想到施公老去的"鬓影"和作为门生的"也白头"，"莫伤鬓影为诗老，沧海门生也白头"。提出不要伤心鬓发、胡须因为作诗而变老，在上海滩的门生此时也已进入白头境况呢。这诗对于施公当是最好的慰藉，原来"莫伤鬓影为诗老"却是套用施公早年写给老友曹聚仁的旧句，是

"沧海门生"非仅能记诵,而且把它活用了。

抗日战争时期,曹作为随军记者,到处奔波,一次与施于战地相逢,曹一身军装,戴顶大箬笠,施当夜为他赋一七律:

> 此夜惊狂喜复衰,江山远送故人来。
>
> 压灯大笠流兵气,入室严装带劫灰。
>
> 客地温寒烦翠袖,中原露布出长才。
>
> 自伤髻影为诗老,不敢雄谈赑酒杯。

(赑,音世或赦,意指赊欠)

末联一语即为裘老所赏用,只是将"自"提到"髻影",也提到"诗"和"酒",这些已成为他的特色。从这里可以看出,施公的诗风正为其门生裘老所传扬。在《记爱国诗人施叔范先生》文中就记录有施公为数不多的诗篇,这也是裘老为逝者所拾掇的珠玑,值得珍视。

"文革"过后,裘老与陆俨少、唐云诸画家会面时,谈起施公往事。此时施公已逝,裘老写有《怀念叔范先生》一律,并请陆、唐二翁书成条幅。原诗如下:

> 少沐春风旧草堂,沪滨重见菊花黄。
>
> 僻居应是须眉朗,薄醉悬知意念伤。
>
> 老去江湖艰跋涉,晓行风露湿衣裳。
>
> 文章灵气归何处,好句长留后世光。

全诗的意思是:少年时如沐春风地接受教导在旧居的草堂,到了上海滩重新会面,那里菊花正是吐黄。僻居乡间,应该是须眉和心情都显得开朗,经常小醉,猜想是意念上有所感伤。年龄老去,江湖大地已经艰于跋涉,清晨行走,难免风露沾湿了衣裳。诗酒文章的灵气归向何处,愿好句子长期留住给后世增光。

陆俨少画家于书写原诗之后又加上题记:裘沛然怀念师门之作,属陆俨少书忆在抗战之前与叔范先生相遇沪上,诗酒风流,冠绝当时。嗣后暌违日久,不通音讯。微闻中经坎坷,而不能详也。顷沛然我兄为言已归道山，长才多厄，为之怃然。丁卯（1987年）四月，俨少附记。

唐云画家书写的诗，首句作"少日曾随旧草堂"，末句作"好句终为一代光"，似为初时的未定稿，当以前文为准，这也是由徐伯清先生小楷抄定的一首诗。

（李　鼎）

仁者寿
——记裘老忧国忧民的赤子情怀

诗文赏析

　　裘老生前作为一代国医大师、中医界的泰斗而为人们所熟知、所景仰，殊不知先生除治病救人外，一生以弘扬儒学、振兴中华为己任，体现了老一代知识分子忧国忧民的赤子之心。早在四十余年前，先生曾有诗写道：

> 诸夏文明久冷清，于人弃处独孤行。
>
> 神州倘有鸿儒在，愿作弘扬一小兵。

　　先生96岁高龄时，推出了历时八年打造的绝笔作《人学散墨》，了却多年的心愿。《人学散墨》一书，旨在为先秦儒学，即孔孟之道正名，还孔孟之道一个清白。

　　以孔孟为代表的儒家思想，是东方智慧的象征，是全人类的精神财富。然而，从"五四运动"提出"打倒孔家店"开始，至"文革"时，把孔子称为"盗丘""孔老二"加以痛批。对此，先生于《人学散墨》一书中说道："把东方文化巨人的智慧直接混同于封建纲常制度和封建专制主义思想，这是极端错误的……孔子的倍遭鞭挞，真可谓是千古奇冤。"实是一语中的。

　　先生进一步论述道："封建礼教的确'吃人'，的确妨碍了中国

229

的进步。但是，孔孟是中国历史上反对独裁专制的伟大先驱者，他们对于'君欲臣死，臣不得不死；父欲子亡，子不得不亡'等'三纲'之类的谰言，完全大力反对，他们也从未说过'存天理，灭人欲'，以及'饿死事小，失节事大'的话。说这些话的乃是后世封建士大夫中的一些'贱儒'，他们为了猎取富贵利禄，谄事帝王，竟然歪曲孔孟思想，篡改孔孟学说，妄加发挥，胡乱造谣，以荼毒百姓，贻害千年。"

同时，《人学散墨》书中，重点论述了以孔孟为代表的儒家思想之精华，儒家思想的核心是"仁"，"仁"的内涵是"爱人"。以人为本，以民为本的仁爱思想，是贯穿儒家全部学说的主线。《论语》有"苛政猛于虎"的论述，《孟子》有"民为贵，社稷次之，君为轻""君视民如草芥，民视君如寇仇"等记载，均是这一思想的体现。而《论语》中"己所不欲，勿施于人""己欲立而立人，己欲达而达人"等对"仁"的阐述，则是想以仁爱思想，构建一个人与人相互友好、相互友爱的和谐社会。

《人学散墨》一书，旨在弘扬儒家文化的核心价值观，以期矫正诸如贪污腐败比比皆是、假冒欺诈公然横行、不肖子孙日益增多等道德沦丧的社会风气，以求民族的复兴和国家强盛。先生不无担心地指出："后人不肖，斯文不振，拨乱反正后的今天，道德文明建设步履维艰，社会各层面、多角落所暴露的问题触目惊心，真使每一个正直的炎黄子孙汗颜。"儒学与经济发展纵观我国上下五千年文明史，被世界公认的有三个盛世：汉文帝、汉景帝时的"文景之治"，唐太宗时期的"贞观之治"，清朝的康熙、雍正、乾隆年间的"康乾盛世"。"文景之治"是公元前150年前后，那时的欧洲、那时的希腊，尚处于野蛮的奴隶制社会时期，而大汉王朝已是经济繁荣、文化先进的礼仪之邦，国库充盈，人民安居乐业。"贞观之治"奠定了盛唐的基础，鼎盛时的都城长安，数万名外国使节和留学生云集于此，学习先进的汉文化、先进的唐朝典章制度。那时我国周边的一些国家，还处在茹毛饮血的蛮荒时期。清王朝的"康乾盛世"历时一个半世纪之久。有学者统计，"康乾盛世"之时，我国国民生产总值（GDP）占全世界的三分之一。可见，我国历史上的经济在世界民族之林中一直处于遥遥领先的地位，这一切是儒家文化孕育的丰硕成果。儒学不仅孕育了我国历史上经济的发展与繁荣，对亚洲周边各国影响也是巨大的。盛唐之时，汉文化及典章制度传入日本。战后日本稳居世界第二大经济强国宝座四十余年，主要是得益于儒家文化。至今日本许多大型企业，还是以《易经》《论语》等书中的格言作为企业精神，也说明了这一点。20 世纪六七十年代，新加坡、韩国以及台湾和香港地区经济腾飞，被誉为"亚洲经济四小龙"，这四小龙无疑是受儒家文化影响最大的国家和地区。除亚洲而外，孔子的学说日益被全人类所接受，现遍布世界的 400 余所孔子学院即说明了这一点。1988 年 1 月，75 位诺贝尔获得者在巴黎发表《尊孔宣言》："如果人类要在 21 世纪生存下去，就必须回头，到 2500 年前去汲取孔子的智慧。"可见儒学对人类的贡献，已经得到世界精英们的认可。作为一代大师、传统文化底蕴深厚的裘老当然深知复兴儒家文化，关乎国计民生，关乎国家、民族的发展与未来，这也是《人学散墨》的写作之因。

《人学散墨》完稿，先生是 96 岁。耄耋之年、体力精力将尽之时，孜孜于此书八个春秋，其用心之良苦，思之令人动容！鲁迅诗云"我以我血荐轩辕"，先生其庶几矣！书封底印有一首绝句，乃先生手书：

> 流光总被墨消磨，济世无方奈老何！
> 我亦乾坤有情者，登楼四顾一蹉跎。

诗中"济世无方""乾坤有情"，先生一腔忧国忧民的拳拳赤子情怀表露无遗。先生生前曾书写《论语》"仁者寿"三个大字，作为自己的座右铭以励志。终先生一生，以仁术以活人，以仁心以爱人，以天下为己任，享年 97 岁高龄。"仁者寿"，其先生自谓耶？

（李　鼎）

吴公医术撼神州

——读裘老贺吴阶平教授从医六十周年诗

在我校名誉校长吴阶平教授从医六十周年纪念活动的准备阶段，学校谋划送一份礼品表示祝贺。这礼品要既合身份，又避流俗，显示风雅。送什么好呢？议论之时，见仁见智，最后定为：请校专家委员会主任裘老作一首贺诗，请我校校友、现在美国工作的俞尔科写字，裱成立轴。这诗自然要对吴老的一生业绩、高风亮节做恰如其分、恰到好处的概括，且又要用格律诗的形式和语言来表述，其难度之高可想而知。没有金刚钻，怎揽瓷器活？裘老是这方面的行家里手，驾轻就熟，非其莫属。时隔不久，诗即写就：

> 吴公医术撼神州，朝野同钦德业优。
>
> 六纪仁风吹大地，十年高爵据中流。
>
> 宵旰合是贤劳事，咨议常从国族谋。
>
> 每过零陵还谛视，杏林可比昔时稠。

读者一看就会明白，诗写得高屋建瓴，气势宏大，以吴老从医、从政、关心上海中医药大学进而关注中医事业三个方面，从吴老的医术、医德、爱国、怀民、敬业、奉献等优秀品质和高尚人格，层层展开、丝丝入扣。吴阶平是中国泌尿外科的主要创始人之一，是毛泽东、周恩来等数代党和国家领导人的保健医生，担任过毛主席遗体保护科研领导小组成员，为苏加诺、胡志明等外国首脑治过病。但他更多的精力和时间是用在为中国普通老百姓疗疾治病，从事医学教育和医学科研工作，医术和医学科研成就震撼神州，国家元首和平民百姓共同钦佩和敬仰，实属难能可贵。"医术撼神州"和"朝野同钦"的概括极其正确，"六纪"的"纪"，这里指纪年单位，《辞海》释：古代以十二年为一纪。"十年高爵"是说吴阶平自 1993 年 3 月起当选为全国人大常务委员会副委员长。"宵旰"两字是"宵衣旰食"的略语，意思是天不亮就穿衣起身，天晚了才吃饭，古代的诗句中多用于称颂帝王勤于政事。裘老借用过来是赞扬吴阶平在从政过程中，为关心国家民族的大事而繁忙劳累、勤政为民的精神风貌。

　　最后两句笔锋一转，落到与学校的渊源上，是点睛之笔。吴阶平教授从事的是现代医学专业，但他对祖国的传统医药、对博大精深的中医文化情有独钟，爱之深切，1997 年欣然应邀担任我校的名誉校长，这是在吴老众多的兼职中唯一与中医药高等院校相关的职务。吴老做事的一条原则，绝不挂虚职，徒有其名，因此，每到上海，他总要到零陵路上的学校来看看、走走，和学校领导、教师、学生代表座谈讨论，指导点拨，鼓励有加。诗的最后两句，正是吴老关注中医药事业发展的热切之情的写照。"谛视"的"谛"，是指"注意""仔细"，形容视察时的聚精会神，"杏林"是中医的代称，在这里喻指我校，这是大家能够意会的。至于律诗的起承转合、平仄对仗、合辙押韵，裘老于此已臻炉火纯青，用不着赘言蛇足，读者自会欣赏品味。

（张建中）

记住忧危好着鞭

——访上海中医药大学专家委员会主任委员裘老

　　2002 年"五一"长假第一天下午，我和施祀教授相约一起看望裘老。他正在城郊的"茅庐"对《辞海》条目进行修改定稿，艰苦备尝。对于裘老以"又八"高龄、耄耋之年仍一丝不苟地从事着文化建设的煌煌大业，由衷感佩。我是初次造访"茅庐"，之前曾在裘老的《剑风楼诗钞》中读到过《小息剑风书屋》的诗：

结庐偏远地，聊避市尘哗。

四野春无际，微吟意有加。

偷闲非伏枥，投老若为家。

且觅静中趣，时还看晚霞。

诗句已约略透露"茅庐"的概貌和裘老"结庐偏远地"的意趣。而身临其境，所见门楼一座，围墙一圈；上有红瓦一片，下有绿草两方，鲜花数丛，屋舍几间。门前田畴春光无限，周边民居参差错落；清晨听鸟雀啁啾，黄昏闻蛙声鼓噪。走进房间确有陋室之感受，小庐造于数年前，石灰抹墙、水泥铺地，设施简单，年久失修，已色泽斑驳，唯有几房间满橱满架的古今文献，显示亮色，也是书屋精髓所在。

正所谓"山不在高，有仙则名；水不在深，有龙则灵"，裘老的"小庐"客厅给人的印象是"谈笑皆鸿儒"。一幅江泽民总书记接见《辞海》主编、副主编的照片，裘老以副主编的身份荣列其中，显示其地位的不凡。《辞海》为我国大型综合性类书，每十年左右增补修订一次。现在的主编是夏征农，副主编有王元化、叶叔华、苏步青、杨福家、李国豪、钱伟长、翁史烈、谈家祯等学问家、科学家。新版《辞海》问世后，江主席接见并慰问大家，同时提出要编撰《大辞海》，要像英国的《大不列颠百科全书》那样包罗古今。裘老当时从事的是《辞海》增补条目的审定工作，这次中医及养生类的条目增补较多，审核定稿的工作任务很重。裘老对每个条目推敲修正，使其更加符合科学、正确、简练的要求。裘老说："《大辞海》是在国际上显示我国文化水平的一个标志，我们要对国家和人民负责，岂可掉以轻心！"他每天都是凌晨2时左右入睡，准备苦战100天，"一瓢饮，一箪食"地生活。在几千条词目中，其中有两条重要条目，就用了他六天六夜的时间，查阅了许多有关书籍，才把文字改定。修改有些原稿，已改得他心力交瘁。他之所以要躲进小庐，闭门谢客，一是要抓紧完成任务，二是小庐有大量书籍可供翻检，每个房间的桌椅、沙发、茶几上摊放着已翻阅和随时可翻阅的资料。

编修《辞海》的苦辛烦劳，裘老曾写过一首七律：

> 浦江曾纪集群贤，岁月催人雪满巅。
>
> 知识无涯真似海，增修不断各忘年。
>
> 文明建树供同检，学术商量要共研。
>
> 浩瀚百科难甚解，析疑唯此较齐全。

从风华正茂的青壮年到满头白发的耄耋之年，一代又一代的学者为编修《辞海》奉献青春、智慧，为无涯的知识海洋注入新的源流，其功厥伟，其泽绵远！从裘老"幽怀终拟诉何人"的思绪中，我们想到他在《题〈名医摇篮〉出版》诗中写到的"记住忧危好着鞭"的提醒和教训，领会了前辈学者对后学的殷殷期盼之情。裘老说，这一次《辞海》条目的审定他是"重任在肩、义不容辞"，但下一次就需要年轻一点的博学才俊来承担了，这方面的人才不容乐观，即使就撰写条目的人选来说也需加倍努力，庶几堪任。

裘老的"忧危"还在于对中医事业的发展和中医教学的关注。他希望年轻一代的中医人要发奋努力、自强不息。"吾侪头白心长在，要看中华命世才"，这是裘老语重心长的嘱咐。

（张建中）

诗文赏析

欣看广厦已三迁

——喜读裘老的新诗

庆祝上海中医药大学建校五十周年的准备工作正在紧锣密鼓地进行，如同一台大戏总要有一个精彩的序幕一样。发表于《上海中医大报》571 期副刊上的学校专家委员会主任裘老的新诗作，正是帷幕拉开后第一个登台亮相的鲜明形象。当编辑向裘老约稿，请他为校庆宣传活动专栏写点文字时，裘老爽快地答应了，很快一幅墨迹淋漓的书法作品寄到校报编辑部，展现在人们眼前的是两首七绝。裘老以九十高龄，仍文思潮涌，字写得遒劲有力，飘逸洒脱，着实令人钦佩叹服。诗是这样写的：

其 一

建院今将五十年，欣看广厦已三迁。

莘莘学子多勤勉，绿树成荫花满天。

其 二

酌古斟今费剪裁，创新多自继承来。

东南一客垂垂老，犹想中华后起才。

诗明白易懂，但寓意深刻。五十年创业艰辛，来之不易，是几代中医人在党和政府支持下艰苦奋斗、不懈努力取得的成果。"广厦"在这里喻指校园，特别是地处张江的新校园，楼宇巍峨，大道如砥，环境优美，气势雄伟，作者用"欣看"两字表达其喜悦的心情。"三迁"在这里表述学校在半个世纪的岁月中，已经有过三个校址了。新中国成立以后的中医高等教育肇始于 1956 年，这一年的 8 月 6 日国务院发出文件，"同意在北京、上海、广州、成都分别成立四所中医学院"。当年 9 月 3 日《解放日报》发表一则题为"上海中医学院前天开学"的消息，披露"这所学院由著名中医师程门雪担任领导工作"，其时的校舍租借在北苏州河路的河滨大楼内。1958年政府规划土地在零陵路 530 号创建中医学院，毗邻的龙华医院也紧随其后建设而成。进入 21 世纪，随着高等教育和中医药事业发展的需要，上海市政府决定把学校迁至浦东张江，2003 年 10 月新校落成。莘莘学子在新校园开始了新的学习生活，裘老嘉许大多数学生学习刻苦勤勉，成绩优良，但他也多次告诫有的学生中医基础知识学得不够扎实，离合格中医师的要求还有距离，他常约见同学交流沟通，殷切勉励学生要热爱中医，潜心钻研中医，要立志当医术精湛、学有专长、医德高尚的中医。"绿树成荫"这一句既是写景，又是抒情，十年树木，百年树人，半个世纪几代园丁的耕耘灌溉，使得林木蓊郁，生机蓬勃，桃李茁壮，人才辈出。鲜花硕果遍天涯，岐黄大道连四海！

在第二首绝句中作者更深一层点出主题：中医的继承和创新，"酌古斟今"要把握得当，要"剪裁"适度，恰到好处，只强调继承而没有创新，中医药学会失去活力，不能与时俱进；只重视创新而不认真地继承，中医药学会根基不牢，创新会成为无源之水、无本之木。而现状是无论教育和科学研究、继承的工作远远不够，因此裘老在这里精辟地指出："创新多自继承来。"我们要时刻牢记中医药学是一个伟大宝库，应当加以发掘的理念，首先在继承上狠下工夫，把祖先在长期的理论研究和实践总结中得到的精粹弄懂弄通，发扬光大，同时与现代科技相结合，用高科技研究来开发中医药。这样就能如虎添翼，实现中医药在新世纪走向世界和跨越式发展的目标。

诗的最后两句作者满怀深情地对年轻一代人才寄予厚望，裘老虽然年事已高，年届耄耋，但仍然殚精竭虑为中医事业的发展尽心尽力。"犹想中华后起才"，对中医人才的热烈和迫切的企盼之情溢于言表。多年来裘老在诗作中屡屡表露求贤若渴的拳拳之心，"老夫头白豪情在，要看东南后起才""吾子有才应奋发，东南久矣要张机""我侪头白心长在，要看中华命世才""秘钥灵兰谁启得？老夫拭目望云天"。相信每一位读到这些热情如火诗句的年轻一代中医人会怦然心动，会发愤努力，会以优秀的成绩和创造性的成果报答中医界前辈的殷切期望。

在学校四十周年校庆时，裘老作诗志贺："零陵四纪续传薪，欢集英华歇浦滨……"校庆五十周年则是"欣看广厦已三迁"，我们祝愿他健康长寿，到校庆六十、七十周年时有新诗续作，为校史和校园文化谱写华彩篇章。

（张建中）

嘉言万古新，化作五洲春

——读裘老的诗有得

　　裘老是个著名的中医学家，更是一位儒学功底深厚的学者。他一生崇尚孔子、孟子为代表的儒家学说，在他的文章中；散发着儒学熏陶的浓郁芳香，儒家经典名著的名言名句信手拈来，用在文章中自然天成。进入新世纪后的 2002 年，他以敏锐的目光和深邃的思考，发表了题为《经济全球化时代儒家思想的重要价值》的文章，提出了"经济全球化对人们的生活方式、思维习惯和价值观念产生了深刻影响，也使人们感到对传统儒家思想有重新认识的必要"的命题，深刻阐述了"儒家'天人合一'思想有契于可持续发展的原则""儒家'和而不同'思想有助于促进文化的多样性发展""儒家'以义制利'思想有益于化解人与人、人与群体间的矛盾""儒家'成人之道'思想有利于理想人格的培养"。这些思想观点，从哲学的层面阐明了儒学对于现实社会的重要意义，指出了儒学中的精髓如何与现实生活结合的途径。现在，研究和倡导儒学的学者越来越多，研究的层面越来越广，裘老是在这一领域中关注较早、研究较深的一位学者。

　　应当指出的是，裘老的这种思想的结晶，不是心血来潮、不是偶然所得，这是他深入研究、长期思考探索的结果。在《剑风楼诗集》中，有两篇是与读儒家经典著作直接相关的诗作，一篇是《读孟子后作》，诗前写了一段近 500 字的小序，充分肯定了孟子思想中的精华，表达了作者对孟子的崇敬心情。另一首是《读〈论语〉后作》，诗是这样写的：

> 四海皆兄弟，嘉言万古新。
>
> 莫拘时代论，终乱是非真。
>
> 薄俗少高德，后儒多未醇。
>
> 谁将忠恕义，化作五洲春。

《论语》是儒家经典之一，是孔子弟子及其再传弟子关于孔子言行的记录，共二十篇，内容有孔子谈话、答弟子问和弟子间相与谈论，是研究孔子思想的主要资料。"四海皆兄弟"这是孔子、孟子反复强调的一个政治理念。《论语·颜渊》中有言"四海之内皆兄弟也"，他们所主张的社会制度不是争战、杀伐、专制和暴虐，而是和平、仁爱、和谐、礼义，像兄弟一样友好。这在春秋战乱、诸侯割据、百姓遭殃的时期是一种进步的、给民众带来福祉的理想和愿望，就是在经济全球化、人类将共居于一个地球村的今天，这种对美好制度的向往和人类相处以"和为贵""和而不同""用中致和"等原则，仍然是具有深刻意义的思想结晶。作者用"嘉言万古新"来概括是非常恰当的赞美之词。"嘉言"是美好正确的语言，"万古新"是指不管相隔了多少年代，这些充满哲理的语言仍然具备真理的光辉。裘老说，"革命"这个词在孔孟的学说中多次提到，他们对于虐民的暴君是主张推翻的，《孟子》一书中就有"闻诛一夫纣""君之视臣如手足，则臣视君如腹心；君之臣如犬马，则臣视君如国人；君之视臣如土芥，则臣视君如寇仇"的论述，这从一个侧面展示了他们赞成以革命手段推翻民众不堪忍受的君王的统治。但是另一方面，他们更多强调的是施仁政、行王道、息兵止战、铸剑为犁，走和平的道路来促进社会的进步和发展，这同当前倡导的建设和谐社会、人与自然要和谐，人与人、人与群体要和谐，人的身心也要和谐一致，大而言之，世界上国家之间也要和谐相处、和平友好。真理永恒，嘉言常新！

诗文赏析

"莫拘时代论，终乱是非真"，是说不要用现代的思想框框去曲解儒家学说，这样就会把是非混淆、黑白颠倒、真假难辨、思想搞乱。裘老多次谈到，儒家学说在传承发展的过程中也会附会添加进一些糟粕，进行批判和扬弃是必要的，但是不能把精髓、精华的部分也胡批一通，正如同倒洗澡水时不能把婴儿也倒掉一样。近代从新文化运动"打倒'孔家店'"到"文革"中"批林批孔"，都是用不适当的方式批判儒家学说，以至使用于衡准社会健康发展的道德失范，正确的思想观念受到惑乱，不讲诚信、钩心斗角、唯利是图、不择手段、丧失人格、争权夺利、弄虚作假、坑蒙拐骗、贪污盗窃等丑恶现象泛滥起来，毒化了社会风气，黄钟毁弃、瓦釜雷鸣，这种现象的出现固然有复杂的、综合的因素，但是对在中国社会几千年发展中起到重要维系作用的儒学文化的亵渎和忽视，无疑也是重要的原因之一。例如儒家强调"以义制利"，这是调整义利关系的价值标准和协调人类社会价值取向的普遍性原则。孔子说："富与贵，是人之所欲也，不以其道得之，不处也；贫与贱，是人之所恶也，不以其道得之，不去也。"（《论语·里仁》）"不义而富且贵，于我如浮云。"（《论语·述而》）"君子义以为上。"（《论语·阳货》）"见利思义，见危授命。"（《论语·宪问》）。这些论述用于匡正当前社会的某些弊病，是有其积极意义的。作者用"薄俗少高德，后儒多未醇"来提醒思想文化领域应当肩负起弘扬和践行儒家思想的历史责任，一些自诩为张扬儒学精粹的学者，其实是远未达到应有的水准和水平。"醇"本指酒质厚，也通"纯"，纯一不杂，"未醇"是还没有到这样的要求。

"谁将忠恕义，化作五洲春"。作者用这样的诗句发出热切的呼喊：要使中华民族的优秀文化在促进世界和平、建设美好和谐的家园中发挥作用，而儒家思想是其代表之一。"忠、恕、义"是儒家学说的重要内容，曾子曰："夫子之道，忠恕而已矣。""子曰'君子喻于义'。"（《论语·里仁》）要将这些要义"化作五洲春"是希望不仅在中国要大力倡导，而且在世界范围内也要广泛传播。这点作者有深切体会，在诗作中也反映出来："见说此邦尊孟孔，却因吾道得繁荣。"这是裘老在访问星岛后所写的诗句。前后呼应，一脉相承。

（张建中）

终是助人为乐好

——读裘老的养生诗之一

全国名中医裘老今年九十有三，仍身板硬朗、行动自如。他虽然没有刻意的健身规则，然而他从古代医家的养生理论中汲取营养，形成了自己的养生理念和思想，这在他的诗词中有集中的体现。早些年他写过一组七绝，共五首，取名为《论养生》。先生认为，吟诗也是一种养生之道，有感而发、水到渠成，而不是苦吟、伤神。笔者先前曾写过《养生奥指莫贪生》一文赏析过其中的一首诗。现在赏析的是组诗中的第二首，诗是这样四句：

> 从来得失有乘除，穷达区区莫问渠。

> 终是助人为乐好，世情看淡即天书。

诗的词句通俗，明白易解，富有哲理，而要达到这种境界很是不易。人生在世，事业家庭，财富名利，是谁都会面对的现实的问题。计较得失、患得患失，是一件劳神费力、伤损身心且又难于摆平的事情。因此要以平常心处之，有得有失，犹如加减乘除，不以物喜，不以己悲；恬淡虚无，精气从之，这样才能使身心健康。第二句的"穷达"两字源自孟子说的"穷则独善其身，达则兼善天下"这两句话，这是儒家"士"的人生哲学，把个人的"穷"与"达"即得志与不得志，与国家、民族、社会、事业联系起来，显示了"知识分子"的抱负和社会功能。在这里，诗的作者认为这样的事也不必过分操心，甚至认为这是"区区"小事，可以"莫问渠"。"渠"字在这里是"他"，古文中常用。朱熹的诗句"问渠哪得清如许"即是一例。连"穷达"之类的事都是"区区"小事不去问他，那当然是非常超脱。诗的作者显然不是叫人消极出世，而是劝人不要被名缰利锁所束缚而不能自拔。

后面两句是劝人为善，人活着要为社会多做好事、善事、益事，这最能使人心安理得、神清气爽。如果人被利欲熏心、贪污盗窃、侵吞国家资财，尽管家有万贯，也是心虚胆怯，惶惶不可终日，这样的人怎么能够健康长寿呢？因此，对物质占有欲望的淡化，悟透人生真谛，平平淡淡才是真，这就是养生的秘诀，这就是健康长寿的"天书"。

（张建中）

益寿金丹非药石

——读裘老的养生诗之二

饥餐渴饮七分宜，海雾龙腥未足奇。

益寿金丹非药石，休教病急乱投医。

上述这首七绝是著名中医学家、93岁高龄的裘老写的一组养生诗中的一首。首句讲的是饮食要适度，医学专家早就指出，人类疾病的发生除了遗传、环境等因素外，不少病患是由不良的生活习惯所引起的，暴饮暴食就是其中之一。中医药在数千年的发展过程中，对养生有许多科学的论述。隋唐时代的大医家孙思邈就提出养生贵在适度和守度，在饮食上他提倡"饥中饱、饱中饥"，过饱和过于饥饿都对身体不利。诗的作者提出"七分宜"，正是继承和发扬了前人的经验。裘老不仅把这一养生之道写进诗中，而且长期坚持，养成习惯，再丰盛的菜肴，他也浅尝辄止，七分为宜，从不过量。诗的第二句讲饮食以营养足够为宜，不要追求山珍海味，胡吃海喝。中医一贯注重药食同源，日常食用的米面果蔬，包含了人体最需要的营养成分，有些疾病也是通过食疗治好的。现在有些人把宴席当成家常便饭，追求吃新奇的东西，膏粱厚味，足生大疔，吃出了许多毛病。所以诗的作者告诫人们："海雾龙腥"的食品未足为奇，在饮食上讲究营养合理、适度最好。

诗的后两句是说，人的健康长寿不要过多得依赖药物、保健品补品之类，古往今来，有多少人企盼长生不老，炼金丹、寻仙草，最终都是镜中捞月。要达到益寿的目的，关键在于正确掌握和长期实践养生要领。裘老在养生的长期实践中，总结了一剂精妙的养生方剂，名为"一花四叶汤"，"一花"即指身体健康长寿之花，"四叶"即一为豁达，二为潇洒，三为宽容，四为厚道。这种养生先养心的意境和良好的生活、饮食习惯结合起来，就能收到事半功倍的效果，就不会出现"临事抱佛脚""病急乱投医"的现象，这也是中医"治未病"、重预防理念的体现。

（张建中）

诗文赏析

我命由吾不由天

——读裘老的养生诗之三

心无惭疚得安眠，我命由吾不由天。

利欲百般驱客老，但看木石自延年。

人生活在一个充满诱惑的世界，所为"天下熙熙，皆为利来；天下攘攘，皆为利往"。功名官爵，货财声色，皆谓之欲。古人意识到欲望不可以都去掉："饥者欲食，寒者欲衣，无后者欲子孙。"这是正常的生理、心理的需求。关键在于，要做到知足而不贪，知节而不淫。这不仅充满了人生哲理，而且也是养生的经验，知足常乐、知足长寿、仁者寿等词语从一个侧面反映了为人处世与健康长寿之间的关系。

诗的起句就提出"心无惭疚得安眠"，睡眠对于人的健康与长寿至关重要，精神不宁、神不守舍、六神无主以及疾病缠身的人，肯定睡不好觉，睡不了安稳觉；还有一些人是欲壑难填、利欲熏心，昧着良心贪污公款、收受贿赂，他们整日提心吊胆，惊恐万状，就怕东窗事发。人家是"白天不做亏心事，半夜敲门心不惊"，而他们是没人敲门也惊心，惶惶不可终日，寝不安席、食不甘味。在这种状态下，怎么会有好的心境和健康的身体呢？所以堂堂正正地做人，问心无愧、无怨无悔地生活，才能在健康长寿的大厦上添上一块坚实的基石！

"听天由命"是古人的说法，缺少积极进取的主动精神。在养生这个领域中，诗的作者张扬主动权在自己手中。"由吾"，这里的"吾"字是"我"字的通假字，有"我的"含义。这里说"我命由吾不在天"是说健康长寿要由自身去把握命运，强调自我调摄，既不自矜，也不自伐，顺养天和，这才是养生有道。有人只相信天命、运气，对养生无所作为，这显然是不可取的。

诗的第三、第四两句是劝导人们对欲望要节制，壁立千仞，无欲则刚，同样，节制欲望、淡泊人生有利健康，古人有言"利欲驱人万火牛"，与诗句"利欲百般驱客老"有同样的哲理。你争我夺、钩心斗角，岂能不老？"客"在这里是泛指人，人也可说是"百代之过客"，用做客、过客的心态对待人生，可以从容面对纷繁复杂的现实世界。像"木石"冷眼看世界，长寿就多了几份筹码。

（张建中）

处处施仁寿有权

——读裘老的养生诗之五

人间万事且随缘，处处施仁寿有权。

养得一身浩然气，春光布体日星悬。

"随缘"是个佛教用语，是佛家的说法，在寺庙中会经常见到这两个字。随，是跟着的意思；缘，是缘分、机缘、机遇，人间万事各有因缘。随缘，也就是循着规律走，顺理成章、顺水推舟、随遇而安、水到渠成。不要违背主客观条件去做不可能做到的事，去追求不可能达到的目标。当然这不是说人生不要有奋斗、不要有目标，而是要量力而行、从实际出发，这是人生的成功之道，也是养生的要诀之一。

由佛学的随缘行善引申出"处处施仁"，结合儒家学说中的"仁者寿"，把施仁者的心态和境界与养生长寿结合起来，体现了中国传统文化的意蕴。"仁"是孔子为代表的儒家学说的核心，"仁者爱人""泛爱众""人也者，仁也；合而言之，道也"。仁者人道也，处处以爱人为本，以倡导人道为要旨，这样的心理善良、心胸开阔，以助人好乐、仁民爱物为生活目标的人，一般情况下是会身心健康的，所以儒家概括出"仁者寿"的说法，当然这并非绝对化。诗的作者在这里写到"寿有权"，表明这中间也有权衡关系。这是比较客观辩证的态度。

诗的后两句更深入一步开掘，把人的品德、修养、操守与养生结合起来，这是非常有见地的。"养得一身浩然气"，这里的浩然之气源出于《孟子》一书。孟子在《公孙丑章句上》第二章中说"我善养吾浩然之气"，其气"至大至刚""配义与道""塞于天地之

245

间"。他还总结了三句话，"富贵不能淫，贫贱不能移，威武不能屈"是作为"大丈夫"应该具备的品德和气质，成为儒家学说的精髓而世人奉为圭臬。

人们涵养的浩然之气，是与中医的"恬澹虚无，真气从之""正气存内，邪不可干"相通的。葆养自身的"真气""正气"，达到遍体舒和，有似春光灿烂、日月星辰悬照大地的熙和景象，有这样的精神滋养的人体自然会通泰长寿。诗的作者融会佛、道、儒三家的观点，与养生的道理结合起来，自然贴切，丝丝入扣，这是诗的高明神妙之处。

（张建中）

两字精严客尽惊

——裴沛然与张镜人的友谊见证

裴沛然与张镜人同为沪上中医名家，裴长张七岁。两人早有交往，过从甚密；切磋医术，诗词酬唱。在张四十岁时，裴写了一首贺诗，题为《庆张镜人医师四秩寿辰》。诗是这样写的：

> 醍醐重振旧家声，两字精严客尽惊。
> 医在名门原不惑，情钟吾子亦天成。
> 兰台酒熟高朋满，鸳阁花香细雨清。
> 借问江东吟咏者，风流人物属张生。

"四秩"是四十岁，古以十年为一秩。诗的首句以高屋建瓴之势赞扬镜人先生以自己的聪明才智继承祖业、弘扬岐黄之术，张氏沪上行医已历七世，代有名医，至镜人先生更是青胜于蓝。"醍醐"本指酥酪上凝结的油，《本草纲目·兽一》说："作酪时，上一重凝者为酥，酥上如油者为醍醐。"佛教用以比喻其教义，也比喻把智慧灌输于人、使人彻悟，称为"醍醐灌顶"。第二句中"两字精严"的两字，是指镜人先生总结的治疗伤寒热病强调"表透"和"透表"的观点，这在中医学术上很有创见，尤其在不惑之年就有这样的感悟实属难能可贵，用"客尽惊"来形容也是贴切的。

诗的第二联深一层阐发张镜人先生成才的主客观因素，"医在名门"是近水楼台先得月，条件较为优越；但客观条件要同主观努力相结合，"情钟吾子"正说明镜人先生从小砥砺意志、精研医术、传承家学的决心和行动，这样才能浑然天成，造就大家。

诗的后半部分是借景生情，抒发友情。"兰台"在汉代是藏书之处，后来也代指医界，清代医家徐灵胎著有《兰台轨范》，在这里"兰台""鸳阁"用来喻指中医界朋友聚会之所。镜人先生四十寿辰之际，高朋满座，嘉宾云集；花香细雨，景色宜人。末联又把镜人先生的文采风流随带而出，轻松作结。张镜人先生在致力医事之余，雅好诗文、书法，收藏、鉴赏也多有涉猎。裘先生以"风流人物属张生"来评价，见地精当、恰如其分，可见两位中医名家之间相知之深、相交之诚。

（张建中）

兴来作句子多奇

——读裘老诗有得

在裘老《剑风楼诗抄》中，抒写友情、讴歌友谊的篇章，与友人的唱和之作占了较大的部分，这是中国诗歌的传统。裘老的这一类诗作中，有不少是与上海中医药大学系统的教授、专家及老师同学们交往、交流的有感而发的作品，每每因其相知深、交情厚、交往长而写得情深意切，感人肺腑。大约是在 1996 年，在与李鼎教授同在学校工作进入四十个年头之际，他写了一首《赠李鼎医师》的七律。诗是这样写的：

> 零陵四十载交期，老至都怜笔墨疲。
>
> 夜半论文谁与可，兴来作句子多奇。
>
> 是君能解灵枢意，惟我犹存石室疑。
>
> 如此天人藏秘奥，晚年何敢侈言医。

诗前有一小序，述说两人交往之情。序曰："李鼎老弟与予共事数十年，专研中医学，尤擅针灸经络学说，其古典文学造诣，亦为我校教师中佼佼者。公余辄造我庐，相与研讨医理兼及诗文，煮茗清淡，启予良多。"李鼎先生是上海中医药大学针灸学院的著名教授，在针灸经络学说研究方面成就卓著，曾和裘老一起编写过《针灸学概要》，这是新中国中医针灸学教材的肇始之作，在此基础上后来有了《中国针灸学概要》，有了《中国针灸学》和《新编中国针灸学》。他撰写的《针灸学释难》等重要专著，具有很高的学术成就。李鼎教授的古文功力深厚，诚如裘老所说是"佼佼者"，他的诗词清新雅丽，书法兼擅楷草隶篆，现在学校悬挂的书法作品中有许多就是李教授的精心之作。李先生的文字功底和深厚学养绝非一蹴而就，他自幼年起就在既当老师又是父亲的耳提面命下读古书、学古文，稍长涉猎古代典籍，读了大量名篇佳作，后在华阳中医学校学习时师从川医名家刘民叔，而刘的老师则是与国学大师章太炎比肩的廖季平。几代相承，源远流长，勤学不怠，终至有成。即便如此，他仍不倦地寻师问学、切磋学术，正如裘老序中所言"公余辄造我庐，相与研讨医理兼及诗文"。这里的"辄"是"即"的意思，"造"是"往""到"的含义。整句的释义是李教授"公务之外的业余时间即到我的屋里"，这足以见得两人交往之频繁、友情之深笃。

裘老诗的首联是说在零陵路 530 号校园里与李鼎教授相识相交四十年了。新中国建立的上海中医学院最早是 1955 年下半年，在北苏州河路的河滨大楼，第二年即在零陵路辟蒿莱、造校舍。至 2003

年10月再由零陵路迁至浦东张江蔡伦路，这已是三易其址了。写诗当时裘老已届八十，李教授也年近古稀，因此有"老至都怜笔墨疲"的感叹，其实细品诗句，这里裹含着"老骥伏枥，志在千里"的深刻意蕴，他们两位晚年笔耕不辍，佳作迭出，"笔墨疲"只是自谦、自励之词。颔联描绘的是两位学者"如切如磋、如琢如磨"砥砺学术、精研学问的生动画面，"夜半论文""兴来作句"，加之序文说到的"煮茗清淡"，这样一幅文人雅士的行为画面，眼下已是难得一见、难能可贵了。"谁与可"与"子多奇"是裘老对李教授的赏识和嘉许，谈诗论文要有一定的学养和水准，不是人人可谈的。裘老常常感叹现在中医界能诗善文的人越来越少，这与中医传统文化相悖，"谁与可"的发问中正是包含了这样的隐忧和期待涌现更多后起之秀的热切之情。"兴来作句子多奇"是指兴之所至、填词赋诗，李教授多有奇思妙想、奇句佳联。

颈联两句用一正一反对比的手法阐发对祖国传统医学的一些精到的看法和评价。"是君能解灵枢意"，是对李教授所从事的研究工作的肯定和赞许。《灵枢》又名《针经》，是《内经》的一部分，是中国现存最早的对针灸论述较多的医学基础理论著作，而犹存"石室疑"是裘老对中医学发展所提出的期待。"石室"原为古代藏图书档案的处所，这里喻指中医的经典医籍，中医的医籍经典中的许多精辟论述和高深理论，目前的科技水平和认识能力还不能够完全诠释和印证，仍有许多疑问需要深入研究和破解。但是切不能轻易否定经历数千年发展得以保留下来的中医学的科学性，这是裘老一再强调并呼吁的观点，在这里他也以委婉的方式表达了这一思想。所以尾联两句他更深一层阐发的思考"如此人天藏秘奥"，裘老认为，宇宙中尚未被人类认识的奥秘最多的一是天体运行，一是人体自身，中医学也是认识天、人秘奥的一门科学，它所特有的天人合一、整体系统、辨证思维等是探究问题的重要方法，而且被越来越多的有识之士所认同。作为中医的承继者和创新者，基于此种认识和思考，裘老在结尾时谦逊地写道"晚年何敢侈言医"，这里的"侈"当夸大、过分来解，以裘老这样的饱学之士，临床名家尚不敢自夸，我们年轻的、学问底子尚不厚的中医人就更应该发奋努力、苦下工夫，钻研学问、提升学术，为攻克中医学的一些难题、攻克天人宇宙中的点滴秘奥作出自己的贡献。

（张建中）

东南如此两医家

何时希先生是江南何氏医学世家第 28 代传人，曾膺聘供职中国中医研究院（现中国中医科学院），担任上海市人民政府参事，亦是上海中医药大学客座教授，与裘老有较多交往和友谊。20 世纪 30 年代，他们同在私立上海中医学院学习中医、精研岐黄。在裘老的诗集中，有一首题为《赠时希兄》，诗前有一段引言曰："时希予少年同学饶有才华，闻以耄耋之年奋笔著书，蔚然可观。既欣其老而有作，又念昔年同窗凋零殆尽，抚今追昔，感而成句。"诗是七言律句：

> 石皮灯火纪年华，乍见闻惊白发加。
>
> 江浦犹存双竹马，东南如此两医家。
>
> 千行彩笔山中事，一曲清歌海上哗。
>
> 思读灵文醒倦眼，还闻余绪写筝琶。

诗的首句描述的是当年同窗攻读的往事，同学少年，风华正茂，何先生的以"饶有才华"闻名，乃当其时。"石皮"两字是指当时读书所在的中医学院院址，在上海南市小西门的石皮弄广益中医医院内，校舍简旧而勤学精神可嘉，灯火之下精研细读岐黄经典、医家名著，也可以说正是这段"三更灯火五更鸡"的发愤苦读，打下了成就中医名家的基石。据余瀛鳌的文章称："时希先生治病，长于内科杂病及女科，博涉精深，昔年在中医研究院广安门医院应诊，其论因审证，立法处方，均能运以匠心，行以恕道，为广大患者所称颂。"何老个人著作有《妊娠识要》《女科一知集》《雪斋读医小记》《何氏八百年医学》《何书田年谱》等四十余种。裘老与何时希先生相见并"感而成句"时，已是分别很久之时，所以有"乍见同惊"的喜悦，然而岁月流逝，白发有加，青春不再，经历了人生坎坷的两位医家，定感慨良多。时希先生行医主要在上海青浦地区，新中国成立后与章次公、秦伯未先生同赴京城，裘老与他相见机会不多是情理中事，晚年何时希先生回沪，相晤渐多。

诗的第二联深一层抒发了双方的真挚友情，用"青梅竹马"的典故比喻当年的亲密无间，纯真无瑕，而令人遗憾、伤感的是"昔年同窗凋零殆尽"。世事沧桑、自然规律不可抗拒。两人都是医家之后，应该传承薪火，为祖国传统医学的发展作出贡献，这一心愿是相通的。何时希当时以耄耋之年，仍不惧辛劳编撰"何氏历代医学丛书"凡42种，把宋代以来800年间何氏医家的医学著作钩沉稽考，整理编注，付梓出版，公之于世，这是一件在中医发展史上有重要意义的事情，裘老以"千行彩笔"来形容其工程的浩大，"山中事"喻指著作的重要，古人把重要书稿称之为藏之名山之作。"思读灵文醒倦眼"，更进一层称誉何氏的著作内容精彩，读之能精神为之一振而心明眼亮。裘老在诗中还对何时希先生的多才多艺给予褒扬，"一曲清歌海上哗"，指何时希先生热爱京剧，是个知名票友，曾粉墨登场，艺惊四座，引起不小轰动；他利用业余时间，记录谱写了不少京昆曲谱，"余绪写筝琶"即此谓也。

何时希先生对上海中医药大学怀有深厚感情，他一贯以为沪上创办于20世纪30年代和50年代两所中医学院是前后相继、一脉相承的。他生前于1980年代向"母校"捐赠了一批珍藏的何氏医学史料，包括祖上名家的著作、处方、诗稿、信札、字画等。最近，又有一批何氏文物入藏校医史博物馆，这是他身后的事了。此时此刻诵读裘老悭锵的诗句，缅怀何时希先生对中医事业所做的贡献，更使我们平添几分对中医界前辈的钦敬和尊崇。

（张建中）

世上难求绝唱诗

裘老工诗，论诗自有真知灼见，在《剑风楼诗文钞》序言中他写道："盖吟咏之道，用笔贵曲，且崇尚辞藻。"有两首《论诗偶作》的律句，进一步阐述了他对古诗和历史上诗人的看法和评价。诗前的一段文字言简意赅、趣味隽永："我国诗学至唐宋而极盛，后之学者摹拟且不易，况于迈越？虽以涪翁之才与学不敢仰视眉山，清赵翼乃有各领风骚之说，亦一时兴到语耳。余则尤嗜浣花、玉溪、剑南三家，惟勉学之而已。"其第一首七律是这样写的：

> 俊逸清新俱可法，高浑淡远益堪师。
>
> 人间易得伤怀事，世上难求绝唱诗。
>
> 工部郁沉惟涕泪，义山绵邈人疑痴。
>
> 笔端流得真情出，魂魄千秋绕示儿。

引语中说到诗到唐宋盛极，后人很难超越的观点，是不少论者的共识，鲁迅先生也说过类似的话。其中的"涪翁"乃北宋诗人黄庭坚的"别号"，他是北宋文学大家苏轼的学生，是"苏门四学士"之一，在文学史上有人并称"苏黄"，才学出众，开宗立派。裘老认为他与苏轼比起来还相差一截。"眉山"是苏轼的出生地，此处代称苏轼。历史上也有人不赞成"诗到唐宋盛极"的说法，清代学者赵翼写过一首流传很广的诗："李杜诗篇万口传，至今已觉不新鲜；江山代有才人出，各领风骚数百年。"诗写得虎虎有生气，也符合辩证、发展的规律，但在诗词创作上迈越唐宋巅峰，事实上不可能，只能是兴之所至，发点宏论而已。裘老自己则特别喜爱杜甫、李商隐和陆游三位诗人，努力向他们学习。杜甫在"安史之乱"后到成都，在朋友帮助下在城西浣花溪畔建造一座草堂，裘老在这里以"浣花"代指杜甫。李商隐是晚唐诗人，字义山，号玉溪生。陆游是南宋中期的著名诗人，字务观，号放翁。他中年时期在四川、陕西生活了九年，体验战场气氛、经历欲战不能、壮志难酬的感情波澜，写下了不少慷慨激昂的爱国诗篇，结集成为《剑南诗稿》，裘老以"剑南"代称陆游。

　　诗的首联概括了唐宋诗的风格、意境，"俊逸、清新、高浑、淡远"在著名的唐宋诗家中都有体现，是值得学习和仿效的。第二联说人间遇到伤感、悲情、咏叹、怀恋的事情是很多的，这也是诗人吟诵的题材和内容，但是要化作精妙绝伦的诗句是很难的，像李白、杜甫这样能写下"光焰万丈长"诗篇的诗人亦是极少的。以下四句裘老对自己偏爱的诗人做了评述："工部郁沉"是对杜甫（曾为检授工部员外郎，世称"杜工部"）这位"史诗"诗人的称颂，杜诗的风格多种多样，但最具特征性，为杜甫所自道，亦被历来所公认的是"沉郁顿挫"，杜甫许多感伤时事和描写百姓疾苦的诗，读来催人泪下。"义山绵邈"是指李商隐诗的朦胧幽深的意境，李商隐长期沉沦下僚，政治上失意、生活中经历爱而不得和得而复失（他年轻时有过苦恋经历，39岁时爱妻去世），因此常被一种感伤和抑郁的情绪纠结和包裹，这种感情基调影响到他的审美情趣，以精美华丽的语言、含蓄曲折的表达方式，回还往复的结构，表达心灵深处的情绪和感受，有的诗扑朔迷离、较难理解，裘老所说的"人疑痴"就是指这种状态。末联是赞扬陆游矢志不渝的爱国情怀，陆游85岁临终时留下千古名篇《示儿》："死去元知万事空，但悲不见九州同；王师北定中原日，家祭无忘告乃翁。"这种死后仍然渴望听到北定中原、祖国统一信息的情绪，着实是"笔端真情""魂魄千秋"，使人高山仰止。

（张建中）

世犹多病愧称医

在裘老众多的诗篇中，常常流露出他的一种感人肺腑的情怀，即对尚有不少疾病未能探根究源留下的遗憾。作为一名中医医师对人间众多的病患缺少手段和办法而深感不安和愧怍，这不是谦虚的作秀和客套，而是一位名医大家心系民众的深厚情意和高度社会责任感的自然袒露。请看他写的七律《偶题》，意味是多么深长。

学如测海深难识，理未穷源事可疑。

五夜灯光非梦寐，连朝思绪入迷离。

那堪寂寂千秋意，怎抵寥寥一哭奇。

壮不如人今老矣，世犹多病愧称医。

裘老虽然学问精深、知识渊博，但他一直认为人们对自然的认识是无止境的，尤其是人体和天体的奥秘，离穷源距离甚远；可疑之处、可探索的题目尚有许多，学海无涯、学如测海，一辈子孜孜不倦，也只能探求冰山一角。所以裘老自己常常五更灯火、通宵不寐，读书思索、穿越时空、思接千秋，以继承发扬。尽管寂寞冷清，也矢志不渝；即使如此，要承担传承具有悠久历史渊源的中医事业，也不一定堪当重任。这里的"一哭"是个典故，说的是宋代范仲淹为参知政事时把不称职的监司姓名从班簿上勾去。有人说你这一勾"焉知一家哭矣"，范坚持不改。当时有语云"救一路哭，不当复计一家哭"。裘老用在于此也是希望中医队伍精练、精干、精英，不能鱼龙混杂、良莠不齐，应当大力整饬整顿。最后两句是裘老心迹的表露，既有老骥伏枥、志在千里的豪情，仍需进取；又寄希望于年轻一代，殷殷嘱托、语重心长。

至于"愧称医"，这是裘老的自谦，他在多首诗中反复提过。《在上海文史研究馆迎新会上》他写道：

> 申城岁鼓动轻雷，耆旧同临许末陪。
>
> 自觉庸医非国手，民犹多病愧衔杯。

在《赠李鼎老弟》一诗中有一联是这样写的："如此人天藏奥秘，晚年何敢侈言医。"近年来，沪上中医名家，首推"三老"，裘沛然、张镜人、颜德馨，几乎尽人皆知，广泛认同。而裘老多次在诗作中表露自己"愧称医""非国手""何敢侈言医"的心情，这是大家的风范和气度，诗言志、言为心声。他积一生的经验，深切感受到中医学的博大精深，感受"人天藏奥秘"的"迷离"和"可疑"，现在掌握的理论和实践的知识、学问，比起未被破解的奥秘，无疑是沧海一粟，极其渺小，微不足道。眼下有少数年轻的中医人，中医经典没有认真读过几部，临床的根底亦颇浅显，就觉得本事很了不得，妄自尊大、目空一切。奉劝读读裘老的诗篇，相信会受到启发和教益。

（张建中）

神州佳气拂兰台

秦伯未（1901—1970 年）先生是近代中医名家，早年在上海悬壶行医和从事中医教育工作，晚年调往国家卫生部担任中医顾问，并执教于北京中医学院（现北京中医药大学）。裘老与伯未先生有长期的交往和深厚友谊，在新近出版的《裘沛然选集》中收有一篇文章一首诗，记述了两位中医专家之间探讨学术、切磋学问、谈诗论文的逸事佳话。文章的题目是《秦伯未利钝论诗》，诗为《赠秦伯未先生》，诗前有一行文字："1963 年合肥召开全国中医教材会议，秦伯未先生惠赠佳句，赋此奉答。"后附有秦伯未先生的赠诗，裘老的诗是这样写的：

> 神州佳气拂兰台，艳说龙华会又开。
>
> 好句如从天上落，良医多自日边来。
>
> 初酣沘水逍遥梦，便覆濉溪潋滟杯。
>
> 我是江东疏野客，明堂论道许追陪。

诗的首联概括了当时国家的政治气氛和中医界的良好氛围，1963～1965 年这段时间，度过了"天灾人祸"造成的困难时期，所以有"神州佳气"的描绘，"拂兰台"是中医得到党和政府的重视。清代医家徐灵胎著有《兰台轨范》，这里喻"兰台"为中医界。正是在这样的气氛下，全国中医教材会议"会又开"，见到老友想起在上海的往事，用"艳说龙华"表达轻松愉快的心情。第二联说的是秦先生赠诗。伯未先生既医道精深又能诗善文，裘老在文章中称秦老于"医学之外，擅长书法，于诗词之学造诣尤深""脱手辄能清新飘逸，下笔如流"。伯未先生在赠给裘老的诗中有"行李萧条囊剩剑，文章评议眼高巅"等句子，对裘老的剑胆琴心、识见高远做了赞扬，因而裘老用"好句""天上落"来回应；"良医""日边来"是指伯未先生从首都北京来参加会议，而"良医"指代伯未先生是恰如其分的。裘老曾在文章中称伯未先生"于历代医籍披阅甚多，对《内经》一书钻研尤深，故有'秦内经'之称。秦老精通中医理论，又富临床经验，其处方能遵循绳墨而临证变化又不为所拘"。《上海卫生志》称伯未先生"生平著述甚丰，达数百万字，较有影响的有《秦氏内经学》《内经类证》《内经知要浅解》《金匮要略浅释》《内经病机十九条之研究》等 50 余种"。"将《内经》原文整理成生理学、解剖学、诊断学、方剂学等 7 章，病症则分为伤寒、暑湿、热病等 37 类"。伯未先生后来担任中华医学会副会长、国家科委中药组组长、全国药典编纂委员会委员，还是全国第二、三、四届政协委员，一代名医史所公认。

在第三联的两句诗中裴老把开会期间在合肥的一系列活动化裁了进去。淝水在安徽淮南东部，历史上发生过著名的"淝水之战"，留下了诸如"投鞭断流""草木皆兵""风声鹤唳"的成语；逍遥津在合肥市东北隅，是淝水上的一古津渡，《三国演义》曾写到张辽在此击败孙权的故事；濉溪是安徽北部的一条水系，也是一个城市的名称，即现今的淮北市。"初酣""便覆"有一次、再次的意思，"潋滟"是指水满溢的状态，饮酒、喝茶，说古道今，议论风发。秦老的赠诗中写到"相逢淮上亦因缘""输子棋争一着先""新诗脱手意缠绵"，两人在一起意趣盎然，情谊深笃。

末联裴老把笔触落到自己身上，自谦是"疏野客"，"明堂"在这里指中医，与秦老这样的名家一起讨论中医深奥的学问，仍须不断追求进取，这种谦虚谨慎、严以自律的精神正是裴老一贯的风貌。

（张建中）

裴老《游莫干山》诗赏析

游莫干山

杰阁凉先授，云中漫步行。
枝杪犹剑汇，草露已秋声。
人雨浇禾润，山风拂面清。
夕阳初堕地，又听暮蝉鸣。

《游莫干山》一诗系裴老 2007 年夏在莫干山避暑时所作。莫干山为天目山之余脉，位于浙江德清境内，山峦连绵起伏，风景秀丽多姿，享有"江南第一山"之美誉。同时，这里还是著名的避暑胜地，夏季平均温度仅为 20℃左右，毫无酷暑之象，当地有多种俗语形容莫干山的夏季，如"白天不用扇子，晚上不离被子""晨起如春，夜眠如秋"等。莫干山的清凉世界给裘老留下了极美好的印象，此后他曾多次提及莫干山，均赞赏有加，这种欣赏、惬意的心情在《游莫干山》一诗中展露无遗。

"杰阁凉先授，云中漫步行"。首联系诗人描述其所处的地势之高。据裘老回忆，他在莫干山时的住所是山中各旅舍中位置最高者，美景尽收眼底。"杰阁"即高阁，"凉先授"，因为地势高，故此能最先感受到清凉，远离山下的酷暑。"云中漫步行"亦是形容此地之高，诗人身周云雾缭绕，身处其中，仿佛在云端漫步一般，不由让人想起了韩愈《记梦》诗中的佳句："隆楼杰阁磊嵬高，天风飘飘吹我过。"同样是形容地势高，裘老语句平易，而韩愈追求险奇，效果一样，然风格迥然有异。此联并未直言居所之高，但通过周遭景色的描绘已经让人有身居高处、俯瞰群山、丝丝清凉不绝袭来之感。

"枝杪犹剑汇，草露已秋声"。承接首联，描述诗人俯瞰群山所见的景色。"枝杪"是树木枝条的梢头。莫干山向以修竹闻名，郁郁葱葱，又值盛夏，高处望去，自是满眼的绿。然而，裘老的思绪却并不在此，"犹剑汇"的比喻一出，诗意顿转，树木的梢头远远望去，像是一把把宝剑的剑头攒集，猛然一看有些突兀，很少有人会把树木的枝丫喻为宝剑，然而略微思考，便不禁要叹服诗人的奇思，因为所处的莫干山实与宝剑有着莫大关系，这里是干将、莫邪两位铸剑大师的故地，莫干山之名便由此得来。山川有灵，纵然千古之后，树木犹有剑气亦在情理之中，既巧妙地照应了题目，又十分贴切形象。"草露已秋声"句，对仗工整，虽然山外仍是酷暑，然而这里已经能看到草露，提示着人们秋天临近的脚步，仍意在描述此地的凉爽。

"人雨浇禾润，山风拂面清"。"人雨"系指人工降雨，原来刚刚袭过的一场山雨，不止是天公作美，亦有人力之助，诗人心系民众，不禁想到了丰沛的雨水，地里庄稼吸足了雨水，透出润泽的光彩，农民开心的情景。阵阵山风袭来，清凉阵阵。"清"之一字，不仅是形容神清气爽，亦承接上句"人雨"来临的情思，表达了诗人由衷的喜悦之情。

"夕阳初堕地，又听暮蝉鸣"。尾联以诗人所睹的夕阳美景收尾。山雨刚过，雨后的天空格外晴朗，夕阳的美丽也看得分外真切。诗人用了"堕"字，形容夕阳下落的场景，动感十足。"又听暮蝉鸣"，曾听裘老言及，莫干山的蝉与其他地方的蝉有所不同，其他地方的蝉往往正当酷暑时叫个不停，而莫干山的蝉则是黄昏时候才开始奏鸣。此句结尾看似平淡，实则韵味无穷。夕阳西下，诗人看着夕阳，听着蝉鸣，他到底在想什么，思绪停留在哪朝哪代？诗人并未明示，但是，却也因此留给了我们更大的思考余地。裘老晚年的工作重心是无时无刻不在牵挂着的"人学"研究，我们有理由相信即便是对着此般美景，萦绕在诗人心头的或许仍是民生疾苦、道德文章。

这首五律可谓是裘老写景诗的代表作。他不喜欢用冷僻的字句，也不喜欢直白的表述，而是用类似简练的笔法勾勒景物，看似平淡无奇的白描，实则寄寓着诗人深深的情思，可谓情景交融。唐代大诗人王维的诗作风格被誉为是"诗中有画"，裘老此作亦颇有摩诘神韵，寥寥数语，一个云雾缭绕、山清水秀的清凉世界便已经浮现在读者的眼前。

《游莫干山》诗成后，颇得诗友好评。沪上书法家尹世成是裘老家常客，对这首诗极为欣赏，蒙他好意，要书赠扇面于我，我请他任选一首裘老的诗，他便选了《游莫干山》。诗好，字工，真可谓相得益彰！

（章　原）

万方忧乐绕诗魂

——裘老的诗意人生

裘老既是享誉海内外的国医大师，同时也是造诣颇深的诗人，悬壶济世之余，总是吟诵不绝，从儿时的对句练习开始，一直到溘然离世，从未中断诗歌的创作。熟悉他的人都知道，写诗与下象棋一样，是他的两大爱好。事实上，写诗对于他而言，不止是一种爱好那么简单，还是一种抒发内心感怀的方式，特别是有些想法如果与时局"不合"，无法畅所欲言，那么诗则是宣泄内心情感的最好渠道。如他在 1945 年抗战胜利时所作的《抗战胜利喜赋》两首绝句：

其 一

极目狼烟遍九州，洗街屠郭万家愁。

可怜举国狂欢夜，战骨如山尚未收。

其 二

燐燐碧血照春来，八度花红野苦哀。

昨夜天风机上急，受降新送大官来。

经过八年的抗战，终于迎来了胜利，但战争毕竟已经给中华民族带来了无法估量的损失，满目疮痍，战骨如山。然而就在战乱的废墟尚未清理、战争创伤尚未结疤之际，国民政府的"接收大员"们已经急吼吼地坐着飞机前来以接受之名，借机中饱私囊，聚敛财富，纷纷"五子登科"（房子、车子、金子、票子、女子），"接收"成为"劫搜"，造成了极为恶劣的社会影响，一时间群情激愤，在当时甚至流传着这样的歌谣："想中央，盼中央，中央来了更遭殃。"

裘老的诗作可谓有感而发，但有些话，在当时是不好明说的，于是寄寓于诗，末句"昨夜天风机上急，受降新送大官来"一句可谓点睛之笔，活脱脱地勾画出了大员们敛财心切的贪婪嘴脸，更与前边所描写的国破家亡的惨象形成鲜明的对比。

　　在中国的文化传统中，诗词往往有着截然不同的功用，词多用来表达较为个人、私密的情感，而诗则是用来"言志"的，所谓"志"多指对国家、民生的思考。自古以来，"诗言志"就是中国知识分子的传统，惯于借助于诗歌来委婉地表达内心深处的想法，这样既能起到讽谏的作用，形式上又比较容易让人接受，也就是《毛诗序》所谓的"主文而谲谏，言之者无罪，闻之者足以戒"。裘老自小接受儒家传统教育，行事颇有古风，写诗也是如此，点到为止，更有回味的余地。

　　《己卯除夕》是他在新千年之际写的两首律诗，诗前有《序》，详细交代了作诗缘由："岁除之夜，又值纪元更新，户外爆竹声繁，群情欢腾。予今白发如许，而忧国爱民之心今犹胜昔，情怀耿耿，夜深无寐，因成两律。"群情欢庆新千年之际，诗人却夜不能寐，这种强烈的反差究竟是何造成，读者的好奇心不禁油然而生：

其　一

白发来朝添几茎，青灯偏向岁除明。

人从爆竹声中老，诗在梅花梦里成。

今夜不眠待鸡唱，百年多事望河清。

江山如此堪歌啸，唤起鲲鹏万里行。

其　二

茫茫沧海忽桑田，醉墨琳琅写纪年。

古国文明崇玉帛，中华瑰宝属高贤。

春临大地花如笑，日浴江河水更妍。

德赛先生来到未，神州风物正新鲜。

这两首诗如果单单从字面上来看，很容易被看做是在"锦上添花"，如"春临大地花如笑，日浴江河水更妍""江山如此堪歌啸，唤起鲲鹏万里行"等诗句皆是着力描绘江山之美，国之强盛。但结合诗开头的《小序》来看，诗人的着眼显然不止于此，"今夜不眠待鸡唱，百年多事望河清"一句可谓第一首的"诗眼"，欢庆之夜，为何独独失眠？是因为想起了过去的一个世纪中所经历过的诸多事情，作为与世纪几乎同步的长者，裘老真切地体会到了祖国在这一百年里所遭受到的起起伏伏，俗语谓"黄河清，天下平"，这是历史上无数民众的呼声，"河清海晏"的太平愿景却始终未曾实现。第二首诗中，"德赛先生来到未"无疑是蕴有深意的，约一个世纪前的新文化运动中，"德赛先生"被认为是进步和文明的象征，要把他们都请进来，如今弹指一挥间，百年将至，这两位先生究竟来了没有，诗人没有明确给以答案，而是以"神州风物正新鲜"一句作结，将悬念留给了读者。写这两首诗时，也正是裘老开始将注意力逐渐转向人学研究之际。其时国家正在大力发展经济，人们的确从中得到了实惠，生活水平与改革开放之前相比，真可谓天壤之别。但与此同时，在精神道德层面则不容乐观，唯利是图、见利忘义的事与人层出不穷，作为久经风雨的世纪老人，裘老敏锐地意识到了经济繁荣盛宴之下隐藏着的道德危机，他为此感到深深地忧心，正因为如此，在新千年的祥和气氛之中，诗人却"忧国爱民之心今犹胜昔"。

这种忧国忧民的情感即便在他历经八年的探索之后仍旧炽盛如昔，在《人学散墨》书成后，裘老挥毫作诗：

流光总被墨消磨，济世无方奈老何。

我亦乾坤有情者，登楼四顾一蹉跎。

诗人内心其实很清楚，世道人心的救助不是凭单个人之力就可以成功的，《人学散墨》只是一颗投向湖心的石子，涟漪过后，湖面仍旧会趋于平静。但作为"有情者"，这里的"情"，是对祖国和民众的博爱，是乾坤之情，他仍然选择坚持去做这件事，尽管登楼环顾，同道寥寥，让他体味到了深深的孤独。裘老生平所作诗作中，描述忧国忧民的诗作过半，在历代的诗人中，他对杜甫、李商隐、陆游三人青眼独加，特别是对陆游的《示儿》一诗，每每称颂不已，在《论诗偶作》中称赞："笔端留得真情出，魂魄千秋绕《示儿》。"这也从一侧面显现出他内心的丘壑与情怀。裘老在《郊行杂咏》一诗中，有"万方忧乐绕诗魂"之句，细细体味，深觉此句最能体现他寄情于笔端的写诗宗旨。

上海市文史研究馆编选的《翰苑吟丛》对裘老的诗作推许再三："先生是当世大医，在中医理论和实践两方面都卓有建树，以善治疑难杂症著称，同时又具有深厚的传统文化及诗文造诣，以良医涉世，良相胸怀，好学不倦，老而弥笃。其诗沉郁而兼旷达，晚近之作理致与诗兴交融，臻浑成老境矣。"

"良医涉世，良相胸怀"之论，可谓精当。裘老"良医"的一面，众所共知，而"良相"的胸怀，则在其诗文中展现无遗。苏轼曾在《答张文潜书》中说"其文如其为人"，以裘老之诗度之，此言可信耳。

（章　原）

诗文赏析

附

文

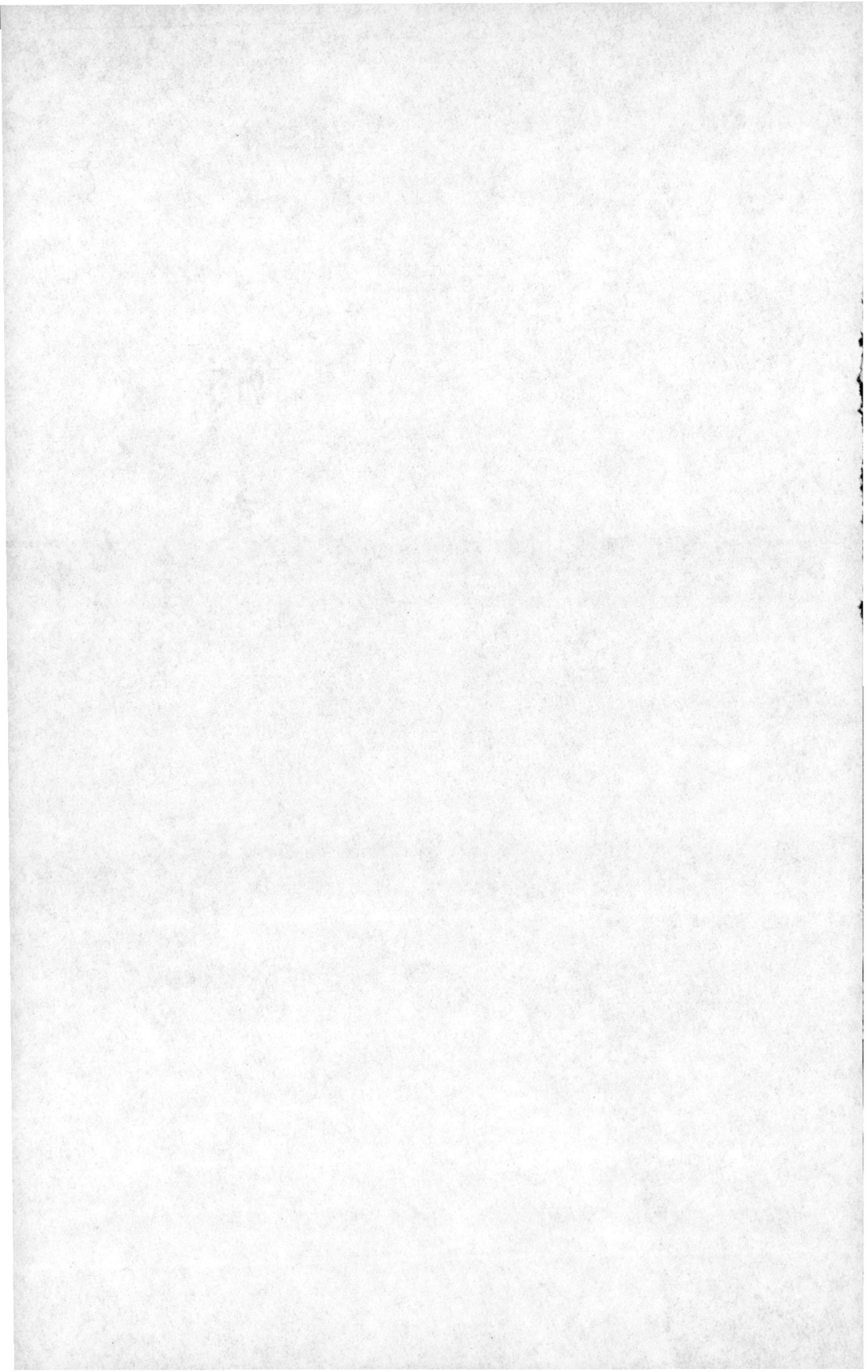

怀念祖父裘沛然

　　2012 年 5 月 3 日是我的祖父裘老辞世两周年的纪念日。祖父离开我有两年了，但他的音容笑貌时常浮现在我眼前。他丰富扎实的理论学养，活人无数的临床实践，博学多识的儒学功底，善诗能文的艺文才情，高德大义的济世仁心，是这位鸿儒大医一生真实的写照。作为孙儿辈中唯一继承其学术经验的人，回忆起祖父对我的教导和关怀，往事历历在目。

　　当初我报考上海中医药大学的时候，祖父曾问过我："你真的决定学习中医了吗，学医不是一件轻松容易的事，它需要吃苦耐劳且收入不高，更需要一辈子的付出，你要想想清楚。"听了祖父的话我对医生的职业有了心理准备，仍毅然决然地报考了上海中医药大学。在课余时间，我便在祖父的指导下攻读各类中医经典著作，他对我学习要求十分严格，如要求我熟背汤头歌诀、药性赋等经典，还时不时会问我一个方剂的组成及配伍，教我在临床上如何变化应用等。某日，有一病人就诊，在诊完病情后，祖父嘱我以半夏厚朴汤及良附丸开方，当药方交到其手中，发现有一味中药开错，祖父不顾旁边有多位病人在，对我严厉批评，"那么基础的一张方剂都背错，实在不应该，你过后给我抄五十遍方歌"，顿时我脸面通红，深感羞愧。病人走后，祖父语重心长地说："你现在在我这里坍台，总比以后做了医生在外面坍台好，一定要牢牢实实打好基础。"祖父的这番话将永远铭记在我心里，基础十分重要，根深才能叶茂。

　　祖父喜欢下象棋，空闲之余会和朋友下下棋，以此作为一种休闲养脑。我则时常坐在旁边观战，同时也慢慢学会了下棋。他老人家从让我车、马、炮开始，随着我棋艺逐步提高，最后可以"公平"

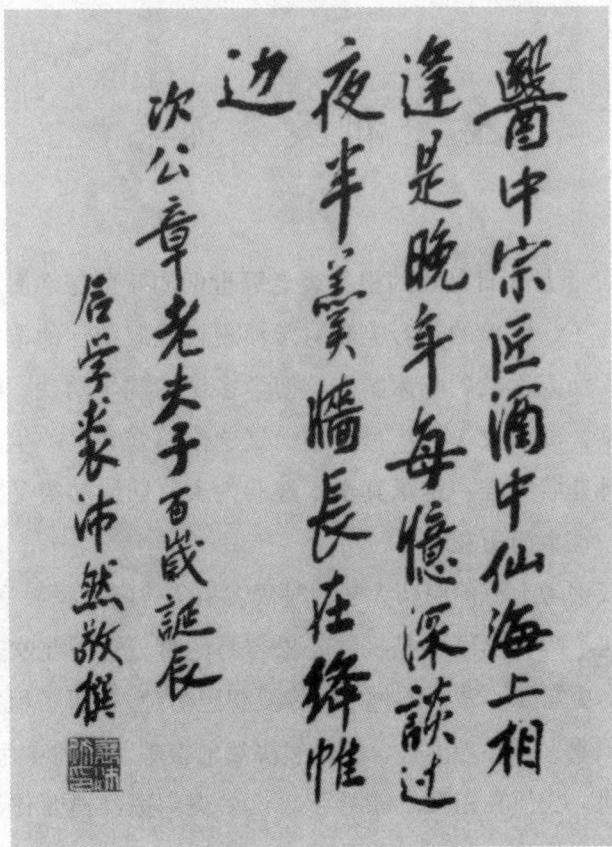

裘老为章次公百年诞辰题词

地和他对战了，甚至偶尔也能赢他两盘，这使得我的自信心满满，难免有轻敌的时候。记得有一次和祖父对弈过程中我起先很顺利，后来变得不顺，局势在不断地逆转，最后崩盘了。我输得很窝囊，心里不服气，要求再来一局，但还是同样的结局，当时我的言谈表情中流露出不服气的样子。祖父看到了我这一现象就对我说："输了棋要找找原因，加以改进，要沉着应战，要胜不骄，败不馁，越挫越勇，要学会反败为胜，你心浮气躁，焉有不败之理。吃过饭后你要写一篇作文，题目就叫《为什么我会输棋》。"从此我逐步明白了，祖父不仅在教我下棋，更是在教我做人。

祖父精研岐黄之学，深通历史、儒学、诗文，同时高度重视和

268

评价现代医学，他认为中西医各有所长，要互相学习，取长补短，要求我精中通西，并希望我熟练掌握英语，把传统医学的精华推出中国，为全世界人民的健康作出贡献。受到他的鼓励之后，我决定西渡英国留学。出国前夕，祖父亲手为我写了座右铭："少壮不努力，老大徒伤悲"。我把它带在身边去了英国。在那里我没有忘记祖父对我的希望，向当地人士介绍中医药知识，使很多人对它产生了浓厚兴趣，不少人还有远赴中国学习的意向，这让我十分的自豪。现在这墨宝压在了我写字台的玻璃下，每天我坐在写字台前就可以十分醒目地看到，以此激励我不断奋进。

祖父很少给我讲大道理，但他对我的教育和影响都是渗透在生活中很多具体的事情之中，他的一言一行本身就对我是一种教育。如今我学成归来，我一定要努力学习和继承好祖父留下的宝贵学术思想和临床经验，同时我也要向我的导师以及前辈老师们和我的父亲好好学习，接好中医的班，发扬光大中医药事业，我想这也是对祖父最好的一种纪念吧！

（裘世轲）

清灯榻伴犹存梦，往事风中已化烟

——追思国医大师裘老

2010年5月3日清晨，当我们还沉浸上海世博会开幕的喜悦之中，突然噩耗传来，我国著名的中医学家、国医大师裘老溘然长逝。在无任悲痛之余，二十余年来随师学医往事历历，泛起阵阵涟漪……

裘老的青年时代，正值军阀混战，他虽有匡时经世之志，而当时的时代思潮，与他的理想均不合，世事蜩螗乃锐志于医学。先生自 1934 年从事中医理论和临床研究工作长达七十余年，他精通内科，善治疑难杂病，耄耋之年还忘我地坚持临床第一线为病人治病救难，深得病家的拥戴。他在这次住院之前，还坚持在看门诊。第一次出院后他又想去医院出诊，我说你身体十分虚弱，说话声音很低，会吃不消的。他说没有事做，很难过。强烈的事业心和社会责任感，令我感动不已。

先生临床强调"治病先治心"，倡导"医患相得法"，要求医生对病人具有高度责任感，从而使病人对医生产生坚定的信心。医生和病人如能同心协力，这将为治愈疑难危重病症创造最佳的条件。"相得"还要施用精神治疗的方法，采用针对性的语言疏导，多方设法解除病人心中的疑虑、顾忌、执著、愤怒、恐惧等思想，使其心神安定，激发起正气抗病的能力，发挥病人自身具有对疾病的调控作用，然后药物才能起到更好的效果，这样的病例多不胜举。

裘老是一代中医名家，学术造诣深厚，倡导"伤寒温病一体论"和经络是"机体联系学说"，指出养生的关键在于"全神"等学术观点。裘老从事中医教育工作五十余年，桃李满天下，他对中医药的教学事业和人才培养事业，更是殚精竭虑、呕心沥血。裘老经常告诫我们中医发展存在危机，我们如果不努力，就要被时代淘汰。他过长期研究和思考，旗帜鲜明地提出了"中医特色、时代气息"八字方针。认为中医学必须在保持自身特色的前提下，努力撷取与之相关的科学新理论、新技术和新成果，为我所用，才能在挑战之中立于不败之地。

先生强调要做一名合格的医生，应有扎实的中医学基础，还要具备厚实的中国传统文化根底和有关的自然科学知识。中医学是自然科学与人文科学的综合学科，其内涵是科学技术与中华文化的结合体。中医学是文化与医学相结合的结晶，我们要学习、研究、弘扬中医学，必须结合对文化母体的审视和剖析，才能真正领会中医学理论的真谛。所谓"用文化阐释医学，从医学理解文化"。他要求我们工作室成员必须读《四书集注》《古文观止》及历代中医名著，打好扎实的文化和中医基础。

对于人才培养，首重育德。他认为中医必须先做好人，强调中医界要"自重、自信、自强"，即使卧病在医院，还教导我们要努力学习，为中医药事业多作贡献。

裘老是一位博通文史哲的学者和诗人，一部《裘沛然选集》熔人道、文道、医道于一炉，获中华中医药学会学术著作一等奖。他对先秦儒学的研究颇深，在学术界被称为鸿儒大医。2008年岁末出版的《人学散墨》，是他多年的思考、研究成果。先生说："我从事医疗事业已七十余年，向以疗病为职。但逐渐发现，心灵疾病对人类的危害远胜于身体疾患，由此萌生撰写《人学散墨》之念，希望为提高精神文明道德素养，促进经济发展，略尽绵薄之力。"他以良医而具良相胸怀，从疗人身体疾病，到治疗心灵疾病，充分体现了忧国忧民的博大情怀和仁爱之心。

先生辛劳一生，平静安详地走了，现在终于可以好好休息了。在追思先生的不眠之夜，想起1983年我协助先生在上海延安饭店参加《百科全书·中医内科学》统稿时，与老师对榻而眠，请教学问，订正辞章，"清灯榻伴犹存梦，往事风中已化烟""黄鹤不知何处去，我来只见白云多"……

（王庆其）

一代儒医的"道德文章"

——喜读裘老的新作《人学散墨》

裘老沛然是闻名遐迩的大医，为沪上最年长的博士生导师。他早已是"著作等身"了，然而医者之心并不满足于此，裘老立志编写一部宣扬儒学的著作，以为救治当前人类社会精神文明缺失的弊病助一臂之力。笔者有幸在八年前与裘老切磋儒学，当时就感到裘老对儒学经典，或熟记，或发挥，其熟稔程度令我钦佩不已。尤其是同裘老交谈，必然会被他的道德理想主义思想和道德实践精神，所感染，所打动。现在，历经八年磨砺的《人学散墨》（简称《散墨》）问世了。我相信：它必然会对儒学的研究和普及，对社会主义精神文明的建设，产生积极的影响。

道德忧患精神的体现

可以说，《人学散墨》是一部忧世之作，整部著作散发出浓浓的道德忧患精神。

裘老有诗句说："世犹多病愧称医。"医生有责任救治民众的身病，也有责任矫治民众的心病和社会的道德风情病，这恐怕是中国儒医的优良传统。历代的大医都有一种"上医医国"的政治抱负。如果个体生命的生存环境十分恶劣，那么救治个体生命的活动，也难以其为了。这种忧国忧民、忧世济世的情怀，始终伴随着裘老七十余年的行医活动之中，也凝结在这部二十余万字的著作中。

"大同社会"是儒家所构想的理想社会，也是近代中国志士仁人所"心向往之"而不断苦苦追索的理想目标。然而理想目标与现实境地之间有着巨大的差距，造成这之间的差距的原因，不只是生产力不足，科学技术水平不高。这方面问题，还不足以使人担忧，因为日新月异的物质文明发展的成果使现代人都感到惊讶，而且"人类的智慧之花"最终会"为人类带来幸福生活的曙光"。倒是使人们忧虑的是："在现实文明给人类带来进步的同时，也对人类造成了越来越多的扭曲、束缚和困惑。"对于这类困惑的忧思，裘老在书中做了详尽的叙述、剖析，这里不妨介绍一二：

忧思之一："文明利器的逆用"给人类造成的灾难

人类所创造的"文明利器"，如果被别有用心者操纵，会产生严重的恶果。例如火药的发明、钢铁的使用，后来发展为现代战争中的各种武器。"武器的发展意味着人类毁灭自身的能力在不断地提高"，侵略者"通过种种冠冕堂皇的名号而名正言顺"地发动残暴的战争。《散墨》用不少的篇幅揭露、抨击德日法西斯在第二次世界大战中的罪孽。年轻的读者，千万不要误以为这只是老一辈知识分子的忧思，似乎战争已远离我们而去。首先，现在世界上产生战争的根源仍然存在。我们要振兴民族大业，需要争取有一个持久和平的环境，仍然要警惕各种霸权主义、分裂主义、恐怖主义的危害。其次，有可能被逆用的"文明利器"不只是炸药、钢铁，我们可以举一反三，譬如网络信息、克隆技术等，是现时代的文明利器。"如果失去良知，物质文明成果掌握在野心家或坏人手中……则会导致人类极大的灾难。"（《散墨》第六章）这是人类必须深思的。

忧思之二：和平生活中的"陷阱"，也会使人们承受惨痛的代价

《散墨》搜集了不少现实生活中鲜活的事例，说明自私自利、贪得无厌、不讲诚信，如果演变成贪污之风、腐败之风、享乐之风、欺诈之风，会导致多么严重的后果。书中剖析了四川地震中出现一名教师抛弃学生而抢先逃跑的现象，在抗震救灾的众多英雄壮举中，冒出一个卑劣者本也并不足为怪，奇怪的是网上出现许多力挺逃跑者的帖子，称其为"思想烈士""最优秀的老师""开创了教育新思想"等，完全颠倒了是非、毁誉。裘老感到震惊和厌憎，他把这种现象称为"群体性的平庸与自私"，并且指出"这些琐屑的负面情感很轻易就把人们生活的世界变得紧张、分裂，社会环境与人际关系日趋混乱与复杂"。

儒家学说研究之创新

裘老多次表示《散墨》注重通俗性，不着意追求学术性。然而在通读了全书之后，我感到这是一部学术性与通俗性兼具的佳作。该书在学术理论上的创新之点颇多，值得引起理论界的关注。经初步阅读，概括介绍如下。

一、关于"人学"的研究对象与核心问题

孔子始创儒家学派，后世把孔孟儒家学说，称为儒学，其核心是弘扬仁义之道。汉代独尊儒术，并形成专门研究儒家经典的经学。经学经汉代、宋代、清代的大发展，虽然在考据学方面取得许多成就，但是它围绕着儒家经典形成一个封闭的学术体系，最终必然是走向死胡同。西方近代以来出现"哲学人类学""人学"的概念，指一切以人为直接研究对象的学科，研究范围十分宽泛。所探讨的问题与东方的人学理论，也有许多暗合之处。

裘老新作取名为《人学散墨》，书中虽未直接指出什么是人学，但所论述的含义非常清楚。该书开宗明义即说是"专门论述如何能做一个'合格'的人"的，这等于间接地说明人学的核心即是研究人之所以为人的基准底线。裘老从事医学七十余年，一直与人们生理性能、疾病防治打交道，这方面问题，已有《壶天散墨》等书来论述。现在的新作品涉及人的智慧（思维）、天良（道德）和感应（心理），其中最重要的是道德问题，这方面的见解可以引发我们深入讨论。

二、关于人性善恶问题

人性善恶之争论，已有两千多年的历史，沿至今日，尚未停息。大致是清代以前性善论占统治地位，新中国成立后主张性无善恶的占上风，认为性善论愚弄百姓，性恶论有合理成分。"文革"后主张性恶的，又逐渐多了起来。现在《散墨》作者又明确地赞成"性本善"说，这本是一个可以继续争论的学术问题。

可是这个艰深的学术难题，《散墨》作者娓娓道来，引人入胜，颇有新意。论证的方法，也相当机智。对于"性本善"，主要靠例证。在第四章中引用抗震救灾中许多生动的事例，在第七章中又援

引耶鲁大学对婴儿的实验。对于性恶论，采取从逻辑上的驳斥加实例的反证，特别是列举谋害亲父的刘劭和杀害同学的马加爵二人最后的"忏悔"，说明人性中的善端，也还没有完全泯灭，确能发人深省。

三、关于人的潜能

上世纪中叶西方出现一个人本心理学派，他们超越了弗洛伊德的本能论，建立了人的潜能学说，他们提出了一些关于人有高于一般动物的多种潜能的有益见解。

裴老的研究走的是另一种道路。他受儒家的"良知良能"说、"见闻之知"说、"德性之知"说的启发，经过长期医疗实践的体悟，把医学的心理学、医学伦理学、医学认识论的观点方法与儒家学说结合起来，从而得出三种潜能的观点。在"灵慧潜能""良知潜能"和"感应潜能"三者中，尤以"感应潜能"写得最精彩。它又细化为感动、感染、感化三步骤，层层深入，需要读者反复咀嚼。

其他理论创新之点不一一列举。读者一定能感到，书名为《散墨》，其实不松散，有一系列的新观点，构成一体系。

传承优秀文化之匠心

为弘扬传统文化之精华，需要有许多人去做传统经典的通俗化的宣传工作。

一、捧出一颗炽热的心

上世纪初鲁迅先生曾呐喊"救救孩子"！当今裴老感到不只是要"救救孩子"，更要"救救成人"！为了这部"救心"书，足足苦了八年。他遍找哲学界学人、医界同仁、政协朋友、新闻记者，以及关心文化的企业家，推心置腹地讨论，以集思广益。对所引典籍与古今例证，为求确凿，都请博士弟子一一查实。一个早已功成名就的大医，何苦再跨领域去探索新问题；一个年逾九旬的老翁，何苦如此烦心费神？这是何等的精神！对于当今一些求名图利的准文化人和伪文化人，那是仰之莫及的。

二、提出一个"救赎"的阶梯、框架

读完《散墨》就会明白，作者充满忧患但不悲观，人性向善，是乐观的基础。在这个基础上，该书着重于阐述每个人的道德修养原理，这就为整个社会的改革进步和先进制度的建设，做好基础性的工作。人心向善，风气大变，一个幸福、和谐、富足的中华民族精神家园就自然而迅速地建立起来。这个美好的理想的实现不是一蹴而就的，需要经过一系列艰苦的努力。于是，裴老设计了一个引导人心向善的阶梯和框架：在现代人性理论的基础上，在人们的"良知潜能"的主宰下，作焦"□□潜能"之创造力，发挥"感应潜能"的效应，进而通过"以仁为本"的全社会的道德建设，和"以礼为节"的制度建设，辅之以"以义为衡"的利益调节。前三点是着重个体的道德修养实践来说的，并从个体向群体道德水准的提高逐渐扩散，后三者着重全社会的文明建设来考虑的。这虽然不能说是疗救百病的"妙方"，但读者会从作者的智慧中得到启迪，甚至在某一环节得到开窍，这或许正是"决生死、处百病、调虚实"的奇异穴位。

三、提供丰富的供思索的实例

《散墨》作者从中外古今的政治、哲学、医学、科技，甚至军事的发展史中，选取实例，可以说是煞费苦心。这倒不完全是从趣味性、可读性上考虑，这有一点像经济学、法学中的案例。读者从一个个案例，来领悟、明了原理。例如作者讲"忠"这一德目时，说忠有愚贤之别。以明朝的于谦、晚清的林则徐为贤忠的代表，读者容易理解。作者把历来捧为"忠臣"的方孝孺，作为愚忠的代表，大加鞭挞。读者需费一番思量，其愚在何处？从阅读的方法上来说，顺序而进，这是兵法上的"正"法。如果选取某则案例感到有兴味，再细嚼全文，这也不失为一种读书"奇"法。

《散墨》书后附作者近诗一首："流光总被墨消磨，济世无方奈老何！我亦乾坤有情者，登楼四顾一蹉跎。"足见裘老的情怀。一位奔百儒医，尚且怕岁月蹉跎，疾书"道德文章"，真令碌碌无为的后学者愧怍！

（上海师范大学哲学系教授夏乃儒　文载《新民晚报》）

附
文

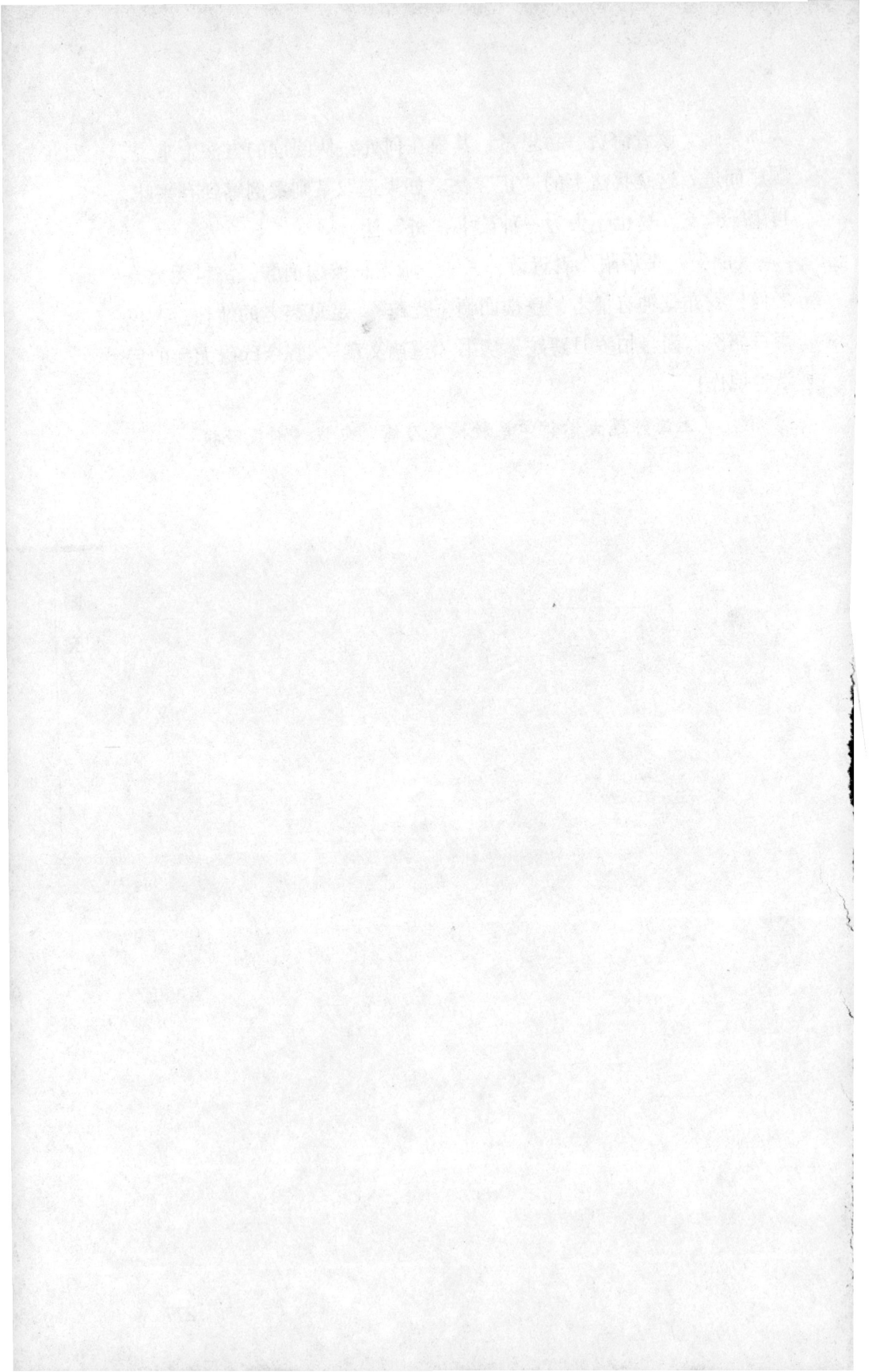